# 少女的安魂歌

# Sång

CWA Dagger Awards
**Longlists Announced**

Johana Gustawsson
**喬安娜・古斯塔夫森**
**林琬淳／譯**

致愛樂莎

我的妹妹

我的知己

「海洋美嗎？」

「很美。」

「看過的人都說美。我希望這是真的，我希望海洋真的很美。」

「為什麼？」

「因為我的兒子在海裡。」

——杜爾瑟．洽宮（Dulce Chacón）《沉睡的聲音》

# 7 Sång

## 瑞典法爾肯貝里

### 二〇一六年十二月二日，星期五，晚上十點

雀絲汀真希望能讓時間停止，幾秒鐘也好，抓緊這一瞬間，也許還能制住內心的怪獸，將之隱藏，馴服。

但她已別無選擇。

只能拉住宥讓的手，並對他開啟心中的地獄之門。

他睡著了，親愛的宥讓，頭陷在枕頭裡，臉緊貼在枕面上而壓得嘴歪斜。他們晚餐後的談話並沒有使宥讓失眠，黑夜撫平了怒氣，怒火已然消逝。他現在平靜地躺著，就像孩子般放鬆，擺脫了白天的束縛，身體也不再因疲憊而僵硬，全身完全舒展開來。

雀絲汀脫下浴袍鑽進被窩裡，一手輕輕放上丈夫的胸膛，胸毛都轉灰了。她吻了吻他的肩，在肩膀與腋下交會處，就是這裡，雀絲汀很喜歡把頭枕在這個位置。她希望將大腿跨過宥讓雙腿，感受他毛髮輕撫，以及觸碰結實肌肉所帶來的顫動。她好想抱著他，直到痛苦襲捲而來，一路掙扎到浮出表面為止；就這樣等著眼淚來襲，不該強忍的淚水會遲疑地奪眶而出，淚珠一滴接著一滴落下，隨後如洶湧激流，一發不可收拾。她哽咽著，驚慌失措地試圖喘過氣來，同時大力咳嗽，欲咳出卡在喉間的悲傷。這就是她想做的。她想感

受痛苦折磨，並陷溺其中而死。

雀絲汀打了個寒顫，隨即拉高棉被蓋住肩膀。

她痛恨這永無止盡的黑夜。有時候，太陽像是永遠都不會升起，甚至要等下雪，月亮才能穿破濃厚的雲層露臉。雀絲汀和宥讓的房間面海，就在客廳正上方。雀絲汀會躺在床上看海沉思，每天晚上她都細細品味這靜止的一刻，但只有在夏季，海洋才會顯得壯闊無比。入冬時節，海面上幾乎沒有動靜，風吹過也只捲起幾許微浪，彷彿海平面起了疙瘩。也許雪已經不遠了。

雀絲汀剛洗好澡出來，宥讓就叫她去客房睡——最好離他遠遠的。他已經摺好毛毯，連同她的枕頭放在長椅上。宥讓每晚都平心靜氣，絲毫不差地重複這個動作，只不過今晚他看也不看雀絲汀一眼。她穿著浴袍離開房間，溼髮上的水珠滴落在地板上濺開，形成一個個眼睛狀的斑點。關上房門，她有如被主人懲罰的狗，乖乖等在門口。雀絲汀的臉貼著門框，仔細聽房裡的動靜，等宥讓睡熟了，她才進房、上床睡在丈夫身邊。不與他同寢，她就無法成眠。

雀絲汀忽然感到下腹一陣疼痛，像是一塊沉重的石頭正壓在骨盆上。那是她內心怒火隱隱蓄積之地，針灸師說，這和「個人界線」、「人際相處定位」有關。也許吧，不無可能？今晚她的確覺得迷失了，不知該如何自處。雀絲汀手畫圓按摩腹部，以指尖按壓痛點，重複了好一陣想舒緩疼痛。

床墊晃了一下，宥讓翻了個身，轉向面海的那一邊——怎麼樣都不願靠近妻子。雀絲汀找到他的手，潮溼的掌心硬是鑽進他的手裡，與他十指交扣。她搜尋他的目光，企圖與他對上眼，聊聊晚餐時發生的事。宥讓並不領情，他甩開她，彷彿雀絲汀只是個讓他難以忍受共處一室的陌生人。然後掀開棉被，翻身下床，離開了房間。

雀絲汀張嘴深吸一口氣，房裡的氣氛令人窒息。怒火在胸口燃燒，躍上喉間，憤怒中夾雜失望，她雙手摀住嘴放聲大叫，啜泣的臉扭曲，想哭卻流不出淚。同樣了無新意的苦楚，只不過這次她接受了，緊緊擁抱悲痛，恍如正依偎在宥讓懷裡尋求慰藉；她蜷曲在悲傷的陰影裡，任痛苦侵蝕、淹沒自己。

冷不防，雀絲汀感到自己的腳踝被一隻手拉住，她全身赤裸著被拉下床，頭撞在木地板上，強烈的痛楚緊箍著頭像是脫不下的帽子，一路蔓延到指尖。雀絲汀慌亂地想逃跑卻什麼也抓不住，指尖劃過地板木條吱嘎作響，手指在掙扎中刮過地板縫隙，指甲應聲裂開。突如其來的劇痛像是要將胸膛撕裂，雀絲汀瞪大眼看天花板，身體隨著不住落下的捶打猛烈擺動，然而這時恐懼戰勝疼痛，麻痺了她的肺與喉嚨。

**露薏絲，露薏絲，露薏絲，露薏絲……**

她的女兒，在走廊的另一頭熟睡。

## 英國倫敦，哈羅區，格蘭特路

### 二〇一六年十二月三日，星期六，凌晨一點

珍妮佛・瑪斯登的父親在晚上八點報警。

偵緝高級督察傑克・皮爾斯馬上找來犯罪側寫師——愛蜜莉・洛伊。愛蜜莉先向珍妮佛的父母問話，接著是祖父母，老瑪斯登夫婦就住在同一條街上，僅隔幾戶遠，最後到鄰居家。

愛蜜莉以眼神探詢埃麗耶諾・林德柏格。埃麗耶諾點了點頭，愛蜜莉便按下門鈴，兩人同時倒退幾步。

門幾乎立刻就開了，開門的是名三十多歲的女子，身穿厚重暖和的米白色睡袍，一頭黑長髮高高盤成髮髻。

「妳是瑪汀・巴翠居？」

只見女子抓了抓臉。手指上貼著藍色的美甲片。「我是……」

埃麗耶諾注意到愛蜜莉的微笑：雙唇緊抿、嘴角上揚。她在心裡默默記下這個表情。

「我叫愛蜜莉・洛伊，正在協助倫敦警察廳辦案，這位是我同事埃麗耶諾・林德柏格。」

瑪汀上下打量了埃麗耶諾一番。

「她是你們從公園或幼兒園請來的童工嗎？妳們是來問珍妮佛的事，對吧？」

愛蜜莉瞇著眼說：「瑪汀，很抱歉這麼晚還來打擾妳，」稍作停頓才接著說：「我可以叫妳瑪汀嗎？」

「叫我外號『瑪蒂』好了。」

「好，瑪蒂。」

「妳說她叫什麼名字？我是說妳同事，我剛沒聽清楚。」

「她叫埃麗耶諾。」

「埃麗耶……諾？叫這名字，日子應該很不好過吧。我要是沒猜錯，在學校應該常被同學嘲笑吧？」

愛蜜莉皺眉，埃麗耶諾想回話，卻硬生生吞回喉間——這才是最難做到的：曉得什麼時候該開口、什麼時候該閉嘴，就算對方正等著妳回答也一樣。她得時時刻刻解讀別人的一舉一動，了解其中意涵，再設法融入；人的言行舉止對埃麗耶諾來說，完全是得重新學習的另一種語言。

「埃麗耶……諾不是英文名字吧？」瑪蒂又問：「這名字哪裡來的？」

愛蜜莉微微點頭，鼓勵埃麗耶諾回答。

埃麗耶諾模仿愛蜜莉微笑的樣子：瞇起眼來，拉起嘴角。

瑪蒂用力搖頭，頑固的模樣就像個孩子。

「為什麼不行呢？」

「我不能讓妳見到他現在這樣……」瑪蒂說，食指纏繞著睡袍的腰帶不住把玩。

「妳說的『這樣』是什麼意思？」

「就是他現在這個樣子啊……全身光溜溜……沒穿衣服……」

「沒關係，瑪蒂，我們可以拿毛巾給他披上，就不會有人看見了。」

「也對……妳說得對。」瑪蒂的頭歪向一邊。

「妳那個同事……我不想要她和我們一起上樓。」

「別擔心，我答應妳，瑪蒂，只有我們兩個上樓，我同事會留在樓下，這樣好不好？」

「好，這樣好……這樣的話很好。」

這時兩名武警衝進廚房，大吼著下令。瑪蒂目光呆滯地看著他們，接著聽從指令動作——成大字形趴伏在地板上。

愛蜜莉上樓與另外兩名警員會合，他們在浴室門口等她。浴室地面散落半打蠟燭，翻倒的蠟燭浸泡在血泊中，染得鮮紅；浴缸裡躺著一個男人，全身浸在血水裡，一隻手臂垂在浴缸外，頭垂向胸前；珍妮佛躺在男人對面，喉嚨被割破。

愛蜜莉下樓，走出瑪汀·巴翠居的房子。

偵緝高級督察傑克．皮爾斯在警車旁等她；埃麗耶諾則挨著警車蹲下，下巴枕在膝上，手臂環抱著雙腿前後搖擺。

「發生什麼事？」愛蜜莉問。

身為上司的傑克先是嚥了口口水，又潤了潤嘴脣。他遲疑幾秒，愛蜜莉全身不禁緊繃起來。在這短暫的沉默中，她察覺到痛苦與迫切，以及恐懼。

## 西班牙，埃爾帕洛馬爾

**一九三七年十二月二十一日，星期二，晚上十點**

索萊正要起身，泰瑞莎一手放在索萊肩上，示意她坐下。

「索萊，拜託妳就好好坐著，妳整晚走來走去，弄得我暈頭轉向！」

「總不能讓妳一個人收拾。」

「我不准妳離開這張椅子！」

「親愛的索萊，妳煮的這頓實在太好吃了。」帕寇伸著懶腰，修長的手臂高舉過頭，

「謝謝妳，**親愛的**，這頓生日大餐真的很棒。」

索萊對帕寇微笑，她穿著羊毛連身裙，碩大的孕肚撐開腰間。她輕撫肚子。

「我覺得裡面有兩個孩子。」索萊喘著氣說，指尖輕輕畫出圓肚子的輪廓。

「我覺得應該只有一個，但是個壯寶寶。」泰瑞莎邊收桌子邊說：「就和他爸一樣，看看帕寇的身材就知道了。」

「索萊，妳看吧，姊姊和我說的一樣。」帕寇附和，飲盡杯中的蒙蒂切爾沃——香甜的葡萄酒溫柔裹覆脣齒，帕寇心滿意足地彈了一下舌頭。

泰瑞莎把杯盤餐具全放進金屬大盆中。

「妳確定現在要去水池邊洗碗嗎？」

「嗯，康妵應該也在，可以陪我聊天。」

「水應該冰得刺手，泰瑞莎，等妳洗完，手也凍僵了，不如明天再洗？」

泰瑞莎與弟弟交換了眼神，他們不能等到明天。

「我很快就回來。」泰瑞莎說完便舉起大盆頂在頭上。

盆裡的髒碗盤撞擊金屬內壁，發出的聲響掩蓋了突然響起的敲門聲。

只聽門外的人愈敲愈急、愈敲愈大聲。

高大魁梧的帕寇起身，門一開當場愣住。門口站著三個穿藍襯衫的男人。

泰瑞莎抓住大盆握把穩住重心。

「帕寇．莫拉勒斯．拉莫斯，跟我們走！」三人中最矮的男子開口。矮男人調整帽子後，手指插入皮帶，手指旁掛著阿斯特拉400手槍。

索萊也站起來，一手扶著孕肚，另一手撐住椅背，頸後與上唇冒著冷汗。她咬緊牙根，不讓牙齒打顫。

帕寇張開雙臂，一雙大手掌心朝上，勉強擠出笑容說：「**先生們**，怎麼回事？」

三人中高瘦的男子冷不防捉住帕寇手腕。

「有話好說！」帕寇說。

「索萊達．米莉拉．桑蒂雅各！」中間的男子朝索萊大喊。看來是另外兩人的上級。

索萊沒有回應，手握緊椅背，下腹一陣陣收縮。

「我才是索萊！」泰瑞莎插話。

「是嗎？妳說妳是索萊？」男子饒富興味地說。

他往前站一步，低下頭湊近泰瑞莎的臉，嘴脣附在她耳邊說：「妳剛剛羞辱了高地酋[1]，小婊子，妳心裡清楚得很！」男子低聲說：「妳以為我們來逮捕西班牙的叛徒前沒

1 在西班牙語中通常指掌握兵權的軍事強人或組織領袖。

先調查過嗎？妳以為我們不知道誰和妳弟弟一樣是『赤色分子』、誰才是和我們一樣穿『藍衣服』的嗎？妳還以為我們不知道妳弟弟是共和軍嗎？妳以為我們不知道這隻色豬把老婆的肚子搞大了嗎？我們還知道妳是泰瑞莎．莫拉勒斯．坎波斯，妳丈夫是游擊隊員吧？」

泰瑞莎嚥了口口水。

「我丈夫六個月前去世了。」

「泰瑞莎，妳確定？妳確定妳的托祕歐真的已經死了六個月？」

泰瑞莎渾身發抖。

「**我確定……先生。**」

領頭的男子直盯著泰瑞莎雙眼，抖了抖衣袖調整外套，接著以平靜的語氣命令身旁兩名軍人：「三個全帶走。」

**英國倫敦，漢普斯特德村，弗萊斯克步道，愛蜜莉．洛伊家**

二〇一六年十二月三日，星期六，下午四點

盒裝英國早餐茶旁邊是咖啡粉，茉莉綠茶放在原味綠茶上面，再來是百里香蜂蜜、裝

**有德梅拉拉糖的糖罐、四盒安娜牌薑餅疊在一起。**

埃麗耶諾深深吐出一口氣，還好愛蜜莉的櫃子整理得有條不紊。愛蜜莉拿出三只馬克杯，並列在流理臺。她先在不鏽鋼濾網裡放紅茶茶葉，再放濾網進茶壺裡，然後在每個杯子裡倒一點牛奶，倒完才想起傑克喜歡最後加奶，她又忘了。愛蜜莉握著水壺的壺把等水開，稍後他們三人會一起坐下，而對話得花點時間才能展開，傑克會先開口說第一個字、第一句話，她們會邊喝茶邊聽他說。

埃麗耶諾心想，她不在的時候，爸媽不曉得有沒有重新整理過地下室？O'Boy即溶可可粉應該還在咖啡粉與胡椒薄荷茶的中間？母親整理書櫃了嗎？她離家時，櫃子上的書按照字母順序與主題排列，她一直希望母親能改用顏色分類。

等她回到瑞典，這是第一件要做的事，在見到爸媽、親吻他們之前，在和姊姊臉碰臉打招呼之前，首先她得確認家裡的物品都放在對應的位置，例如可可粉和書，還有狗睡墊，就算狗都死了，墊子還是一直放在廚房後的雜物間。

桌子是老橡木材質，埃麗耶諾逼自己輕撫桌上的溝槽，好集中精神。

七個月了，她離家已經七個月了，這七個月來，她跟在愛蜜莉和傑克身旁當實習生，為倫敦警察廳效力。愛蜜莉想訓練她成為ＢＩＡ——犯罪特徵分析師（Behavioral Investigative Adviser），也就是一般人熟知的「側寫師」。傑克雖然不贊同，卻無法拒絕愛蜜莉，可能因為他們是床伴吧。

愛蜜莉從一開始就懷疑瑪汀・巴翠居，她沒失誤，只消幾個小時就破了珍妮佛・瑪斯登的失蹤謀殺案……就在埃麗耶諾家人遇害的同時。

**盒裝英國早餐茶旁邊是咖啡粉，茉莉綠茶放在原味綠茶上面，再來是……**

埃麗耶諾知道她再也不能親吻父母，也無法和姊姊臉碰臉，他們現在應該都在解剖桌上，三個都是。還是在運屍袋裡？穿著衣服還是裸體？她不曉得。

「埃麗耶諾？」

是愛蜜莉的聲音。

她和傑克的姿勢一模一樣：雙手握著不再冒煙的馬克杯，緊盯著埃麗耶諾，眼神與其說是嚴肅，更像是擔心，沒錯，就是「擔心」；埃麗耶諾認得鼻間與眉心那道皺褶代表的意思。

「什麼？」

「九點可以嗎？」愛蜜莉重複。

「妳說什麼？我剛沒在聽。」

「回法爾肯貝里的飛機訂九點可以嗎？」

「可以。」

埃麗耶諾的食指撫過凸起的木紋。

「妳會陪我一起去嗎？」

「當然，我會陪著妳。」

## 瑞典法爾肯貝里，濱海大飯店

## 二〇一六年十二月三日，星期六，正午

艾蕾克希·卡斯泰勒往自己和母親杯裡倒滿聖誕啤酒。

「我的天啊，乾腸也太好吃了吧！是用什麼做的？」瑪杜·卡斯泰勒大口吞下第三片香腸時問。

「媽，妳確定妳真的想知道嗎？」

「妳小時候我還炸過羊腦給妳吃，我們家也吃兔肉，就算告訴我，我吃的是小鹿斑比也嚇不倒我。說吧，這是什麼做的？」

「駝鹿。」

「謝謝妳，埃克倫太太。」

再過兩個星期，艾蕾克希就要從卡斯泰勒小姐成為「埃克倫太太」，家人最近老愛這樣逗她。不過，兩人雖然會依循瑞典傳統舉行婚禮，施泰倫仍決定婚後冠妻姓，所以是他要從埃克倫先生變成「卡斯泰勒先生」，非常有資格成為多元文化的代表！艾蕾克希的父親得知後欣喜若狂，未來女婿居然願意擁抱家族的加泰隆尼亞血緣，甚至重視到銘印在家譜裡。

瑪杜掃光盤裡的食物，又去夾了一輪「julbord」——瑞典餐廳在歲暮供應的自助式聖誕大餐。

艾蕾克希和母親今早到哈爾姆斯塔德逛市集，這場「母女約會」輕鬆愉快，還品嚐了「glögg」——瑞典傳統的香甜熱紅酒，酒裡加了葡萄乾與杏仁片。

瑪杜還買了一大堆蠟燭和聖誕裝飾，明明知道收行李時，丈夫諾伯赫會做何反應，卻仍樂此不疲。反正從法國出發時，行李箱裡裝了一大堆薩瑟納格乳酪和莫爾比耶乾酪，全是要給艾蕾克希和親家的，所以回程的行李箱裡會空出很多空間。

「總之呢，這傳統還真不錯！」瑪杜心想，一邊拿香腸沾韋斯特維克（Västervik）黃芥末。「妳不覺得這麼吃像是聖誕的『塔帕斯』（tapas）嗎？雖然法國的聖誕大餐精緻多了，可這一頓吃起來倒也不差。」

「媽，妳什麼時候才願意讚美這些可憐的瑞典人？別老是擺出一副高高在上的樣子，批評他們的食物……」

「妳居然用高高在上形容妳媽？我還替法國共產黨貼過海報呢！說這是什麼話！」

一陣狂風吹響面對海灣的落地玻璃，瑪杜嚇了一跳。

風與海洋嬉戲般追逐著，冒著泡沫的海浪被風吹得翻騰，一波又一波，拍打上突堤後粉碎。

「妳就要在這裡定居了，我就知道……」

瑪杜的語氣中帶著悲劇效果，就像在宣讀法庭判決。

艾蕾克希身體一僵，**冷靜，保持冷靜！**她對自己複誦。

「媽……妳明明知道我搬來瑞典住比較方便。我到哪都可以寫作，但施泰倫的生意幾乎都在斯堪地那維亞，不可能讓他在倫敦處理業務。他和蕾娜的公司在這裡，妳明白嗎？」

艾蕾克希親撫母親的臉。瑪杜鼓著腮幫子，膨起的臉頰緊貼女兒的掌心。

「我知道你們要來法爾肯貝里很麻煩，」艾蕾克希接著說：「但妳一直覺得倫敦廣無邊際、令人窒息，相較起來，法爾肯貝里就親切多了……」

瑪杜別開頭，脫離艾蕾克希的安撫。

「好啦、好啦，我知道了，可是一下子從幾百萬人的城市搬到才兩萬人口的小城，妳一定很不習慣。要是搬到斯德哥爾摩，我還覺得那好，可是搬來法爾肯貝里啊……我看活埋妳還乾脆一點！況且妳每次都這樣，我還來不及適應，妳就又要搬家了……」

「媽，拜託，別這樣。我可是在倫敦住了十年呢！」

艾蕾克希失去耐心，內心的手指正不耐煩地敲著桌面。

「好吧……妳到底對什麼不滿意？說吧，是施泰倫的問題嗎？」

「沒有，完全沒有！」瑪杜盯著盤子回答。

艾蕾克希忽然覺得母女的角色對調了。也可能不是，只是母親需要成年的孩子安撫才能放心。母親有權這麼要求。

「主要是……像是斯堪地那維亞的文化啦，艾蕾克希……他們的文化和法國天差地遠……有、有很多細節……像是……他們態度冷淡、往往無動於衷，拘謹得要命；但我們地中海這邊就很隨興、愛聊天。這還是好聽的說法！我在這裡只要一開口，瑞典人都一臉驚慌失措，彷彿我是熱情過頭的外星人！那種態度實在讓我一把火直衝上來！說真的，瑞典人很奇怪……就拿鴨子那個卡通來舉例吧，牠叫什麼來著？」

「唐納德。」

「不是啦，我是說瑞典的卡通名……」

「唐老鴨。」

「沒錯，就是這個！瑞典人每年十二月二十四日都在同一時間收看同一部卡通，這個習俗居然傳承超過半世紀！妳想想看！聖誕吃的麵包就更不用說了！得塗滿奶油和乳酪才有味道！根本是稻草做的餅！在法國連拿來餵雞都不夠格！還有他們對高爾夫球的痴迷……反正，這是妳的選擇……」

「我還以為妳這次來很開心……」

「要是告訴我，妳做的這一切都是為了備孕，那我就能理解了……」瑪杜接著說，根本沒聽見艾蕾克希的話。

啊，好了，瑪杜總算吐出真心話，這下終於說到重點！艾蕾克希快四十歲了還沒生育，對瑪杜．卡斯泰勒而言，最糟糕的莫過於把神聖的子宮晾在一旁；女人透過孕育生命而實現、證明自我，女人的首要身分就是母親，而且最好當個「虎媽」！所以各位太太在貢獻出子宮後，就得張牙舞爪了！

艾蕾克希在一片裸麥脆麵包上抹奶油，未經發酵製成的麵包硬生生在她手裡斷裂。

「看吧！我剛怎麼說的？這玩意兒根本是稻草做的！」

「媽，拜託別說了！妳該不會又要把法國長棍麵包那套陳腔濫調搬出來吧？」

「根本不需要我說，好嗎？」瑪杜伸著指尖一邊掃去桌上的麵包屑。

艾蕾克希嘆氣。

今天下午會很漫長，套句瑪杜的話：「就像一天沒有麵包。」

## 西班牙，埃爾帕洛馬爾

### 一九三七年十二月二十一日，星期二，晚上十點三十分

三名長槍黨黨員裡的高瘦男子一把將他們推進廂型車後車廂，稍早在家裡捉住帕寇手腕的就是他。後座左右兩側各一排長椅，男人命令帕寇坐在左邊、索萊和泰瑞莎坐在右邊，關上門後，車子就發動。

泰瑞莎一手環住索萊的肩頭，另一手放在她的孕肚上，未出世的姪兒在肚裡扭動，像條小鯉魚在掌心下起伏，泰瑞莎抬起頭時對上帕寇的眼神。

她想緊緊靠在弟弟身旁，握住他的手，並替母親親吻他，也替自己、替「Yaya」（祖母）親一親他；他現在是家裡的男人了，唯一堅持下來的，另一個還在索萊的肚子裡。

泰瑞莎堅信索萊懷的是男孩。

帕寇順從地看著她。泰瑞莎強忍著，試圖嚥下的恐懼全哽在喉間。

車速慢了下來。泰瑞莎聽到前座車門開了又關上，接著是靴子踏地的沉悶聲，緩慢的步伐揚起腳下塵土；那些人不疾不徐，彷彿享受著前奏。

泰瑞莎忽然感覺到臀下有液體擴散開來。索萊驚慌地瞧了她一眼，全身不住顫抖。這時，後車廂的門開了。

「出來！」領頭那人大喊。

泰瑞莎扶著索萊下車。帕寇伸出手想扶妻子，最矮的男人大喊一聲喝阻。

帕寇只能聽從命令，退到索萊身後。

「她尿在身上了！」高瘦男子對同伴大吼。他注意到索萊的洋裝背後溼了一大片。

索萊才張開嘴，泰瑞莎就瞪了她一眼要她閉嘴。要是這些人知道她羊水破了，肯定會立刻殺掉她，他們可不想被分娩的孕婦拖累。

索萊和孩子得活下來。

高瘦男子握拳重捶一下帕寇的肩膀，迫使他走到車子前方，車頭燈還亮著。

泰瑞莎兩腿發軟。

「哦，小美人，累了嗎？還沒完，過來吧，去坐在妳弟弟旁邊！還有妳，那個尿褲子的！妳也是，去妳男人旁邊！」

他踢了泰瑞莎後背一腳。她踉蹌前倒，跌得嘴裡都是土，儘管雙腿無力，她還是設法起身。索萊跟著泰瑞莎，神情惶恐，雙臂抱住腹部保護肚子。

帕寇、泰瑞莎與索萊站成一排面對車燈，車子停在路中央。

泰瑞莎眼前晃動著兩道偌大的黃暈。

她聽見索萊啜泣。帕寇則高喊：「不許通過[2]！」隨之而來是爆炸聲，一聲悶響與劈啪聲——帕寇的身軀砰然倒在塵土與石礫中。

泰瑞莎雙臂飛快擋住臉，彷彿被一陣狂風捲起。

第二聲槍響蓋過她的嘶吼聲。

最後，第三聲槍響迴盪在黑夜中。

**瑞典法爾肯貝里，斯柯雷亞海灘**

**二〇一六年十二月三日，星期六，下午兩點**

一片窒息般的沉默籠罩車內，在暗夜中低語的寂靜，讓人想念起喧鬧。警察局長黎納．貝斯壯與側寫師愛蜜莉．洛伊的心思都在即將到來的任務上，出了警局上車後，兩人沒開過口。

黎納將車子駛上車道，停在雙車庫前。愛蜜莉率先下車，冷冽的空氣吸進肺中宛如火燒。

「這空氣聞起來像是要下雪了。」黎納下車時說。

林德柏格家占地近六千平方公尺，坐落在空曠的鄉間，綿延似乎達幾公里遠，從濱海的國道上遠遠就能看見林德柏格的豪宅：木製的傳統式建築，杏仁綠外牆鑲著白邊，透出童年無憂無慮的甜美氣息，非常迷人。

愛蜜莉踩著石階來到露臺，眼前是寬廣的庭院，還有一條由沙子鋪成的小路，從院子直通斯柯雷亞海灘。只有幾棵蘋果樹干擾了美麗的海景。

「前屋主是一位挪威的導演，」黎納的聲音從愛蜜莉背後傳來。「埃麗耶諾的父母在八〇年代買下。」

愛蜜莉沒有回頭，觀察周遭幾秒後才走到門前臺階與黎納會合。

黎納向在大門站崗的女警打了聲招呼，並在紀錄本上簽名。愛蜜莉看也不看女警一眼就逕自走入屋內。黎納對手下做了個手勢表達歉意，女警揮了揮手、面帶微笑回應。愛蜜莉・洛伊和黎納的團隊合作過兩次[3]，大家都曉得她的個性，已經見怪不怪。

黎納尾隨愛蜜莉來到屋內，進屋後便關上門。

前一晚，他是第一個趕到現場的人。

2 ¡No pasarán!，這是歷史上具有象徵意義的口號，源自西班牙內戰期間，表示抵抗者將不會被敵人突破或征服。

3 見前作《46號樓的囚徒》與《白教堂開膛手》。

**不過是昨天晚上的事……**黎納心想。埃麗耶諾的家人昨晚在家中遇害，警方前來調查蒐證，到現在只過了幾個小時；穿著白色連身衣的警察入侵偌大的房子，一片狼藉的屋裡到處是人，只不過這雜亂不堪的場景事實上經過精心布置。在犯罪科學警察主任畢約恩・侯爾指揮下，鑑識人員像螞蟻忙進忙出，其中的「工蟻」剛帶著三具屍體離開。

黎納還記得偵辦這類案件時瀰漫在團隊間的一片死寂，眾人的緘默中負載著恐懼，一如稍早車裡的沉默。不管多常面對死亡，死亡仍迫使人表現尊重。

黎納轉頭看愛蜜莉，血淋淋的刑案現場猶如死神過境，她卻似乎無動於衷，或是她早已學會調適。愛蜜莉站在玄關中央，頭髮紮成馬尾，結實而嬌小的體內散發出驚人的力量與堅毅；她探測環境地勢時，有如狩獵的虎豹般靈巧。愛蜜莉的右手邊是互通的雙客廳，延伸至露臺；左手邊是飯廳，對著寬敞的開放式廚房；正對面的飄窗將海景盡收眼底，窗戶右側有個相當陡的階梯通往二樓。

愛蜜莉轉頭看黎納。他以沉默回應，朝客廳稍微抬了抬下巴。

兩人走到第一個客廳，客廳內擺著兩張沙發與一張矮桌。愛蜜莉在雙拉門的門框停下腳步，寬敞的沙發排成「ㄩ」形，正對玻璃窗臺，窗外就是海灘。屋內到處覆蓋黑色與白色的粉末，家具上、窗戶上，連開關上都有。

「宥讓・林德柏格就躺在那裡，頭上還戴著無線耳機。」愛蜜莉靠近沙發時，黎納向她說明。

深色皮革製成的沙發上仍明顯可見浸入坐墊、扶手與踏墊的血跡。愛蜜莉指著濺在椅背上的血跡。

「他躺在枕頭上嗎？」

「嗯，枕著兩個枕頭。」黎納說。

「有穿衣服？」

「有，穿睡衣。」

「蓋著被子？」

黎納點點頭。

「他是蓋著被子被刺殺的。」黎納補充。

「音響在哪裡？」

「什麼音響？」

「他的無線耳機連到哪裡？」愛蜜莉換個問題。

「Spotify。」

愛蜜莉搖頭。

「他用 iPad 聽音樂。」黎納微笑著解釋。

「門關著？」

「對。」

「客廳的窗臺呢？」

「也關著。」

「上鎖了？」

「沒有。」

愛蜜莉注視沙發，接著環顧客廳。

「上樓嗎？」愛蜜莉問，沿著來時的路線走回玄關。

黎納都忘了她有多麼直白，從她口中說出來的每件事都透著酸澀，像是汗溼發臭的衣服，讓人急著想脫掉。

「上樓。」黎納故作輕鬆重複她的話。

愛蜜莉側身讓黎納先走。他快步走上二樓，沿著走廊來到盡頭的房間。主臥房裡前一晚還飄散著血液的金屬味與酸腐味，其中混著一絲香甜味，黎納花了點時間才認出是椰子的氣味；如今果香已蕩然無存，只留下死亡與尿液的腥臊味。

愛蜜莉環視房間，往前走到橡木地板上一大灘棕色血跡旁，血漬就在床前。她蹲下，彷彿雀絲汀．林德柏格的屍體仍躺在那兒。愛蜜莉仔細檢視血水滲透的木條與飛濺到床架的血跡。

「原本有棉被？或是被子？被單？」愛蜜莉起身時問，目光始終盯著地板。

「有棉被，在她腳邊捲成一團。」

「她全裸嗎？」

「對。」

愛蜜莉在床邊觀察許久後才離開房間。

「在另一頭，右邊最後一扇門。」黎納告訴她。

愛蜜莉穿過走廊。

她仔細檢視血染的床墊、空無一物的牆面以及房裡其他物品：書桌上的每樣物品都排列得很整齊，兩個書櫃裡的書依主題分類、以字母順序排列。黎納刻意與愛蜜莉拉開距離，站在旁邊。

愛蜜莉轉身看黎納，似乎想說什麼。

他會意點點頭。

露薏絲·林德柏格在埃麗耶諾的房間裡遇害。

## 瑞典法爾肯貝里警察局

### 二〇一六年十二月三日，星期六，下午三點

克里斯蒂昂．烏洛夫松一口氣喝完濃縮咖啡，穿過開放式的辦公空間。他一夜沒睡。還好後來在警局的浴室沖了個澡，那浴室平時根本沒人用，克里斯蒂昂就從沒踏進過一步。去了才後悔不已，因為空間又大又乾淨，像全新的一樣。

前一天夜裡，局長來電迫使他從夢娜的懷抱裡抽身，說是這麼說，但他沒真的「抽出來」。手機在牛仔褲口袋裡震動時，夢娜正躺在床上等著，眼神挑逗、一手拉著丁字褲，堅挺飽滿的胸部溢出胸罩。但克里斯蒂昂連淺嚐一口的時間都沒有就離開了。光想到那景象，他褲襠裡還是一陣騷動。

然而一到林德柏格家，夢娜誘人的胴體旋即在腦海中消失無蹤，畢竟這是埃麗耶諾家啊，他媽的。克里斯蒂昂總愛叫埃麗耶諾「谷歌」，純粹是想逗她，看她露出處女般驚慌失措的模樣。

克里斯蒂昂認得這棟房子，每週練習冰上曲棍球的路上都會經過，卻沒想過「谷歌」就是在這裡長大。

克里斯蒂昂走進審訊室。

一名五十歲上下的長腿女子坐在金屬桌旁，擺出倨傲的姿態，大大的袋子放在雙腿上，彷彿嫌審訊室太髒，不肯放下袋子。

「妳是格爾妲．馮卡爾？」克里斯蒂昂問。

「我是。」

**哼，去妳的**，克里斯蒂昂心想，**去妳們這種有錢人的女傭，其實說「女傭」就夠了，省得頭銜那麼長；女傭最後都變得和僱主一個樣，就像狗愈養與主人愈像。**

「格爾妲，妳好。」克里斯蒂昂說。

她點點頭回應。

「我想和妳再對一次那晚的時間順序。」克里斯蒂昂邊坐下邊說。

「好，可以，我……」

「我問問題，妳回答就好，這樣比較簡單，清楚嗎？妳介不介意我把對話錄下來？」

「完全不介意。」

「很好。」

克里斯蒂昂啟動桌子內建的錄音機。

「格爾妲，請問妳昨晚幾點進入林德柏格家？」

格爾妲大聲吞嚥口水。

「午夜過後沒多久。」

「妳到的時候發生了什麼事？」

格爾妲舉起顫抖的手撥一綹髮到耳後。

「我到的時候前門大開……我覺得很怪……有點擔心……因為客廳的燈全開著……我進屋後就把門關上，正要去關客廳燈時就發現……宥讓……天啊……」

格爾妲閉上雙眼，咬住下脣，試圖平復顫抖的身體。

「慢慢來，」克里斯蒂昂安撫她。「要不要喝點水？」

她搖頭，抬起手背抹去淚水。

「我趕緊跑上樓……先走去露薏絲的房間……她這週末回家度假……但床沒動過，所以我又跑到雀絲汀和宥讓房間……」

話沒說完，格爾妲就啜泣起來，話聲就此打住。只見她身體不住抖動。她低下頭，不再強忍淚水。腿上的袋子滑落在地板，她立刻撿起來，重新平放在膝蓋上，心不在焉地撫摸皮包掀蓋。

克里斯蒂昂認得蓋扣上的雙G商標。

「我下樓報了警，」格爾妲接著說：「十分鐘後警長就到了……」

「妳說的是警局的貝斯壯局長嗎？」

「對，抱歉，是貝斯壯局長沒錯。」

「妳是否留意到異狀？例如有物品遺失或擺放位置不同？是否有可疑之處？」

「我不知道……我沒注意到……畢竟……」

格爾妲看著克里斯蒂昂，彷彿這句話已經畫下句點。

克里斯蒂昂等了幾秒才問下一個問題。

「妳在林德柏格家工作多久了？」

「二十六年。」

克里斯蒂昂故作鎮靜。眼前的女人居然願意花二十六年的光陰打理別人的物品和垃圾，這需要相當強大的動機才能做到吧。可話又說回來，她花得起三千克朗[4]買名牌包，動機想必不小！

「我看著那三個孩子長大……」

格爾妲癟起嘴。

「妳的房間在哪裡？」克里斯蒂昂趕緊岔開話題，免得她情緒上來又是一波眼淚。

「三樓，」格爾妲吸著鼻子說：「我住在閣樓。」

4 約兩千九百塊歐元。

「好，我知道了。屋外有直達妳房間的方式，對嗎？妳就算不進屋也能進到房裡。我沒記錯的話，屋外有螺旋梯可以上去？」

「對。」

「妳房間的門上了鎖？」

「當然，我也鎖上屋子大門了，我每次都會鎖好這兩扇門，因為外面大門關不起來。相信我，我不可能忘記鎖門。」

「妳平常的工作時間是？」

「自從埃麗耶諾到英國工作，我的工時就變少了，現在一天約五個小時，每週一到五，依林德柏格家的需求和我女友妮可的時間調整工時……」

她「女」友！這女傭還真是人不可貌相！

「……我通常週末會留在她家，她住瓦爾貝里。」

「那麼昨晚是怎麼回事？為什麼沒有留在女……友家？」克里斯蒂昂逼自己專心問話。格爾妲突然提到女友妮可，害他一不小心分神，還想起夢娜。

「妮可的女兒生產，是她頭一胎，比預產期早了三個月……妮可去醫院幫忙，我……她女兒不歡迎我，所以我就回家了……」

回家。克里斯蒂昂想提醒格爾妲，那不是「她家」，而是林德柏格家。

「妳星期五幾點離開林德柏格家？」

「下午一點。」

「他們當時在家嗎？」

「不在，他們快五點才回到家。我會知道是因為雀絲汀打電話問我在不在家，她忘了帶鑰匙，只好等宥讓從ＩＣＡ超市[5]回家才能進門。」

「露薏絲習慣睡在埃麗耶諾的房間嗎？」

格爾妲皺眉。

「露薏絲……？在……沒有啊，怎麼會？露薏絲死在埃麗耶諾的房裡？哦，我的天啊……」格爾妲一臉不可置信，用力吞嚥口水。

「林德柏格家是否和人結仇？妳聽過這樣的傳聞嗎？」

格爾妲用力搖頭。

「就算是乍看微不足道的事也沒關係，例如與鄰居或親友起爭執，或是夫妻其中一人外遇，有這類事件嗎？」

「任何事都無法解釋為什麼他們會被……會發生這種可怕的事……」

5 瑞典知名連鎖超市。

格爾妲低頭看著長了斑的手，雙手手指交纏，兩隻大拇指上下互換位置。

「但卡麗娜．伊薩克森應該會知道些什麼，」格爾妲忽然開口。克里斯蒂昂耐著性子等她回應，幾乎都想問她要不要玩剪刀石頭布了。「卡麗娜是林德柏格家的鄰居，也是他們很親近的朋友，我每個禮拜會去她家打掃兩次，因為她原本請的清潔婦肩膀脫臼。警官，我敢肯定，她一定能幫上忙。」

**西班牙，埃爾帕洛馬爾**

**一九三七年十二月二十一日，星期二，晚上十一點三十分**

第一顆子彈殺死了帕寇，第二顆打爆了索萊的頭，第三顆解決了他們未出世的孩子。

泰瑞莎緊緊咬著捏成拳頭的手，力道大得都滲出血來。

「泰瑞莎，妳可以坐下來了。」泰瑞莎聽見有人對她說。

她任憑身體跌坐在地上，嘶啞的哭喊像在咳嗽。帕寇就倒在她身邊，她既不敢伸手去摸弟弟了無生氣的腿，也不敢摸索索萊披散在石礫上的捲髮。

「泰瑞莎，妳該知道我們是怎麼對待叛徒的妻子了吧？」最矮的長槍黨員說，聲音裡帶著笑意。

矮男人在索萊身旁蹲下，伸手將花裙撩到凸起的肚子上緣，然後掏出一把刀。

泰瑞莎尖叫，手摀住臉。

「喂！張大眼看仔細了！」

高瘦男子掏槍頂住泰瑞莎的太陽穴，逼她看索萊的屍體。泰瑞莎止不住淚水，卻只得照做。

矮小的長槍黨員從索萊腰間插入刀尖，一刀經過肚臍畫出一道半圓至另一邊。

泰瑞莎閉上眼，極力不去想那潮溼黏膩的聲響、物體掉落的鬱悶聲；她試著回想托祕歐的聲音，回想他布滿老繭的手指輕撫在肌膚的感受……

「喂！美人！現在可不是睡覺的時候！」高瘦男子拿槍管敲打泰瑞莎的臉頰。

她再次睜開眼。

這時男子拿來雜草與樹枝塞滿索萊被掏空的肚子，然後用花裙擦了擦手。

他拿刀割開索萊的洋裝，從肚子一路割到頸間，洋裝被裁成兩半。他脫下索萊的衣服，把屍體推向一側，解開胸罩後任索萊的屍體再次倒進石礫中，沉重的屍體發出劈啪聲，右臂壓在赤裸的胸部下。

男子轉向同夥，拿起胸罩綁在頭上，模仿狗伸出舌頭的模樣，繞著索萊、帕寇及嬰兒的屍體跳著。

泰瑞莎並不信神，但此時此刻她向神祈求停止這酷刑，她只想和帕寇與索萊一起回家，再次回到廚房裡。

但神並沒有回應她的祈禱，取而代之的是男子的聲音：「好了，小美人，妳倒是說說看，我們該怎麼處置妳才好？」

**瑞典法爾肯貝里警局**

**二〇一六年十二月三日，星期六，下午四點**

**看起來就像大家要一起坐下來用餐。**埃麗耶諾心想。

四個人都在審訊室裡，黎納、克里斯蒂昂和愛蜜莉圍著桌子坐。面對如此沉痛的打擊，埃麗耶諾的想像也許是在合理化這一幕。

黎納原本提議到會議室，埃麗耶諾拒絕了。她說，審問就該在審訊室進行。黎納也認為不用堅持，便順著她。

埃麗耶諾一一審視每個人，神情既天真又急切，像個等著處罰結束的孩子。

「我們要請妳描述家中成員。」黎納率先開口，語氣略顯遲疑。

埃麗耶諾愣愣盯著黎納。

「黎納希望……我們希望妳可以聊聊妳和家人的關係，你們之間的問題，以及他們曾經和外人發生的衝突。」愛蜜莉解釋。

愛蜜莉把椅子往前拉，接著手放在桌面，靠近埃麗耶諾的雙手。

「妳可以嗎？」

「要先從誰說起？」

「都可以。」

「那從我開始好了。在家人發現我有亞斯伯格症之前，我為他們帶來許多困擾。爸媽並不明白為什麼我的反應總是和別的孩子不一樣，我和哥哥、姊姊不一樣，也和爸媽的朋友或鄰居小孩不一樣，更別提班上同學了。」

埃麗耶諾的頭偏向一邊，眼神陷入回憶。

「我小時候常被爸爸罵，因為聽不懂他希望我做什麼，也不明白他為什麼生我的氣；媽媽也受不了我，但要是她還在，聽我這麼說，肯定會說我又在騙人了，但我說的都是真的；只有姊姊會幫我說話。一直以來，露薏絲非常包容我，她喜歡我與眾不同，而且，她是真心愛我這個妹妹。我十二歲時，歷史老師巫維．愛德華森發現我可能患有亞斯伯格症，後來醫生也確認這一點，爸媽對我才多了點耐性。露薏絲常說，這是因為他們終於找到『說明書』解釋和我相處的方法，所以一切變得簡單多了。總之，我的亞斯伯格症讓家人關係變得緊繃，引發不少爭執。」

埃麗耶諾快三十歲了，但那樸素的臉龐、滿是疑惑的眼神和規矩的公主頭髮型卻像是剛滿十六歲的少女。黎納不由心生愛憐，想將這孩子擁入懷裡。

「雷歐波呢？」愛蜜莉接著問。

「我哥哥老是在讀科學期刊和科幻小說，《星際大戰》系列電影也是看了又看。我其實不清楚他對我的看法，反正我一直以來都和露薏絲比較親。呃，我是說以前……」

埃麗耶諾的話還沒說完，眼睛眨個不停，彷彿遭雨水拍打後大受驚嚇的昆蟲。

「不對，應該說和雷歐波比起來，直到『現在』我都是和露薏絲比較親。用『現在式』才對，沒錯，這才是事實。」

黎納忍不住伸出手，緊緊握住埃麗耶諾的手，但她很快就把手抽走。黎納立刻就後悔了，他明知該壓抑身為一名父親的感情，況且埃麗耶諾是警局的實習生，也是他很重視的同事，本該拿捏好分寸。

「妳父母的關係好嗎？」愛蜜莉接著問。

「很好，他們很親密、很相愛，感情好到寧可冷落孩子。露薏絲有一天很生氣地向我媽抱怨，說不懂他們為什麼要生小孩，還說這個家裡只容得下他們兩人，我們三個反倒像入侵者。我覺得她分析的很正確。」

「妳母親怎麼說？」

「她慢慢走回書房，進去後就關上門。」

「還真無情。」克里斯蒂昂評論。

黎納皺起眉頭。克里斯蒂昂連忙盯著桌子，後悔剛剛說出口的話。

「他們平時工作忙嗎？」愛蜜莉又問。

「很忙，診所才是他們的『孩子』，露薏絲也這麼覺得，他們更在乎診所裡的『孩子』。我猜他們得保持形象，畢竟診所由他們一手建立、經營，主要醫療項目是醫學輔助生育。我爸的工作壓力很大，他晚上幾乎只睡兩、三個小時，我從來沒看過他在凌晨三點前上床；他會待在客廳裡聽音樂、看電影，或拿著iPad讀資料。」

「妳是否聽說診所惹上麻煩？」

「我還沒說完父母的關係。」

「好，妳接著說。」

「我覺得他們沒有外遇，雖然不能百分之百肯定，但爸媽很少吵架，他們共事得十分融洽，經常有說有笑。他們最快樂的時刻就是我們都不在家，他們很享受兩人世界，偶爾也會做愛。」

埃麗耶諾最後一句話換來一陣尷尬的沉默。

「他們很少發生性關係。因為我爸在那種時候會對我媽微笑著眨眼，他會牽起她的手，她則會低著頭，然後他們會早早回房間。要是在下午，他們會找藉口去午睡，但這真的很少發生。」

「即使他們都那個年紀了？」

克里斯蒂昂脫口而出，但話一出口又後悔了。

「沒錯，克里斯蒂昂，年紀大不代表沒有欲望。至於診所是否惹了麻煩，我倒是沒聽說，只知道賺很多錢，以及我爸希望雷歐波接管家業，但我哥只對科學感興趣，行政上完全提不起勁。我爸對此感到很不滿。」

「妳母親怎麼說？」

「她會傾聽，然後每次都以同一句話結束對話：『試著站在你爸的立場想一想。』每當我在廚房雜物間的狗窩睡覺，我爸朝著我大吼時，她也會這麼說，因為我爸非常討厭我睡在狗墊上，尤其是家裡有客人的時候。」

埃麗耶諾張嘴，又旋即閉上，雙手交纏放在大腿上。

「我得……出去了，我得離開這裡。」

## 一九九〇年十一月四日，星期天

他穿著父親受洗的白袍，袍子上有刺繡滾邊，腰間還鑲著綠色玫瑰結。

我親愛的小傢伙，我的孫子。

天啊，他太漂亮了，剛睡醒的臉頰仍透出粉紅色澤，清澈的藍眼睛炯炯有神。他們三人盛裝出席站在祭壇前，孩子的頭靠在母親胸前。他看到我們和尼諾在一起，就揮動那胖胖的小手。我心中充滿喜悅，緊緊握住尼諾的手。

啊，這個小人兒為我們帶來愉悅。我聽過當祖母的喜悅，卸除了責任與義務，對孩子的那份愛裡只剩下快樂；原以為這種說法就像童話般不真實，一如頌揚初次當母親的喜悅——全是謊言。但這孩子真的讓我非常快樂，真的。

小傢伙正將胖嘟嘟的手掌塞進嘴裡，貪婪地吸吮著，接著皺了一下眉頭，他想要奶嘴，於是哭了起來。女兒露出新手父母常見的緊張神情，左右輕搖哄著他，此起彼落的「噓」聲教人尷尬。這時我的小天使看見了神父，他由中央走道走來，身後跟著兩名唱詩班的小男孩，神父手提香爐為三人開路，進場的氣氛莊嚴肅穆。

我的小天使胡亂揮動手腳，香爐的煙飄散在空中，他的手掙脫了母親的懷抱想抓住煙霧，卻抓到了神父身上的聖帶。他邊扯邊呢喃著，聽起來像另一種語言，表情十分嚴肅；神父在寶寶面前擺動手指逗弄他，分散他的注意力，並重新調整好聖帶。

站在一旁的尼諾噗哧一笑，我只感覺他彎著手肘頂了頂我的肋骨，但聽不見他說什麼，耳裡嗡嗡作響，更確切地說是尖銳的鳴響，腦袋裡持續迴盪著一陣惱人刺耳的聲音，我因此聽不清神父問話，也沒聽見女兒說了什麼，以及接下來女婿的回應。心臟在胸口猛烈跳動，回音直衝太陽穴，額上和頸後布滿汗水，我的舌頭在口中腫脹，彷彿瞬間增厚好幾寸，這使我口乾舌燥，感覺就要窒息。

我要窒息了嗎？

驀然間，我感到胸口下陷，好似胸腔內從此少了心臟的位置，其他器官壓縮了整個胸膛。

空氣，我需要空氣。

我張大嘴，頭後仰，深吸一口氣，像是要喝下水瓶裡的最後幾滴水，我不斷吞嚥，如溺水的人試圖浮出水面，極力使身體回復正常狀態。

然後，我的身體不聽使喚癱軟下來，像是一具線繩操控的人偶身上的線突然間全被剪斷。

## 瑞典法爾肯貝里，塢洛夫斯博，貝斯壯家

### 二〇一六年十二月三日，星期六，晚上七點

夜色深沉，濃密的雲層讓月光變得隱晦。

艾蕾克希按下電鈴，等待的同時雙手不住摩擦大腿，驅趕從腳底一路竄升的寒意。開門的是蕾娜·貝斯壯——施泰倫的姊姊，她的頭歪向一邊，手機夾在耳朵與肩膀間，一手指間夾著兩瓶白酒，另一手示意艾蕾克希進門，期間仍持續講電話。

艾蕾克希已經很習慣瑞典的傳統了，她在玄關脫下大衣、手套、毛帽、圍巾和靴子，忽然想起普羅旺斯的溫煦冬日，體內彷彿鑽進一絲暖意。她穿著襪子走到客廳，始終覺得不自在，就像赤裸著身體四處走動。沒辦法，她仍無法習慣進入室內得脫鞋這項禮俗，在自家光著腳是一回事，到別人家用餐，一整晚只穿襪子，怎麼樣都令她感到不對勁。

「艾蕾克希，不好意思，」蕾娜掛上電話後對艾蕾克希說：「我們在斯德哥爾摩一棟別墅的建築許可出了點問題。」

客廳茶几上放著圓托盤，托盤上擺著四只酒杯，蕾娜將手裡的兩瓶酒放在酒杯旁。

「妳要喝黑皮諾或夏多內？」

「黑皮諾，謝謝。」

「施泰倫還在和客戶開視訊會議。這位客戶在馬約卡島有棟別墅，兩週後就要動工，卻臨時要修改工程圖。還好負責這案子的不是我，要不然肯定讓他另請高明。」蕾娜邊解釋邊開酒，接著倒了兩杯酒。

她一屁股坐上沙發，細長的手指拂過銀灰色的髮絲。

「這顏色很適合妳。」艾蕾克希稱讚蕾娜。

「妳真這麼覺得？髮型師當時極力推銷我染成銀色，但我想黎納不會買帳……兒子們都說我像成熟版的貢希爾．史托達倫……就是佩特．史托達倫的妻子，妳可能不知道他們是誰？」

「史托達倫……不就是挪威的比爾．蓋茲和梅琳達．蓋茲嗎？」

「沒錯，所以我就是老年的貢希爾．史托達倫，但至少是像她！」蕾娜開玩笑說，眨了眨眼。

「妳兒子什麼時候回法爾肯貝里？」

「十五號星期四，全家聚餐訂在星期五，如此才能確保他們絕對不會錯過。」蕾娜說完拿起桌上的酒杯。

「他們在馬德里還好嗎？」艾蕾克希停下酒杯問。

「施泰倫沒告訴妳？他們目前在巴塞隆納，兩個人在那裡開了新餐廳。他們這麼快就成功了，說真的，我還沒消化好，這令我有點擔心，兩個兒子都還年輕，我實在不確定他們能擔得起責任，做出正確的選擇……」

「蕾娜，看來他們很清楚自己在做的事，兩年就有這樣的成就很不簡單！」

「妳說得對……對了，趁我還記得，他們問我，妳的書是否有在西班牙出版？」

「嗯，有西班牙文和加泰隆尼亞文兩個版本。我寫埃博納的那本在西班牙很暢銷，當地的編輯請人正在翻譯我的另外兩本書──關於蘿絲瑪莉．衛斯特和女性犯罪側寫師米琪．皮斯托利斯共同偵辦的案件。」

「太好了！他們想要結合文化與飲食，在餐廳舉辦一場主題晚宴，還想邀請妳當第一場活動的特別來賓，邊享用塔帕斯和里奧哈紅酒，邊談犯罪，聽起來不錯吧？」

「很棒的主意！」

「很好，我叫他們跟妳聯絡。」蕾娜漫不經心地以手背拍去扶手上的灰塵。

「媽要我向妳問好。」艾蕾克希接著說。

「她還好嗎？」

「很好，都很好！只是整天下來她累了，今晚想休息，準備婚宴給她很大的壓力。她比我還緊張！」

「說到這件事，婚宴準備得怎麼樣了？」

「說實在的，我能做的不多，婚禮策畫師一手包辦大小事，濱海大飯店也承包下會場，畢竟我得倫敦和瑞典兩邊跑，場地交由飯店全權負責聽起來滿好的；我只和策畫師見過一次面，一起看場地、挑裝飾、菜單和表演節目，平常都以電子郵件聯絡。但這週還得再見面討論細節。」

「婚紗呢？」

「天啊，實在是太糟糕了！」施泰倫突然出現在客廳，打斷兩人談話。

他親吻艾蕾克希，但似乎若有所思，片刻後才又開口：

「怎麼勸他都聽不進去，只是不停說『不管額外工程的費用多少錢，他都願意付』之類的話，但無論如何都要擴建地下室的ＳＰＡ。」

蕾娜嘆了口氣，喝光杯裡的酒。

「這可是大工程啊！他會一直煩我們煩到完工，你看著好了……」

「妳們剛剛在聊什麼？」施泰倫邊倒酒邊問。

「聊你未來太太的婚紗，現在你來了，我們得換個話題！」

「我可以先告訴妳，我要穿我姊姊的婚紗！」艾蕾克希興奮地說。

蕾娜拉起艾蕾克希的手緊緊握住，看著未來弟妹的眼神流露出母愛。

「這件婚紗就像是愛的連結，藉由婚禮串聯起家族裡的人。我覺得這個意涵很棒。」

艾蕾克希接著說：「我再給妳看照片，妳立刻就會明白，設計簡約卻十分典雅。」

這時傳來大門開了又關上的聲響。

幾秒後，黎納・貝斯壯出現在客廳，說了聲「hej」對眾人打招呼。疲憊壓得他微微弓著背，眼角與嘴角像被魚鉤鉤住般下垂，這番疲倦而慍怒的神情使得他那龐大的身軀看起來更具威脅性。

蕾娜張開雙臂迎接丈夫。

「可憐的寶貝，你看起來累壞了。」

蕾娜親撫黎納濃密的鬍子，在他臉頰上輕輕一吻。

「昨天晚上到底發生了什麼事那麼緊急？」

黎納皺著眉，轉向艾蕾克希。「妳還沒和愛蜜莉談過嗎？」

艾蕾克希起身，搖著頭說：「沒有……怎麼了？」

黎納閉起雙眼，捏了捏鼻梁。

「埃麗耶諾的父母被謀殺了。」

## 西班牙，阿利坎特

### 一九三七年十二月二十六日，星期日，晚上十一點三十分

泰瑞莎仰著頭，享受清涼的空氣拂過臉龐，大口吸氣進鼻腔，直到肺部充滿空氣，再慢慢吐氣，凝神注視著湛藍無雲的天空。

她沒忘記托祕歐的話，她照做了，面對生死交關，她逼自己立刻做出選擇。其實死亡要容易得多：挑釁警衛並逼他開槍，頭上中彈，一切就結束了，就和索萊一樣，和帕寇一樣。但泰瑞莎決定活下來。她在阿利坎特電影院裡五天了，待在同一個座位上沒動過，與她一同被關押的還有數百名婦女與孩童，地上全是排泄物。即使如此，她仍選擇活著。

他們到的時候，電影院裡早已人滿為患，耳裡充斥的是女人的啜泣聲與嬰孩的叫喊聲，女子襁褓裡的嬰兒使勁吸吮乾涸的乳房，飢餓地哭吼，隨著時間流逝，哭喊漸漸消失，因為驚恐不已，也因為筋疲力盡，只剩下嗡嗡低語與變換坐姿的摩擦聲——連抱怨與呻吟都無法持續。

有隻手推著泰瑞莎往前，她一個踉蹌，伸手抓住了身旁女人的外套；女人對她微笑，還主動扶住她，兩人有著相同的眼神，蒙上痛苦的無神雙眼。時間每分每秒都在挖掘她們，她們的眼神也愈來愈空洞。

泰瑞莎伸展凍僵的四肢，雙手縮進毛外套口袋，走向指派的車子。月臺上擠滿了女人和小孩，她感覺到人潮帶來的溫度與氣味。稍早在電影院裡，她把外套脫了蓋在幾個發抖的嬰兒身上，孩子染上了痢疾，穢物浸透全身上下僅有的布料。

泰瑞莎是第三個走進火車的，這原是載運貨物或動物的列車，車廂裡空蕩蕩，沒有設置任何座位，只有角落擺著一只空鐵罐。其餘帶孩子上車的婦女席地而坐，有的抱著嬰兒在懷裡輕搖，有的輕撫著女兒的額頭，小女孩久未進水，嘴唇已乾裂滲血；車廂裡母親們默默哄著孩子，但沒人唱出聲，這些女人聽天由命，只想著最壞的場景，一邊吸收恐懼、承受痛苦，一邊緊緊抓牢孩子，就算命懸一線，也只能設法掌握這最後的命脈。孩子是她們的延續，是她與他的結晶，她們曾經愛過。泰瑞莎瞇起眼，甩著頭擺脫姪子在腦海中最後的影像——滿身是血的嬰兒被留在路邊草叢裡。

片刻間，女人與孩童如洪水般湧入車廂，長槍黨員把這群可憐的人們硬推上車，然後關上鐵閘門。

***

火車吐著氣，發出刺耳的聲響，接著便上路。

尿液、糞便溢出鐵罐，那原是裝沙丁魚的罐頭，就是發下來果腹的那種；火車停過三次，每次都有人上來發食物，全是沙丁魚罐頭，一人一罐，還有一小口水。魚罐頭很鹹，吃完了更感乾渴，喉嚨乾到發刺，從喉間發出的聲音刺得連耳朵都疼，可是飢餓難耐，還是把僅有的食物吃光。

火車上的女人們計算著，她們在火車上待了三天三夜，發臭的身軀退化至野獸的狀態，但沒人作聲，她們已無話可說。

那是哀莫大於心死，親愛的托祕歐曾告訴過她，長時間近距離面對死亡就會變成這樣。

這時，兩名士兵冷不防打開鐵閘門，車廂裡傳出一陣嘆息，終於聞到了新鮮的空氣，說不定有水喝，還有沙丁魚罐頭，甚至還有機會倒掉罐頭裡的屎尿。

士兵掩住口鼻退後了幾步。

「¡Los muertos fuera!（把死掉的扛出來！）」他們的手在面前快速比畫，不願離口鼻太遠。

車廂裡先後傳出兩聲尖叫，兩名母親懷裡摟著了無生氣的孩子，沉默像一堵牆，擋在士兵與十幾名婦孺間，沒人敢動一下。

「¡LOS MUERTOS FUERA!」兩名士兵大吼，手同時伸向腰帶，準備隨時抽出武器。

一個女人抽抽噎噎站起來，下車走到月臺，女兒在她懷裡，臉埋在胸口，辮子懸在半空中搖晃。

另一個女人跟著走下車，孩子貼著赤裸的乳房。

「¡Al suelo!（跪下來！）」

兩個女人照做，跪在地上，手仍緊緊抱住孩子。

「¡Los muertos al suelo! ¡Vosotras dentro, joder!（死人放在地上，快照做，該死！）」

第一個女人終於放下孩子，將女兒的深褐色髮辮擱在肩上整理好，又在小女孩頭上畫了個十字，最後親吻她的嘴唇。

「¡Vamos, vamos!（快啊！快啊！）」一名士兵大吼。

女人摸了摸孩子冰冷的腳底，腳上沒有鞋襪，她這才起身，接著走回車廂。

另一個女人不停搖頭，孩子靠在她胸口凹陷處。

另一名長槍黨士兵走向她，拿高槍托重重敲擊她的頭頂，她還是不肯鬆手，只弓起背，悶哼著回應接踵而來的重擊，直到她再也出不了聲，側身倒地，襁褓裡的嬰兒始終靠在她懷裡，靠在她心上。

士兵大步跨過屍體，再次關上鐵閘門。

火車繼續前行。

愛蜜莉又拿出幾張照片檢查細節。與母親雀絲汀不同的是，露薏絲遇害時並非赤裸，仍穿著睡衣與襪子。

警方在床上發現她的屍體，雙臂朝外大大張開，棉被拉下，露出血淋淋的胸部，凶手對她更殘忍：露薏絲左側太陽穴受到重擊，胸腔遭到近二十次戳刺，最後被割舌。一張照片特寫露薏絲頭部右側——少了一綹髮；另一張特寫是黏在床頭的沾血髮絲。由此可知，露薏絲原本應該是背對房門坐在床緣、靠著枕頭看向陽臺，也就是愛蜜莉坐的位置。然後凶手抓住她的頭髮用力撞木床頭，才動刀刺殺與割除舌頭。

愛蜜莉走出房間，下樓時發現階梯上沒有肉眼可見的血跡。守衛的女警員還站在玄關，愛蜜莉經過她身邊時，女警對她點頭示意，但愛蜜莉並沒有回應，逕自往客廳走，一邊搜索著宥讓．林德柏格的照片。來到客廳，愛蜜莉站在沙發後對照著相片觀察現場。

照片中的宥讓穿著黑色的T恤與休閒褲，遇害時躺在U形沙發上，頭枕在兩個枕頭上，無線耳機仍戴在頭上。凶手以鐵鑄燭臺敲暈宥讓，然後將燭臺擺在沙發旁的邊桌上。宥讓身上蓋的毛毯拉到肩膀，凶手持刀刺穿毛毯，連刺宥讓四刀。

愛蜜莉繞過沙發，站到扶手旁。

依宥讓的姿勢，應和雀絲汀與露薏絲一樣，頭部先遭重擊，然後才被刺殺與割舌；凶手會先讓受害者失去反抗能力，再動刀殺害並割除舌頭。

愛蜜莉依據三項關鍵要素建立犯罪側寫：重擊受害者使其無法反抗，用刀瘋狂刺殺兩名女性受害者，以及最具特徵的手法——割去受害者舌頭。

愛蜜莉轉身看窗戶，月光在海上照耀出一條發亮的銀色小路，瑞典人通常會用一個特別的字來形容這景象：「mångata（月光之路）」。

凶手可能是從這扇窗進屋，但也可能從大門、門廊或二樓的露臺闖入，雖然格爾妲聲稱她已經上鎖。埃麗耶諾的陽臺門無法從外面打開，陽臺上也看不出任何強行入侵的痕跡。凶手無論男女都可能從國道或海灘過來，向鄰居問話也許有辦法確認這一點。

愛蜜莉抬起腿，背包放在腿上，快速將牛皮紙袋塞進包包裡，然後就往玄關走。

「洛伊小姐，需要我送妳嗎？」年輕的女警問。愛蜜莉正拉上大衣的拉鍊。

「好，夢娜，謝謝妳。」

年輕的菜鳥女警一聽臉就紅了，她沒想到愛蜜莉知道她的名字。

「凶手的側寫在腦中漸漸成形了」，愛蜜莉邊想邊打開警車車門，可是還有許多問題需要解答，而她急需找到其中一個答案：露薏絲在埃麗耶諾的房裡遇害，凶手真正的目標會不會是埃麗耶諾？

埃麗耶諾正在凶手的窺伺中？

## 一九九〇年十一月十二日，星期一

尼諾的手在我手心裡顫抖。

醫生專心翻閱檔案，一直沒抬頭。

感覺像是故意讓人等著，我一腳都要踩進墳墓裡了，他卻這樣幸災樂禍。

「妳之後沒再昏倒過？」醫生問，眼睛始終盯著檔案。

「沒有。」我說，同時鬆開尼諾的手。

「也沒有要昏倒的感覺？」

「都沒有。」

他闔上紙製文件夾，搓了搓茂密的鬍鬚，毛髮沉悶的摩擦聲聽起來很不舒服，甚至透著幾分猥瑣。

「聽著，妳的心臟沒問題，檢查結果一切正常，只是膽固醇有點高，沒有需要擔心的地方。」

「太好了，謝謝！」我鬆了一口氣，稍微調整坐姿。

「妳說之前從來沒發生過？」

「從來沒有。」尼諾替我回答。

醫生聽了微微一笑。

「這次發作時，是不是處在壓力特別大或身體非常疲憊的時候？」

「完全沒有，恰恰相反，那時在和家人聚會。」

「這樣啊，不過和家人一起並不見得精神會比較放鬆。」

「聽起來你有這方面的經驗？」我很想對醫生這麼說。

「當時我的孫子正在受洗。」

「妳也一起規畫受洗典禮嗎？」

「醫生，你不認識我女兒，不然就不會問這個問題了。她很專制，我好不容易才徵求她同意，典禮前用小蘇打粉和檸檬洗了受洗服，我只是想把衣服洗白淨點就費了一番工夫……她卻只要我們時間到出現在教堂就好，連座位都是由她先安排好。」

尼諾輕撫我的手，藉此讓我降低聲量，顯得不那麼咄咄逼人。我性子比較急，脾氣一上來就停不下來。

「也許受洗典禮還是讓妳有點壓力？」醫生半開玩笑說，身子往後仰，靠在辦公椅的椅背上。

討論到這裡，原本宣判的氣氛頓時緩和下來，像是在閒話家常。

「沒有，我不覺得有壓力。」

「覺得不開心？」

「怎麼樣都沒到會在教堂昏倒的地步！」

「所以我才要問清楚事情的來龍去脈！」

我閉上眼，嘆息像是發不動的引擎，先哽在喉間才斷斷續續從口中吐出。

「我的天啊，現在想起來……我毀了受洗典禮……真是太糟糕了，醫生……」

「跟我說說，好嗎？」

我邊搖頭邊回想當時的場景。

「那當下就好像我的身體一點一點停止運作……」

我嚥下一口口水，話卡在喉間，出不來。

尼諾又握住我的手，這次我感覺他用溼潤的手捏了捏我的手。

尼諾看著我昏過去，等我醒來、再次睜開眼，第一個見到的也是他，他的眼神由原本的驚恐轉為感激。

「醫生，那時候我還以為我要死了。」

醫生點點頭，神情彷彿我談的只是感冒。

「哪一樣感官最先失去知覺？」

我瞇起眼努力回憶。

「聽覺。」

「再來呢？」

「我喘不過氣……覺得好像……」

我疊起雙手放在胸膛上心臟的位置，呼吸變得急促。

「好像胸部被重壓？」

「更嚴重，就像要被壓碎了一樣。」

「像是一頭大象坐在妳的胸口嗎？」

「不是……壓迫感是由內而外，我說不上來，比較像是我的身體……失靈了……」

「妳當時在哪裡？」

「坐在教堂裡。還好是在教堂，不然後果可能不堪設想。我倒下時，還好尼諾扶住了我。」

尼諾嘴脣微微上揚，淺淺的微笑中透著幾分尷尬。這是憐憫的笑容。

「他們讓我躺在地上……我的天啊……實在太丟臉了……我聽到孫子的聲音才醒過來，女兒摸著我的臉，她的手就和教堂的地板一樣冰。」因為失禁漫出地板的尿液也同樣冰冷。突然想起這件事，但我說不出口。

「我……我控制不了自己的身體，醫生。」

醫生聽了仍平靜地點點頭，彷彿我剛剛敘述的經歷並沒那麼戲劇化。

「妳曾經尿失禁嗎？」

眼角的餘光瞥向尼諾，有些事我還是寧願緘口不提，就算是尼諾也一樣。他看見我躺在自己的尿裡，這種事一次就夠了。

「沒有，完全沒有。」

「妳昏倒前見到的最後一樣事物是什麼？」

我微笑，只要想到孫子我就不住微笑，彷彿花朵在心裡綻放。

「是我的孫子……」

我不記得這句話的後續，也不記得醫生說了什麼。

他似乎從椅子上跳起來衝向我。

我只記得閉上眼前白袍在我的臉前飛揚，一如遮屍布。

## 瑞典哥特堡，法醫研究所

### 二〇一六年十二月四日，星期日，上午九點

克里斯蒂昂·烏洛夫松在人中塗滿維克斯薄荷軟膏，又將兩粒水果味的口香糖丟進嘴裡，人工香料應該能掩蓋屍臭，難聞的味道鑽進口鼻總是讓他的胃不住翻騰。

愛蜜莉與克里斯蒂昂踩在驗屍室的塑膠地板上，鞋底發出吱嘎聲，法醫布莉姬特·佩德恩一聽到腳步聲便抬起頭，一頭茂密的金髮編成辮子垂在肩上。

「*Hej*，大美女！」克里斯蒂昂說，完全忘了鼻下那坨軟膏，「老大馬上到，他在跟檢察官通電話，應該一下就好，隨時會進來。」

「知道了。」布莉姬特應了一聲，眼神隨著愛蜜莉的步伐來到驗屍桌邊，愛蜜莉進門後沒對她說過一個字。

「『尼根』（Negan）是什麼意思？」克里斯蒂昂指著布莉姬特的衣服問——黑T恤上寫著一行標語「『我是素食者』（Je suis Vegan）」，但原本的「V」被劃掉，取而代之的是一個血淋淋的「N」。

「不會吧！你居然不知道？不要跟我說你沒看過《陰屍路》！」

「好啦，好啦，我知道了，大家都叫我一定要看……」克里斯蒂昂這時注意到布莉姬

特下半身穿著仿皮緊身褲，忍不住盯著她雙腿多看兩眼。

「我說啊，妳身材恢復得很快嘛！」

「不要被騙了，我裡面穿了束褲，只要一脫下來，皮膚就像融化的冰淇淋溢出甜筒，肚子上那圈贅肉都可以當圍裙了，胸部還可以往後甩成圍巾，一點也不好玩。」

「我的天，聽起來好恐怖，妳得做運動，而且得馬上開始。」

「目前我唯一做的只有床上運動，相信我，光這件事就夠累人了！」

「布莉姬特，妳生太多孩子了！」

「我知道，你要的話我可以送你一個，兩個也可以。」

「聽妳說得這麼可憐，我幾乎都想收下了。」

布莉姬特微笑，像對待調皮的孩子般捏了一下克里斯蒂昂的臉頰。

「Hej，布莉姬特！妳好嗎？」警察局長黎納出現在驗屍室。

克里斯蒂昂站直身子，挺起練過的胸肌並抿起嘴，收斂起嘻笑。

「黎納，真是太謝謝你了！終於有人關心媽媽，每個人都是先問『小孩』怎麼樣，完全把媽媽當配角，都忘了是我把他們生下來，而且生他們出來的那個洞可不比頂針大呢！有時候我會想，到底為什麼要生孩子？」

布莉姬特邊說邊戴上橡膠手套。

「好了，我們就從媽媽開始吧，這是她應得的，可憐的女人。」

她一擺頭將辮子甩往後背，朝解剖桌走去。

「死者後腦受敲擊的力道相當大，足以使她暈頭轉向或短暫昏迷，我在傷口裡找到床架的碎片，從傷處看來，應該是被扯下床跌落地板時撞傷了頭，隨後遭凶手戳刺胸腔十一次，其中三次刺入心臟。」

布莉姬特戴手套的手在雀絲汀．林德柏格的屍體上比畫，死者胸口布滿斑斑刺痕。

「有沒有性侵或性行為的跡象？」愛蜜莉劈頭就問。

「沒有。」布莉姬特以同樣直白的語氣回答，搔了搔脖子上的刺青——一行拉丁文。

「好了，」她走向左邊的解剖桌，「輪到爸爸了。他和妻子不同之處在於遭刺殺時處於完全昏迷的狀態。凶手朝胸部刺了四刀，兩刀正中心臟，頭部的傷證實來自鐵鑄燭臺，沒有性行為或性侵痕跡。」

克里斯蒂昂在鼻孔邊緣塗上薄荷軟膏，又扔了兩顆口香糖進嘴裡。

「至於女兒呢，」布莉姬特繼續說，同時移往露薏絲．林德柏格屍體的左側，「左側太陽穴受到的重擊讓她不省人事。」

布莉姬特把露薏絲的頭輕輕轉向自己，愛蜜莉與黎納走近觀察。

「頭右側被拔下的一撮頭髮應該是凶手扯掉的——凶手一把拉住她頭髮，拽著她去撞床頭櫃，也就是你們發現血跡的地方；她遇害時從頭到尾都神智不清，這倒不只是因為頭受重擊，經檢驗後發現她血液裡有高劑量的安眠藥，醫生從四年前就開這種藥給她。接下來聽好了，她一共被刺了十九次，沒有性侵跡象，可是有性行為——我們採集到精液，時間應該是在遇害前幾個小時，可能是傍晚。」

布莉姬特脫下手套扔進驗屍桌下方的垃圾桶，挽起白袍的袖子，露出花花綠綠的刺青。

「剛剛是三名死者的驗屍結果，接下來說一下彼此的共通點：體內酒精濃度正常，身體健康，遇害時間在深夜十一點左右，誤差兩小時，從血液轉移的軌跡判斷，首先遇害的是雀絲汀．林德柏格，再來是露薏絲．林德柏格，最後是宥讓．林德柏格；凶手犯案的刀是最常見的大把廚用刀，刀鋒磨得很利。你們要找的凶手無論是男是女，總之是個右撇子。」

「要拿這樣的刀殺害三個人，我會說對凶手是易如反掌，就像是在切牛排。最後，三名死者的舌頭都在死後被割除。」

「受害者身上的刀痕或戳刺角度沒有不同嗎？」愛蜜莉問，眼睛始終盯著露薏絲殘破的胸口。

「沒有明顯的差異足以顯示出有另一名或多名凶手，刺痕出現深淺多半和凶手體力消耗程度有關，畢竟多達三十四刀，就算刀再利，刺這麼多刀還是會累。」

## 西班牙馬德里，文塔斯女子監獄

### 一九三七年十二月三十日，星期四，晚上十一點三十分

泰瑞莎的室友拉攏草蓆，挪出空間給泰瑞莎擺蓆子，還在中間空出一條小路，就一腳掌寬，方便進出牢房；這間囚室只能容納兩名囚徒，現在擠滿了十二個人。

瑪麗亞陪泰瑞莎到水房，協助她清洗身體，一路上兩人得跨過無數女人與小孩，他們躺在地上，彷彿昆蟲般到處都是，一萬一千人擠在一座只能容納五百人的監獄裡。

兩人先走進廁所，快憋不住了，想解放還得越過滿地屎尿。接著要刷去泰瑞莎那一身汙垢，黏膩得像第二層皮膚。水冰得刺骨，肥皂小到幾乎不存在，但泰瑞莎還是拚了命想刷掉那骯髒的氣味，身上布滿抓痕。「我明天會幫妳洗衣服。」瑪麗亞承諾。牢房裡留有囚友的遺物——一有人被拖出去，女人們就會把她的物品保留下來。等泰瑞莎衣服乾了，絕對找得到供她替換的衣服。

泰瑞莎睡在自己的那塊草蓆上，冷得全身發麻，那冰涼感受穿透指尖、冰凍耳垂，像是由內而外凍結了身體，先是骨頭結冰，才是肌膚。

泰瑞莎聽著那些沒有停過的叫喊聲，來自挨餓與受病痛折磨的身軀。她閉上眼想著心愛的托祕歐，想他在草叢裡藏身，想他粗糙的手，每每想到他觸摸著她的手指總讓她嘆

息，彷彿少了那指尖輕撫就無法呼吸。泰瑞莎想托祕歐今晚在哪裡入睡？有東西吃嗎？有沒有受傷？她也問自己會在文塔斯女子監獄待上多久？是否將在這裡死去？

**瑞典法爾肯貝里，斯柯雷亞海灘，卡麗娜．伊薩克森家**

**二〇一六年十二月四日，星期天，正午**

白雪模糊了海岸線，為海灘增添幾分水彩畫的氛圍，染白了沙與石，海堤彷彿披上一件白大衣。眼前的景色覆上皚皚霜雪後，流露出童話般的氣息，雪花如亮片在空中閃耀，磨去風景中的稜角與岐異，在沉靜中顯得柔美。雪如棉絮般靜靜飄落，噪音在雪地裡轉為呢喃，呼嘯的風也成了樂曲。

克里斯蒂昂與愛蜜莉先開車送黎納回警局，隨後前往卡麗娜．伊薩克森的住處，她是林德柏格一家的鄰居兼摯友。

為了平息翻騰的胃與噁心感，離開驗屍室回程的路上，克里斯蒂昂先在加油站停下，買了杯咖啡和肉桂捲。

壓死駱駝的最後一根稻草是露薏絲的屍體。埃麗耶諾姊姊胸口慘遭割剮的影像，與夢娜白皙堅挺的乳房在克里斯蒂昂腦海中重疊，一陣噁心感襲上，逼得他不得不馬上離開，他握起拳頭壓在嘴唇上，如旋風般走出驗屍室。屋外冷風像是一巴掌打在臉上，反倒讓克里斯蒂昂稍微恢復正常，再次鼓起胸膛。面如白紙的他，直到大口吞下咖啡和肉桂捲才恢復血色。他現在一臉不耐煩等著老女人卡麗娜開門，等不及要喝第二杯咖啡了，希望卡麗娜待會端咖啡出來招待他們，克里斯蒂昂心想。

愛蜜莉和克里斯蒂昂還來不及敲門，格爾妲．馮卡爾就開門了，她是林德柏格家的女傭。

「探長、中士，你們好。」她邊打招呼邊側身讓兩人進門。

克里斯蒂昂強忍笑意，大家經常把鼎鼎大名的犯罪側寫師當成他的下屬，這一幕總令他發笑。愛蜜莉沒說什麼，只對格爾妲親切一笑，這是她專門保留給證人的笑容。「真是難以置信！」克里斯蒂昂心想，「平常看來是社交障礙，卻在必要時立刻轉變態度。事實是，愛蜜莉對這世界毫不在乎，卻沒人對此有微詞。」

找寡婦卡麗娜．伊薩克森問話前，愛蜜莉已經和克里斯蒂昂說好，請他以瑞典語進行，愛蜜莉會在一旁觀察她的反應，包含肢體語言、遲疑或猶豫等各種態度——總之就是靜靜做側寫師的工作，畢竟她也不會說瑞典語。

卡麗娜．伊薩克森在客廳等他們到來。克里斯蒂昂很驚訝，因為她看起來十分年輕，臉滑嫩得有如嬰兒屁股，儘管多半來自拉皮和醫美手術，刀痕可能藏在耳後，但不得不說，老女人掩飾得很好。

「沒弄錯的話，是烏洛夫松警探和洛伊小姐吧？」卡麗娜以標準的英國腔開口。

「沒錯。」愛蜜莉回答，投以微笑，甜美的笑容讓她顯得柔和許多。

「請坐吧。」卡麗娜提議，「格爾妲在泡咖啡了，還是你們想喝其他飲料？」

「咖啡就好，謝謝妳，伊薩克森太太。」愛蜜莉回話，臉上仍掛著笑容。

「叫我卡麗娜就好。你們應該也曉得，在瑞典大家習慣叫名字。我一開始也抱怨過，後來就習慣了，現在被稱呼『太太』反而覺得老氣。貝斯壯局長提前說了你們要來拜訪，很高興見到兩位。埃麗耶諾能進警局工作，宥讓和雀絲汀感到非常驕傲，我要替他們謝謝你們。」

卡麗娜垂眸，以食指抹去眼角的淚水。

「警探先生，你要是不介意，」卡麗娜接著說，暗暗地吸了一下鼻子，「出於對洛伊小姐的尊重，我想以英語進行對談。但我也必須承認，自從丈夫去世後，我就沒什麼機會說了。」

「他是哪裡人？」愛蜜莉禮貌地問。

「英國白金漢郡。我只去過一次，我們婚後住在愛丁堡。我在瑞典瓦爾貝里出生，卻是在英國完成學業，後來就留在英國，直到十一年前才搬回來……因為魯伯特去世……我需要換個環境，於是回家鄉定居，也改回原姓，這樣我才能重新開始……」

格爾妲端來一壺咖啡、三個杯子、牛奶及一盤肉桂捲，全放在茶几上，隨後走出客廳，順手帶上客廳的門。克里斯蒂昂替自己倒了咖啡，他需要補充咖啡因，還迫不及待品嚐起眼前的肉桂捲，圓滾滾的金黃麵包令人垂涎，既然說好了講英語，問話就交給愛蜜莉主導，他坐在一旁納涼就好。

「卡麗娜，妳認識林德柏格一家很久了嗎？」愛蜜莉問。

「我們是八〇年代末認識的，他們就是那時候買了房子，我則是繼承了阿姨的房子。其實在那之前，我和魯伯特每年夏天都會來度假三、四個禮拜，若我沒記錯的話，應該是從……一九八五年就固定每年到瑞典度假。」

「林德柏格夫婦是本地人嗎？」

「不是，他們來自斯德哥爾摩，但在法爾肯貝里住了很久。」

「妳多久會和他們見一次面？」

卡麗娜抿起嘴，試圖忍住淚水，喝了幾口咖啡才接著說：

「我們至少每週見一次面，我們會一起打高爾夫球，有時是我和宥讓單獨打球，雀絲汀是為了取悅他才配合著打，但她真的不喜歡。」

「你們會共進午餐或晚餐嗎？」

「嗯，但不是很正式，通常是我去他們家喝一杯，到用餐時間就留下來吃一點，或是他們過來。」

「妳和林德柏格的孩子熟嗎？」

「三個孩子裡我最熟的是埃麗耶諾，因為她還住家裡；偶爾才會遇到露薏絲和雷歐波，通常是他們返鄉探望父母的時候。」

「他們和父母相處融洽嗎？」

「在我看來很正常。」

「雀絲汀或宥讓曾和孩子起衝突嗎？」

「完全沒有。但我知道埃麗耶諾的亞斯伯格症對他們一家是多麼沉重的負擔。」

「妳聽過他們曾和其他人發生衝突，或是哪些人可能憎恨他們到想置於死地？」

「天啊，沒有。我知道經營診所的壓力很大，但沒察覺任何異狀。」

卡麗娜邊回答邊按壓右手手指。

「星期五晚上沒發現任何可疑的狀況嗎？」

「完全沒有，我八點就帶著電子閱讀器上床。約莫半小時後就睡著了。」

「白天呢？有沒有在林德柏格家附近看到可疑的人？」

「沒有，很抱歉。我早上出門到市區買日用品，十一點前到家，之後就一直待在家裡。」

「妳最後一次見到林德柏格夫婦是什麼時候？」

卡麗娜搖搖頭，顫抖著嘴脣說：

「星期四。宥讓下午來找我，他說雀絲汀留在診所，所以她當時人在哥德堡。」

愛蜜莉停了一下才接著問：

「他看起來怎麼樣？」

「很好。」卡麗娜說完，再次擦去臉上的淚水。

「他們昨天或週末邀請了什麼人來家裡？妳知道嗎？」

「我不知道。」

「林德柏格夫婦相處融洽嗎？」

「很好，可以說好得不得了，除了性事。也是因為這樣，我們的協議非常完美，平衡了一切。」

愛蜜莉頭歪著頭說：

「不好意思，請問你們有什麼協議？」

卡麗娜的雙手拍了一下大腿。

「我還以為格爾妲早就跟你們提過了──宥讓是我的情人。」

克里斯蒂昂聽了差點吐出肉桂捲，趕緊灌下整杯咖啡，試圖嚥下嘴裡的點心。他怔怔看著愛蜜莉替所有人倒咖啡，彷彿美魔女卡麗娜方才的發言並無絲毫驚人之處。

「雀絲汀怎麼看待這件事呢？」愛蜜莉拿起杯子問。

「就像終於被解放了一樣！性對她來說根本就是折磨，即使和心愛的男人也一樣。所以她很高興再也不用被迫滿足丈夫，而他有需要就會來找我。應該可以這樣解釋，實際上這種關係也填補了我的空虛。」

「卡麗娜，協議實際上是怎麼進行的呢？」

「基本上宥讓有需求時就會來找我，我們之間只有性，大家各取所需。」

「之後你們三個人還能一起吃飯聊天，像是什麼都沒發生過嗎？」克里斯蒂昂插嘴，一臉不自在。

「當然可以，警探，你要知道，我並沒有從雀絲汀那裡奪走任何東西。相反地，我做的事反而能讓她保持清靜。」

## 瑞典法爾肯貝里警局

### 二〇一六年十二月四日，星期日，下午三點

克里斯蒂昂和愛蜜莉進入會議室時，夢娜正將犯罪現場的照片貼上白板。

「洛伊小姐……烏洛夫松警探……」聽到雙開門作響，年輕的夢娜轉頭，結結巴巴地說：「局長叫我……他叫我拿照片過來，所以我想……」夢娜邊說邊想著如何解釋，頓了幾秒才接著說：「我想如果我先貼在白板上，應該可以幫你們節省一點時間。」她好不容易說完，臉頰上泛起的紅潮就像剛從大雪天進入室內。

愛蜜莉轉向克里斯蒂昂，示意他處理眼前的情況。或者說，交由他來「處置」夢娜。

「呃，好……謝謝，剩下的就交給我們吧。」克里斯蒂昂回話時也不自覺變得結巴，手指不住搓揉椅背。

夢娜對他們點了個頭，低頭快步走出會議室，差點撞上黎納。

「天啊，克里斯蒂昂，你對這個可憐的小傢伙說了什麼？」黎納邊說邊將咖啡壺和三只杯子放在桌上。

「老大，我可沒說什麼，只不過向她道謝。愛蜜莉，妳說是不是？」克里斯蒂昂連忙解釋。

愛蜜莉不發一語，忙著將夢娜留下的照片貼上白板。

「好了，克里斯蒂昂，別緊張。」黎納緩了緩語氣，邊倒咖啡邊說：「你們在卡麗娜・伊薩克森家發現了什麼？」

「真是天殺的，老大，這家人根本在演電視劇！那寡婦居然和埃麗耶諾的老爸有染，難以置信吧？我身為男人倒是可以理解，畢竟她的身材完全不輸年輕女孩。但最糟糕的不是這個，而是埃麗耶諾的老媽完全知情！沒錯！很誇張吧，我知道！」最後這句則是克里斯蒂昂特別朝黎納說的。黎納聽完，臉上也浮現驚訝的表情。「卡麗娜・伊薩克森宣稱埃麗耶諾的老媽毫不在意，因為她不熱中性事！」

「真意外。」黎納脫口而出，捏了捏鼻梁。

「除此之外，卡麗娜什麼都沒看見，剩下的都是廢話。她提到和林德柏格一家的互動或診所的事都無關緊要，所以……」

克里斯蒂昂從口袋裡掏出手機，點開記事本瀏覽。

「我們該從何下手呢？現在看來就是一片混亂：三名受害者、來自同一個家庭、做案手法一致……」

黎納看著克里斯蒂昂，不知該擔心好，還是該驚喜。

「會是診所業務相關人士的報復手段嗎？還是……」克里斯蒂昂繼續說：「老傢伙其

實在外面有很多女人？可能哪一個嫉妒的丈夫受不了，決定殺掉全家？」

「克里斯蒂昂，夢娜讓你變得這麼認真啊？」

克里斯蒂昂張著嘴，驚訝地一時說不出話來，也注意到愛蜜莉眼神中閃過一絲興味，這讓他想鑽進地底。

「我們得先從犯罪現場下手。」愛蜜莉插嘴，一邊將頭髮紮成馬尾。

愛蜜莉轉移話題。克里斯蒂昂不禁鬆了一口氣，找了離自己最近的椅子坐下，因為難為情而滿頭大汗。

「最先遇害的是雀絲汀，」愛蜜莉繼續說：「凶手在林德柏格夫妻床下等著，時機一到便現身，拉住雀絲汀腳踝，拖她下床；雀絲汀後腦的傷痕乍看像是意外，但宥讓與露薏絲都是先受重擊、昏迷後才遭殺害，這麼看來，以鈍器制服受害者應是凶手習慣的手法，接著割舌。舌頭應該是放在盒子或保鮮袋裡，方便攜帶。處理完雀絲汀後，凶手到走廊另一頭的房間殺害露薏絲，最後才是一樓的宥讓。」

「先等一下，」克里斯蒂昂插話，身體搖晃著擺動椅子，「我們還沒收到實驗室的報告，妳怎麼知道這瘋子躲在床下？妳又是怎麼推測出他把割下來的舌頭放在保鮮盒裡？」

愛蜜莉翻轉白板，拿起筆畫了三個三角形，代表林德柏格家的三層樓，然後標示客廳、門廊、房間和閣樓，再標出陽臺、床、門及沙發的位置。

「凶手在晚上十一點左右進入屋內行凶，可能的兩個入口都在一樓，其他出入口都已上鎖——埃麗耶諾房間的陽臺和閣樓的門。」

愛蜜莉邊解釋邊畫。

「埃麗耶諾說宥讓是夜貓子。假設凶手真的從一樓進門，客廳正對著門廊，而且坐在沙發上就能看到大門，所以不管是從門廊或大門進來，肯定會被宥讓看見。」

愛蜜莉指向代表沙發的三角形，埃麗耶諾的父親宥讓就是在這個沙發上遇害。

「此外，雀絲汀當時一定睡著了，否則她應該也會聽到凶手接近，進而起身或反抗；可是現場狀況並非如此，雀絲汀被拖下床時，試圖抓住枕頭和被單，這就表示凶手採取突襲，她根本沒機會反抗。

我想襲擊她的人應該是先躲在床下，一鑽出來就迅速地一把將雀絲汀拖下床。凶手肯定知道她體重只有五十公斤。」

「天啊，光想到有人埋伏在床下就覺得可怕！」克里斯蒂昂打了個寒顫。

「妳覺得凶手可能是女性嗎？」黎納加入討論，邊倒咖啡邊問：「仔細研究做案手法，凶手在大開殺戒前都先讓受害者失去行動能力，這應該能提供凶手的身型，並且進一步推估力道等指標訊息？」

「這的確可以當成指標。但別忘了，凶手有刺殺這麼多刀的力氣，也顯示出他很有自信，信心源自於經驗和精神狀態。我想凶手先下手使受害者失去行動能力的原因很簡單，因為不希望受害者反擊。至於如何移動舌頭，克里斯蒂昂，做案手法如此嚴密、有組織的凶手，對『戰利品』必定也很小心。」

「好吧，所以我們還是不曉得凶手是男是女。」克里斯蒂昂擠了擠眉，還是坐在「兩腳椅」上，身體前後擺動保持平衡，「換個角度切入呢？凶手為什麼要犯案？動機是什麼？復仇嗎？還是童年受過創傷？因為被母親禁止自慰，所以成了暴力的連環殺人犯？畢竟他還割下所有人的舌頭啊！這背後應該藏著什麼隱喻吧？愛蜜莉，妳怎麼看？」

「很有可能。」愛蜜莉回答：「凶手要不說的太多、要不說的不夠，但我想這個舉動和林德柏格一家無關，主要來自凶手的想像。」

「我們接下來該怎麼做？」

「研究眼前的受害者，」黎納明確給了答案，他決定不理會克里斯蒂昂的雜耍表演。

「先做基因測試，確認埃麗耶諾、露薏絲和雷歐波三兄妹的血緣關係，排除家族祕密。」

愛蜜莉點頭表示贊同。

「克里斯蒂昂，你去查他們的家庭背景和診所歷史。」

「老大，我一個人處理嗎？」克里斯蒂昂衝口而出，抱怨的口氣比想像中更直接。

「請夢娜幫忙吧。」

「唉唷，老大！你開玩笑吧？要我和夢娜搭檔辦案？我原本是想找法國辣妹……我是說艾蕾克希啦，我很確定她已經受夠了排婚禮座位和出餐順序……」

「克里斯蒂昂！」

「要來賭嗎？畢竟她對連環殺手很有一套啊！」

愛蜜莉閉上眼，艾蕾克希穿著新娘禮服的身影與露薏絲殘破的身軀在腦海中重疊。白色的禮服浸泡在血水中，埃麗耶諾的臉從中央慢慢浮現。

愛蜜莉一把抓起背包、派克大衣，不發一語便走出會議室。黎納與克里斯蒂昂則繼續討論工作分配，沒有察覺到愛蜜莉的心思。

走出警局，寒風冷颼颼地撲打在愛蜜莉臉上，走過街道時，她深深吸了幾口冰涼的空氣，矮石牆圍繞人行道，她在矮牆上坐下，接著從大衣內裡的口袋拿出一只小黑盒。

愛蜜莉打開盒子，盯著看了幾秒，盒子裡裝了辦案最困難的一點——傾聽身體與直覺，但不被感情牽制。

她將腦海中埃麗耶諾的影像收進這只空盒，盯著她的臉一會便關起盒蓋。

## 瑞典法爾肯貝里，濱海大飯店

**二〇一六年十二月四日，星期四，下午四點**

「您好，卡斯泰勒小姐，歡迎光臨！我是瑟蓮娜，很高興見到妳，想必妳就是瑪杜吧？」瑟蓮娜特別在自己的法語腔調加重了「杜」字的「ㄨ」音。

瑪杜與婚禮策畫師握手。瑟蓮娜絕對是瑞典的典型美女，而且精通法語，瑪杜不禁驚嘆她的美貌與語言能力，轉身在女婿身旁坐下，對著艾蕾克希睜大眼模仿瑟蓮娜說「瑪杜」的腔調，艾蕾克希只得咬住下脣強忍笑意。

艾蕾克希的母親瑪杜昨天狀態極佳，似乎忘了前一天的焦慮與抱怨。早餐時艾蕾克希提及黎納，談到他正在調查一樁一家三口的謀殺案，到婚禮前都會很忙，瑪杜居然只是搖搖頭，沒有多加過問細節，只露出彷彿也遭到這樁慘案波及般的難受表情，並給予無限的同理——瑪杜總說地中海人就是這樣滿懷同情心。

接下來的行程可說是與時間賽跑：去「systembolaget」[6]領取從南法邦多勒訂購的粉紅酒、準備婚禮賓客的禮物、最後一次試婚紗、找搭配婚紗的鞋子，但艾蕾克希直到現在都

6 瑞典國營烈酒超市，是瑞典唯一販賣酒精濃度三・五度以上酒精性飲料的商店。

沒找到滿意的鞋款。

儘管心情愉快的瑪杜沒找艾蕾克希麻煩，加上婚禮進入倒數階段，得處理各種雜事，艾蕾克希仍惦念著埃麗耶諾。她打了幾次電話過去都無人回應，最後只好留言；她同時和愛蜜莉約好了晚餐。

愛蜜莉在電話裡的口氣一如往常，魯莽、直白，但艾蕾克希並未因此感到不悅。她們合作過兩個案子[7]，艾蕾克希已經學會不去在意與探究愛蜜莉的態度；艾蕾克希接受了愛蜜莉身上那陰鬱孤僻的外殼，有時甚至驚訝地發現自己欣賞這樣的愛蜜莉。自從哈姆雷特塔村區一案結案後，艾蕾克希只見過愛蜜莉兩次，但與前一年相比，她們見面的次數還多了兩次，儘管每次都是艾蕾克希開口邀約，至少愛蜜莉願意回應，甚至偶爾答應赴約，這已是兩人關係向前邁出的一大步。

「我接著以法語解釋嗎？」瑟蓮娜問，同時替所有人倒咖啡。

「沒問題。」施泰倫以略帶比利時口音的法語回答。

「兩位的大喜之日就要到了，我希望確認行程與幾個問題，然而最急著確定的是新郎與新娘的休息室：艾蕾克希，當天妳與母親、證人、伴娘就在這個房間更衣和準備，我們安排施泰倫與伴郎在另一間小套房，這樣可以嗎？」

艾蕾克希和施泰倫點點頭。

「伴郎和伴娘的名單不變？」

艾蕾克希和施泰倫驚訝地交換了眼色，接著給出肯定的答案。

「我知道很難想像，但我們遇過這樣的事。」瑟蓮娜看出兩人的反應，簡短解釋後又問：「婚禮上是誰拿戒指給新人呢？」

「我的外甥和外甥女，我姊姊的小孩。」艾蕾克希說。

「好，我有令姊的E-mail，你們訂到酒了嗎？」

「訂到了，酒放在後車廂。」

「太好了，我會請飯店人員在你們離開前把酒搬下車。婚禮祝酒賀詞的主持人選定了嗎？」

「選好了，我姊姊蕾娜。」施泰倫回答。

「好，你們想提前知道多少人致賀詞嗎？也許有些人可以改到雞尾酒派對？」

「應該不會太多人……」艾蕾克希說。

「蕾娜說有二十二個。」施泰倫插話。

艾蕾克希一聽便驚訝地瞪大眼。

---

7 見《46號樓的囚徒》與《白教堂開膛手》。

「二……十……二……個？」

「呃……對。」

瑟蓮娜將雙腿交叉，很快又分開，然後伸手拉了拉褲子膝頭的皺褶。

「這麼一來至少需要兩個小時吧！」艾蕾克希驚呼，「這才不是婚禮，根本是聯合國大會！」

「這是瑞典傳統，älskling，」施泰倫安撫她。「參加婚禮的賓客藉此表達對新人的友誼與愛，況且……」

「你指的是『瑞典』賓客吧！另一半賓客會因為這場瑞典語演講無聊到死！你能想像他們聽『須哩須倫須敦』整整兩小時嗎？爸媽和證人致賀詞是一回事，這也是應該的，但二十二個，施泰倫……」

「其實是三十一個，但有幾個人說是兩人共同發表……」

「那真是太好了！我還以為會持續三天三夜呢！」艾蕾克希翻了個白眼。瑪杜握起女兒的手輕拍。

「你為什麼沒先告訴我？」艾蕾克希問。

「是妳叫我負責晚宴，我只是照辦。」施泰倫有些惱怒。

「你打算什麼時候才要告訴我，我們的婚宴得持續八個小時？」

「我不懂妳為什麼在這一點上鑽牛角尖，這是很棒的傳統啊！那些賀詞不只是演講，還有歌曲、詩作，幾乎類似演出……」

「你是指尾牙表演吧，真是莫名其妙！」

「艾蕾克希，妳是認真的嗎？」

「好了、好了，艾蕾克希，妳少說兩句！」

瑪杜的嗓門蓋過女兒及未來女婿的爭執聲。

「女兒啊！犯不著這樣大驚小怪的，妳從今天早上就咄咄逼人，心情差透了的樣子，好了，趕緊討論完重要的事就載妳去警局，讓妳去看屍體，還給我們平靜！」

「媽！」

「很抱歉這麼說，願那些可憐的人們安息……但妳在這裡拐彎抹角也不是辦法，還不如由我們索性一把推妳進去！」

眾人鴉雀無聲。

「好了，那就聽瑟蓮娜的建議，讓五、六個人改在雞尾酒派對上發表，就能縮短晚宴上的致賀詞時間，也要請賓客盡量簡短發言，像是父母和證人就控制在三分鐘內，其餘賓客最多兩分鐘，這樣如何？我還想建議豬持人……」

「是主持人……」瑟蓮娜糾正。

「請原諒我的口誤，是『主持人』沒錯，賓客應該也可以先寫下賀詞交給主持人，然後在婚宴時由主持人代為朗讀？」

「這的確也是個辦法。」

「很好，那我們就這麼辦，我同意施泰倫的說法，這是很棒的傳統。女兒啊，妳既然要嫁給瑞典人，又在瑞典辦婚禮，就該尊重本地習俗，不是嗎？不管是瑞典人、法國人還是什麼奇怪地方來的人，都可以請會說英語的客人以英語發表。

全瑞典語的賀詞就翻譯成英文和法文，全法語的賀詞就翻譯成英文，因為瑞典人英語都很好，才不像法國人，法國人學習語言有障礙，妳說是吧？我們可以把翻譯好的賀詞放在小手冊裡發給客人，再加上兩、三張你們倆包尿布、戴牙套的照片當裝飾，手冊會是不錯的婚禮紀念品，而且如此一來，賓客說賀詞、讀詩、唱歌的同時，其他人可以對照手中的譯文；要是沒興趣聽，就與同桌客人大吃大喝、欣賞在場的帥哥美女。你們小夫妻意下如何？瑟蓮娜，妳覺得呢？」

「瑪杜，妳想得真是太周到了！」瑟蓮娜說，對瑪杜眨了一下眼睛。

施泰倫伸出手擁抱丈母娘。

艾蕾克希微微點頭表示同意，心中既感動又羞愧。

母親說得對——她該去見一見愛蜜莉了。

## 西班牙馬德里，文塔斯女子監獄

### 一九四四年十月二十三日，星期一，早上六點三十分

泰瑞莎舉步維艱跟在瑪瑟拉修女身後，隨著念珠碰撞聲前行。她已經在醫護室睡了兩晚，不想再待在那裡。她需要和女孩們在一起，有她們在身邊就像避風港，令她感到安心，或說像是一道抵禦外界事物靠近的高牆。她需要聽見她們喋喋不休談論日常，為雞毛蒜皮的小事爭執，甚至想念夜裡她們因飢腸轆轆痛苦的呻吟聲，這些是伴她入眠的聲音。

瑪瑟拉修女帶她回牢房，偷偷塞給她一點洋甘菊和兩顆阿斯匹靈，才轉身離去。

原本各自躺臥或坐在草蓆上的獄友一見泰瑞莎回來便紛紛起身，但動作極為緩慢。胡安娜的女兒躲在母親身後，抽泣著問是誰來了。

「哦，泰瑞莎……」眾人幾乎同時驚呼，回音敲擊在潮溼的牢牆上。

她們不敢擁抱泰瑞莎，因為擔心弄疼她傷痕累累的身體。泰瑞莎從她們眼裡意識到自己這三天來所受的折磨，猜想整張臉應該慘不忍睹，只敢以指尖輕觸。獄友讓她吞下一顆阿斯匹林，幫她脫去她身上的袍子，小心翼翼避免碰觸傷口，再以洋甘菊浸溼的紗布清理疤痕。

從女孩們謹慎的觸碰中，泰瑞莎感受到自己的確在鬼門關前走了一遭，她們都不敢相信她活下來了；泰瑞莎原本也以為再也不可能回到牢房，再也不可能見到她們。落在身上的每一擊都如此沉重，充滿憤怒，泰瑞莎一次又一次都以為那是最後一擊。

最初幾個小時，她從記憶裡嗅聞托祕歐的氣息，試圖留住摯愛的氣味。她是為了他才一次次站了起來，因為他們要一起抗爭，等待戰後重逢，只不過他在叢林，而她在這裡。身上每落下一擊，泰瑞莎便回想訪客日時托祕歐託人捎來訊息，她讀著小紙條的滋味。她往往會讀兩遍，並且愛極了紙上每一個字母的曲折形狀，接著才將字條揉成小紙團放入舌下，像是含著聖體，咀嚼、然後吞下紙團，細細品味那交流與結合的一刻。

直到他們將托祕歐的婚戒放在桌上，那一刻，泰瑞莎全明白了。她驀然升起一股空虛，身心彷彿全被掏空。

托祕歐一直在她心裡，陪伴她、支持她，連她自己都感到不可思議。她若是樹，托祕歐便是枝葉與根。她請求守衛開窗，這是她奄奄一息時，腫脹的脣間唯一吐出的一句話，她說感到窒息。然而窗戶緊閉，他們以為開了窗，泰瑞莎便會設法跳樓。因為她很清楚再也沒有捎來希望的小紙條，再也收不到他親吻過的紙條。既沒有重逢，也沒有未來，兩人之間不會再創造任何新的回憶。

牢房裡的女孩們幫她套上寬鬆的長袍，將幾張草蓆疊在一起，扶著泰瑞莎躺下。泰瑞莎閉上雙眼尋找托祕歐的身影，她要告訴他，她改變心意了。

她想死，最好立刻死去。

## 瑞典法爾肯貝里警局

**二〇一六年十二月四日，星期天，下午五點**

雷歐波——林德柏格夫婦為兒子選的名字真是再貼切不過，古老的名字顯示出他繼承了家族血脈，只缺了揚起的下巴與高傲姿態。這名字教黎納想起了英國偵探影集，劇中總有個貴族兒子，每次接受警探問話時，都在馬廄裡替馬刷毛。

「林德柏格先生，謝謝你在這種情況下趕過來。」

「不客氣，這是我的榮……這是應該的。」

雷歐波的眼神從黎納轉向愛蜜莉，旋即垂下眼簾，彷彿眼皮上承受著千斤重。

「請節哀順變。」

雷歐波點了點頭，目光始終盯著地板。

黎納在內心糾正自己的看法：林德柏格家兒子的外表與性格不太一致，那充滿克制的柔和聲音和外在形成對比，從精心打理過的髮型到燈心絨長褲都顯得格格不入。

「林德柏格先生，能不能先談談最後一次見到父母與姊姊的情形？」

雷歐波握緊拳頭，朝手心咳了幾聲，接著讓掌心貼在大腿上，那張開的手掌有如太陽。

「我最後一次見到家人是在星期五晚上……我們在家裡一起用餐。」

「只有你們四個人嗎？」

「不……還有露薏絲的男友阿爾賓，和他母親埃絲特。」

「他們也住在法爾肯貝里？」

「阿爾賓剛搬來哥特堡，他母親來看他。」

「晚餐幾點結束？」

「很早就結束了……阿爾賓堅持當天晚上回哥特堡，因為他隔天要去俄羅斯，一早得出發。」

「俄羅斯？」黎納一臉驚訝。

「對……去出差。」

雷歐波突然以慌亂的眼神掃向偵訊室，彷彿才發現一旁的雙面鏡、空無一物的牆面與桌上的水杯。

「露薏絲沒打算和男友一起回哥特堡？」

「沒有……露薏絲……原本就決定在家過週末。」

「你呢？你沒計畫留在家過週末？」

「我……我隔天……就是星期六……昨天……得工作……」

雷歐波眉頭深鎖，垮著一張臉，神情因悲慟顯得疲倦。

「他們幾點離開？」

雷歐波嚥下一口口水，拿起水杯，小心翼翼地喝了幾口水。

「晚上九點。」雷歐波低聲說。

「你呢？」

「比他們晚約十五分鐘。」

塑膠水杯在雷歐波捏緊的指尖下吱嘎作響。他放下水杯。

黎納瞥向愛蜜莉，儘管她看起來很放鬆，眼神卻始終緊盯雷歐波，分析他的一舉一動、每一次停頓，以及每個細微表情。黎納知道偵訊一結束，愛蜜莉就會立刻重播錄影，她會按幾次暫停鍵，要求黎納翻譯瑞典語，有時是一個字，有時是一句話。她不做筆記，只是以狩獵者般犀利的眼神仔細觀察，黎納很熟悉愛蜜莉這樣的神情。

「既然都要回哥特堡，你為什麼沒和他們一起走？」黎納接著問。

「我們在晚餐時就是這麼說的……應該安排一起走……」

「晚餐的氣氛如何？緊張嗎？起了爭執？有沒有發生什麼覺得奇怪或驚訝的事？父母和姊姊看起來怎麼樣？」

雷歐波不斷搖頭回應每個問句。

「大家……一切……都……」

他閉上眼片刻，緩緩地呼出一口氣後才說：「只是一場平常的家庭聚餐，只是這樣……」

「你父母和姊姊之間是否起了爭執？或是，他們是否和別人有過糾紛？」

「沒有……完全沒有！」雷歐波用力搖頭，「我真的不明白……我不明白怎麼會……」

雷歐波看向黎納，眼中充滿恐懼。

「你知道……是誰攻擊他們嗎？」

「不知道，還不曉得。」

「但你們有任何頭緒嗎？有線索嗎？」

「很抱歉，目前還沒有。你在父母的診所工作，對嗎？」黎納問。

「對，我是胚胎學家。」

「診所的業務如何？」

雷歐波的眉心擠出一道皺紋。

「很好……非常好……難道你們覺得和……和診所有關？」

「曾經有病人威脅過你們？或是之前的僱員？打過官司嗎？」

「都沒有。」

「好吧。」黎納結束談話起身。

雷歐波遲疑片刻，隨後跟著起身，他的身材幾乎與黎納一樣高大壯碩。

「我可以先……」雷歐波望著門，畏怯地開口。

「當然可以，但我要請你準備自診所開業以來所有僱員和病患的資料，」黎納伸出手與雷歐波握手，「我們有法官開的搜索票，有權要求檢查這些文件。」

雷歐波的眼神瞬即變得嚴肅，目光轉向始終坐著的愛蜜莉，點了點頭回應，便走出偵訊室。

「老天，愛蜜莉，要不是妳事先提醒我，我肯定不會注意到。」黎納拿起桌上的水杯，扔進垃圾桶，「他既沒提到埃麗耶諾，也沒說父母的名字，一次都沒有！」

愛蜜莉望向偵訊室大門，銳利的眼神不帶一絲人情味，近乎狩獵者的本能——猶如一頭潛伏的母獅，繃緊全身等待獵物。

## 一九九〇年十一月二十二日，星期四

我坐在最後一排，如此一來，只要想離開便能立刻走出去。我並不想留到禮拜結束，儘管我可能需要這麼做：集中心神，整理散亂的思緒，這或許有助於理解發生在我身上的事。

下一步是腦部掃描。上次我在診間暈倒，醒來後醫生解釋必須做腦部掃描。雖覺得心臟要爆炸了，但真正出了問題的可能是腦子。我解開大衣釦子，雙手放在膝上。

我從未花費分毫心神去思索自己的結局——人生的結局；我不曾思考過，當我人生走向終點時會是何種光景。如今死亡突然迎面而來，我感覺自己像在懸崖邊及時停步，伸展雙臂試圖保持平衡，試圖保持一種脆弱卻攸關生死的平衡。

我始終都不喜歡一句話的結束。標點符號裡我最喜歡的是逗點和驚嘆號。「代表狂喜與激情，頂多來個停頓，但沒有終結。」當時的編輯逗我說。

一名年輕女子走到我身旁坐下。教堂裡滿是教徒與絕望的人，我是後者。誰想得到，週四夜晚的教堂居然高堂滿座？

想到這裡，我淺淺一笑。

「是啊，誰想得到？」居然這麼多人相信神，或渴望相信。

眾人以愛之名齊聚一堂，有其美妙之處，畢竟是神的愛將男男女女聚集在此。或許他們之中也有人和我一樣，正在找尋自我；他們大可去看精神科醫生或藉酒消愁，然而他們來到這裡，在全能真主之家。

儘管如此，若不是女兒的建議，我從未想過來教堂找尋自我。女兒小時候若是找不著玩具，我總告訴她，回溯步伐就能找回失物，這次她建議我照自己的話做。「媽，上教堂吧。」女兒說：「因為一切都是從教堂開始的。」

因此我回到教堂，還是在做禮拜時回來，既然要做，不如做得徹底，不是嗎？

說到禮拜，這時神父走了進來，三人穿過中殿走向神壇，也許今天有特殊慶典？他們的步伐經過計算，規律又神聖。他們開始與神交流。中間那名神父的長袍外還穿了祭披，今天應是由他來主持禮拜，沒有兒童合唱團，只有三名穿著司鐸袍的神父，若我沒記錯，正確的說法應是「長白衣」，對了，三名穿著長白衣的神父。自畢業以來，除了參加婚禮與受洗，我再也沒踏進教堂，上教堂的次數一隻手數得完，宗教用語都記不清了。

教堂裡只傳來禮拜服在石地板上摩擦的聲音，氣氛莊嚴肅穆，上帝強迫人噤聲，再使人跪下。

神父行經之處飄出薰香、蠟燭與石頭潮溼的氣味，彷彿虔誠的神父喚醒了禱告的芬芳。右方的神父伸長脖子調整襟帶，襟帶一端勾住講臺，從他身上滑下。

我顫抖著，伸手立起了大衣的衣領。

一陣寒顫由上半身往全身擴散，我感覺身體忽冷忽熱，舌頭也變得僵硬，心頭湧上一股噁心感，是嘴裡的一股味道教我作嘔。

驀然間，這股難受的怪味在我腦海中形成一道影像，接著出現另一道影像，然後又一個……全是並不深刻的昔日回憶，模糊的記憶彷如腦中的孤兒。

然而回憶如此激烈，令我動彈不得。

怪味與刺痛肌膚的顫抖倏地消失。

只剩下浸溼教堂長椅的尿液。

我控制不了。

**瑞典法爾肯貝里，古斯塔夫布拉特餐廳**

**二〇一六年十二月四日，星期天，晚上七點**

「Hej，艾蕾克希！」古斯塔夫布拉特餐廳的老闆喬納斯張大雙臂擁抱艾蕾克希，十分斯堪地那維亞式的打招呼方式。「婚禮前夕的準備進行得如何？應該很忙吧！」

「其實還好。」艾蕾克希說完，挑了餐廳後方的一張小圓桌就座。

「那正好，有事要跟妳確認——貝婭塔老在唸，因為妳還沒確認餐點。」

「哦，天啊，喬納斯，我真的很抱歉。」

施泰倫與艾蕾克希預計在婚禮前一晚邀請家人共進晚餐，但兩人全忘了這回事，貝婭塔的E-mail已經躺在艾蕾克希的信箱裡好幾個禮拜，都要生灰塵了！

「這樣吧，」艾蕾克希接著說：「我馬上辦，免得她不准我點迷你披薩和乳酪。」

「那就太好了！」喬納斯對艾蕾克希眨了一下眼。「今晚想喝點什麼？白酒？紅酒？我們剛進了二〇一四年分的芭芭萊斯科，非常美味，想試試嗎？」

「好！」

「搭配迷你披薩？」

「你看透我的心思了！」

喬納斯轉身離開。艾蕾克希掏出手機查看貝婭塔的E-mail，立刻敲定了主廚提供的第二份菜單：從前菜到甜點，每一道都包含一項瑞典傳統料理，對這個場合是再適合也不過。

喬納斯端著一杯芭芭萊斯科紅酒與迷你披薩回到桌邊，披薩的佐料是小番茄與煙燻莫札瑞拉乳酪。

「Voila!（來嘍！）」喬納斯以生硬的法語說。

「Tack så mycket!（太感謝了！）」艾蕾克希以法語腔的瑞典語回應，「貝婭塔一定會很高興，因為我選好了。你告訴她，我要二號菜單。」

「太好了，我先拿水和麵包過來？還是要等妳朋友到？」

「等她吧，謝謝。」

喬納斯朝艾蕾克希微笑，然後走向另一桌，替一對情侶點餐。

艾蕾克希環顧四周，拿起酒杯嚐了一口紅酒，口感一如預期濃郁豐富。每當施泰倫到外地出差，艾蕾克希就會來古斯塔夫布拉特吃晚餐，餐廳小巧卻提供精緻美食，她喜歡這裡的親切氛圍，乳酪拼盤更是一絕，全使用法國乳酪，甚至以她之名將菜單更名為「艾蕾克希精選乳酪盤」。艾蕾克希有時會帶電腦到餐廳，邊吃飯邊工作度過一整晚，藉此排遣在瑞典寂寞的日常生活。

這點母親倒是說對了，她想念倫敦與倫敦客的喧囂，即使她還留著位於漢普斯特德村的公寓，一個月會在倫敦度過十來天，她還是想念倫敦。畢竟她沒有孩子，才能過這樣的生活。沒孩子，也不想要有，雖然這麼說似乎不對，但她一點都不想生小孩。「也許我的生理時鐘出了問題。」姊姊曾告訴她，生育的渴望有如體內「想尿尿的騷動」，說來就來，擋也擋不了，但艾蕾克希從未感受過這番急切的渴求。她非常疼愛外甥女，卻不必拉扯小孩的耳朵，急切地說著「不准」——外甥女總說這是「大人的不准之歌」；艾蕾克希享受寵愛孩子，但除去生養與教育的責任，只要專心溺愛就好。好阿姨就該這樣，她也喜歡這樣。

她告知施泰倫自己拒絕生育的決心，當時預期這段對話少說得持續個三、五秒，沒想到施泰倫立刻說：「我也不想要小孩。」緊接著，他們便如兩團火撲向對方，宣洩對彼此的渴望。

沒有兒女的夫妻生活真能幸福快樂嗎？拒絕生育傳承是否違反了人類的天性？是否違反自然法則？道德規範與社會壓力在其中又扮演了什麼樣的角色？也許這根本就是個巨大的陰謀？由已為人父母的男女策畫，他們看不慣頂客族無憂無慮的自由生活，因為這總讓他們想起從前的自己，便一面佯裝熱愛家庭羈絆，極力推廣生育。「真是受虐狂！」艾蕾克希心想，咬下一口披薩。

愛蜜莉忽然出現在桌前，艾蕾克希嚇了一跳。愛蜜莉卸下背包放在腳邊，背帶綁住椅腳，這是愛蜜莉在外的習慣。

「喝酒嗎？」艾蕾克希開門見山地問，她清楚不需要對愛蜜莉拐彎抹角，愛蜜莉也不是會閒話家常的人。

「水就好。」

艾蕾克希朝服務生揮了揮手。服務生看了桌子一眼，隨後便拿來水與麵包。

愛蜜莉替兩人倒了水，從背包裡拿出一只牛皮信封袋遞給艾蕾克希。

「犯罪現場和驗屍照片？」艾蕾克希接過信封袋。

「犯罪現場的照片。」

愛蜜莉趁著艾蕾克希看照片時看菜單。艾蕾克希並不想將照片攤得太顯眼，謹慎地放在膝上檢視。

艾蕾克希身為真實犯罪案件作家，一旦投入工作，就會擺脫無來由的同情，以專業眼光潛入案件審視。她必須超脫案件裡的人間悲劇，在心中空出另一個位置給不幸受到牽連的人們，例如家屬；這群人不但得面對失去至親的痛苦，還得一輩子承受罪犯奪走所愛的暴力行徑。艾蕾克希很清楚這樣的雙重打擊，因為她曾親身經歷。

女服務生再次來到桌邊替愛蜜莉點餐，點好便轉身離開。

艾蕾克希忽然抬頭，以手指撫平緊蹙的眉頭。

「死者都被割掉舌頭？」

愛蜜莉抬起眼，對上艾蕾克希的眼神。

「是否遭到性侵……」

「沒有。」愛蜜莉沒等艾蕾克希說完，「母親裸著身子睡覺；露薏絲遇害前曾發生合意性行為，但時間點是在當天稍早的時候。」

「遇害順序？」

「母親雀絲汀在二樓主臥房最先遇害，房間在走廊盡頭；姊姊露薏絲在埃麗耶諾的房間遇害，房間在二樓走廊的另一頭，靠近樓梯；父親宥讓在一樓客廳最後遇害。」

艾蕾克希聽完大吃一驚。

「露薏絲在埃麗耶諾的房間遇害？凶手強行將她拖去那個房間嗎？」

「沒有任何跡象顯示她是被拖行或強迫帶到房間，若真是如此，就與她頭上的傷勢不符。但我目前並不清楚她為什麼會死在埃麗耶諾的房間裡。」

愛蜜莉只在談到死者時才顯得健談，艾蕾克希心想，一手將照片翻面蓋在桌上。

「這麼說來，凶手從二樓開始做案，然後才下樓？妳認為他躲在林德柏格家二樓的其中一個房間嗎？」

「應該是這樣沒錯。」

艾蕾克希沉思片刻。

「妳說凶手先從母親下手？」艾蕾克希再度開口：「但從照片看來，沒看錯的話，露薏絲受的傷最重，也最凶殘？」

「沒錯，凶手刺了露薏絲十九刀、雀絲汀十一刀、宥讓四刀。」

「這表示凶手的主要目標是姊姊露薏絲。」艾蕾克希說完，將露薏絲了無生氣的照片放到一疊照片上。「或者，凶手的主要目標其實是埃麗耶諾，露薏絲只是剛好在她房間裡？」

艾蕾克希拿起酒杯旋轉，酒汁在杯壁上留下酒痕，舉起酒杯深吸一口氣之後才允許自己品嚐一口。

「妳認為是復仇嗎？」

「絕對是復仇，但不見得是針對林德柏格一家，可能是凶手個人所追尋的目標，僅存在於他的想像之中。」

艾蕾克希邊搖頭邊嘆了一口氣。

「天啊，愛蜜莉……」

「我知道……」愛蜜莉低聲說，服務生這時端來她點的燻鮭魚放在桌上。

「可能和埃麗耶諾的過去有關？從前的競爭對手？」

「我們還沒問太多。」

艾蕾克希伸出手放在愛蜜莉手上，但僅停留了兩、三秒。

「埃麗耶諾還好嗎？」

「我不曉得。」

愛蜜莉注視著眼前的餐點，低下頭品嚐起燻鮭魚，艾蕾克希也不再追問。

「警方對林德柏格一家的調查進行得怎麼樣？知道露薏絲和父母的工作地點嗎？」

「露薏絲生前在一家名為『斯凱孚』的機械製造公司上班，埃麗耶諾的父母則在哥特堡經營醫學輔助生育診所。」

「醫學輔助生育診所？有沒有可能來自診所的糾紛？我想你們大概還沒時間深入調查……我建議妳聯絡生育協會，他們應該有求助此項目病人的資訊，像是捐精或子宮中心，他們很了解這個市場，因為市場上的確有這方面的需求。比起調查林德柏格的診所，我想從這個角度切入能得到更多線索。」

克里斯蒂昂說得對，愛蜜莉心想，警方需要艾蕾克希協助。

**西班牙馬德里，文塔斯女子監獄**

**一九四四年十二月二十三日，星期六，早上八點三十分**

泰瑞莎攤開草蓆，跪在地上找蓆間的臭蟲和蝨子，找到了便捏碎。這些蟲子都躲在蓆子的皺褶裡。

瑪麗亞以眼角餘光看了她一眼。

「怎麼了？」泰瑞莎問，專心捉蟲。

瑪麗亞聳了聳肩。

「妳覺得怎麼樣？」

「我覺得怎麼樣？」

「對啊，妳覺得怎麼樣？」瑪麗亞重複並點點頭。

泰瑞莎抬起頭看著瑪麗亞。

「想說什麼就直接說吧！」

「我覺得妳不會想聽。」

瑪麗亞對她露出悲傷的微笑。

泰瑞莎又埋首在任務裡——除去睡覺用的蓆子上四處鑽動的小蟲。

「泰瑞莎，妳知道這一切的美妙之處是什麼嗎？」

泰瑞莎停下動作卻沒抬頭。

「這一切都是有意義的。」

「別再跟我說妳他媽上帝的事了，瑪麗亞。」

「我要談的是妳自己的神，妳先聽我說完。」

「我不要。」

瑪麗亞抿起嘴，遲疑片刻又接著說：

「泰瑞莎，妳曉得妳和托祕歐之間的連結很不尋常。」

「他已經死了。」

「也許吧。」

泰瑞莎深嘆一口氣回應，眼神始終盯著手指，捉起並捏碎蟲子，持續不斷進行。

「經過了那三天……妳再次出現在我們眼前，我們便明白了，妳知道吧。」

泰瑞莎手掌攤平撐在草蓆上，全身顫抖。

「我們明白他們對妳做的事，這些人是禽獸……」

泰瑞莎低下頭，下巴幾乎碰到胸口，咬緊牙根抑制淚水。

瑪麗亞走近，在泰瑞莎身旁跪下。她的肩頭因激動而顫抖，瑪麗亞輕撫她的雙肩。

「我親愛的泰瑞莎，這孩子會給予妳力量，妳看著好了。」

瑪麗亞看著泰瑞莎那烏黑的長辮子，溫柔地拉起溜過指間。

「妳可以把這孩子當成妳和托祕歐的孩子。」

泰瑞莎的啜泣聲像在低語，全身仍顫抖不止。

「妳在這個深淵裡創造了光明，我親愛的泰瑞莎，妳得忘掉強暴妳的男人。想想妳心愛的托祕歐吧，每次低頭撫摸肚子時就想著托祕歐，孩子會變成妳想要的樣子。」

陡然間，兩人聽見廁所傳出尖叫聲，彷彿哀號般愈發響亮。

泰瑞莎與瑪麗亞立刻起身，朝聲音傳出的方向走去。

她們看見一個老嫗站在六個瘦小的屍體旁，孩子們的屍體蜷縮在地板上。

「一定是牛奶……」老嫗搖著頭，抽噎著說：「我和修女說過，別拿牛奶給孩子喝。我說牛奶變質了。我明明告訴過他們……這些老巫婆……可憐的孩子啊，可憐的小天使……」

## 瑞典法爾肯貝里，老城區

### 二〇一六年十二月四日，星期天，晚上九點

埃麗耶諾喝下一口杯中的梨酒。

雷歐波一定會遲到，依他過往的習慣，至少晚十到十二分鐘，他會表現得彷彿這完全不要緊。一如兒時：格爾妲總是在六點準備好晚餐，但雷歐波總是在六點十分到十五分間才進廚房，這時埃麗耶諾與露薏絲早已坐在桌前等著，格爾妲會唸他，他會面紅耳赤地道歉，幾天後又故態復萌。埃麗耶諾從來就不懂哥哥為什麼無法守時。

想到這兒，埃麗耶諾看見雷歐波走進酒吧，穿梭在桌子間。遲到了七分鐘。

雷歐波快速親了一下妹妹的臉頰，然後在絨布長椅坐下，就坐在埃麗耶諾旁邊。

「你瘦了，瘦了比較不好看。」

「嗨，埃麗耶諾。」

埃麗耶諾將桌上另一瓶梨酒推向雷歐波。

「雷歐波，我們得討論葬禮，還得解決遺產分配的事；格爾妲會來幫忙。我們也得辦追悼會。卡麗娜傳訊息給我，說她也可以幫忙，並把房子借我們辦答謝餐會，我覺得這是個好主意。你回家了嗎？」

雷歐波搖了搖頭。他邊聽埃麗耶諾說話，邊搖晃桌上的科帕堡酒瓶。

「我們應該賣掉房子……」

「為什麼？」

雷歐波厭惡地嘟起嘴。

「埃麗，妳是認真的嗎？」

「我不喜歡你這樣叫我。」

「妳真的不曉得？」

「對。」

「他媽的，我們的親人在那棟房子裡被謀殺了！」雷歐波咬緊牙根，由齒縫間吐出這句話。

「但我們也在那房子裡一起生活過。」

「我真的不懂妳……」雷歐波低聲說。

「我想你完全明白我在說什麼，問題是我們對同一種情緒出現不同的反應：你想擺脫回憶，我想保留回憶。」

「妳就不能轉換一下嗎？」

「轉換什麼？」

「妳就不能和大家做出一樣的反應嗎？」

埃麗耶諾挺直腰桿注視雷歐波。

「你希望我為了與眾不同而道歉嗎？」

「拜託，不要又裝出一副妳才是受害者的樣子，我們吃的苦和妳一樣多！」

「露薏絲就沒有，說爸媽和你受苦了我相信，但露薏絲沒有。」

「妳說了算吧，我們三個因為妳吃了很多苦頭，妳毀了我們的人生，埃麗耶諾！」

「我知道，雷歐波，你們確保我知道這件事，你說的次數比爸媽還多。」

他們兩人同時抓住酒瓶，彷彿腳下的地板正在震動。沉默就像尖叫一樣令人難以忍受。雷歐波再次開口：

「妳至少要告訴我，妳怎麼還能再回那棟房子裡生活？畢竟他們就是在那裡……」

雷歐波舉起手遮住雙眼，邊搖頭試圖抑制泉湧般的淚水。

埃麗耶諾緩緩喝下一口梨酒。

「我應該要抱抱你，雷歐波，但我不想。」埃麗耶諾放下手中的酒瓶。

雷歐波用力嚥下口水，又吸了一下鼻子。

「雷歐波，我怕我會哭，我怕一哭起來就停不了。」

「因為露薏絲……」雷歐波低聲說，彷彿在說給自己聽，眼神始終盯著桌面。

「對，因為露薏絲，少了她，我不知道要怎麼理解這世界。就好像……她經常出現在我腦海中，是她引導我表達出恰當的行為、正確的反應。露薏絲替我解讀世界。」

「她曾替妳解讀世界……」

「我剛剛就是這麼說的。」

雷歐波將酒瓶推向一旁。

「我想在家裡待一陣子，」埃麗耶諾接著說：「只有在那裡，我才能再見到她。露薏絲唯一留給我的只剩下那房子了，雷歐波。」

**一九九二年九月七日，星期一**

我從不願意躺下來——在眾所皆知的躺椅上接受精神分析，這景象太過制式，我無法接受。因此大部分時間，我都站著接受治療。我會在診間沿著牆壁來回走動，肢體動作和我說的話一樣多，比手畫腳更能幫助我表達。

反正這也不是正式的精神分析。

我受不了心理醫生的沉默。尼諾鼓勵我告訴她，我照做了，於是她改變做法，也參與對話，著重在某些我使用的字眼上，開始向我提問，一來一往的談話方式比較適合我，我認為這麼做更有效率。

「這是隱喻嗎？」心理醫生插話。她在單人沙發上挪動身子，往前坐在沙發椅前緣。

我思考片刻才明白她問的是什麼。

「不是。」我毫不猶豫地回答。

「具體是怎麼呈現的呢？」

「這時期的影像以黑白畫面出現在我腦海裡，畫面中包含人物和地點，非常完整的黑白影像。」

「妳也在影像裡嗎？」

「沒有，我比較像是『拿著攝影機』的那個人。」

她沉默片刻，頗具脅迫感的藍眼睛像在打量我。

她在測試，想確定我能否承受接下來的問題。

我猜中她的心思，她也看出來了，對我微微一笑。

「妳認為我們能替這些影像命名嗎？」

我吞著口水，試圖嚥下恐懼。

「試試看？」女醫生堅持。

我搖搖頭。

她又挪動身子，坐進沙發裡。

「這段時期對妳留下最深的影響是什麼事？」

「我被教育不准說『不』，無論什麼事都得說好，大人問話我只能回『好，我當然願意』或『好，謝謝』。」

「妳覺得是因為這樣才會發生那件事嗎？因為妳不懂得拒絕？」

「我覺得這種教育對後來沒有幫助。」

「妳允許我使用那個詞嗎？」

一陣恐懼使我喘不過氣。

但我終究同意了。

也許事到如今，我還是不敢說「不」。

醫生又再次傾身，向前坐在沙發椅前緣。她看著我的眼神雖流露著同情，卻極為堅定。

「強暴的回憶在妳腦中以黑白畫面出現。」

我閉上雙眼，她的敘述使影像更為逼真，彷彿加入了配合畫面的音效，我似乎能聽見自己求助的聲音與他歡愉的呻吟。

「妳『也』覺得這是我編造的回憶嗎？」我問她，雙眼始終緊閉。

前一任心理醫師認為我根本沒被強暴，是潛意識偽造了記憶，保護我不受實際經歷的創傷影響。那人希望我說真話，我們才能共同找出真正發生過什麼。我完全聽不下去，二話不說立刻起身離開。

「我傾向創傷失憶。」她說。

我睜開眼深深嘆息。這聲嘆息似乎成為連結我與她的橋梁。

一股強烈的情感油然而生，我很快對眼前這女人心懷認同與感激，因為她在方才那瞬間，將我身上「瘋子」的標籤替換成「受害者」。

「為什麼？」

我不禁脫口而出，連自己都感到吃驚，難道我真的想知道她為什麼不把我歸類在「瘋子」嗎？

「我可以簡單地回答這個問題。」她又再次對我微笑。

女醫生交叉窄裙下的雙腿，隨後才開口：

「首先是因為妳敘述的內容與方式，其次是因為妳的憂鬱症，最後是妳的年紀。創傷失憶後，回憶往往會在中年湧現，尤其常見於性侵案例。我們在罹患創傷症候群的軍人身上也發現類似情形。若妳想往前看，就必須以精確的字眼敘述發生過的事，重拾記憶並轉化為自身記憶，才能真正地接受並面對。」

我在躺椅上坐下。我的手提包在上頭，每次進門我都直接扔在躺椅上。

「妳想擺脫憂鬱症，就得努力審視妳的過去。這很可能會激起許多情緒。」

**瑞典法爾肯貝里**

**二〇一六年十二月四日，星期日，晚上十一點**

埃麗耶諾褪去衣物，一件一件放在巴塞隆納椅的椅背上，接著便躺上床，深深嘆了一口氣。

她接到露薏絲與父母的死訊還不到兩天，這四十八小時卻恍如足足過了一個禮拜般漫長。埃麗耶諾能感覺到每條肌肉所承受的重量，同時與不斷湧上腦海的影像對抗——回憶與病態的想像交織。她會看見露薏絲渾身染血的屍體躺在她房間的地板上，而她卻和這副模樣的露薏絲一起大笑。但其實她並不知道警方在哪裡發現了姊姊的屍體，也不清楚她的死狀，黎納和愛蜜莉隻字未提，她當下也不想知道，還不想。因為她不曉得這些資訊會激起什麼樣的情緒，不曉得她是否承受得了。眼下她只想一一撇除腦中的影像，一如露薏絲教她的那樣：伸手將腦中每一幕影像一一區分開來，心懷和善，不粗暴也不評論。

琳對她微笑，上揚的嘴角帶著善意，使人安心，埃麗耶諾立刻感到放鬆。這是讓她卸下心防的前奏。她們上一次見面是八個月前，這段時間並未削弱信任，也未改變遊戲規則；默契一直都在，雙人舞的節奏也在。

埃麗耶諾閉上雙眼，琳低聲說出儀式般的指示，埃麗耶諾照做：她深深吸進房間裡的太陽氣息再呼出，彷彿陽光曾在體內逗留，和煦又寧靜。

片刻間，埃麗耶諾呻吟出聲。琳的雙唇輕輕含住埃麗耶諾的乳頭，炙熱的舌尖戲弄著挺起的乳尖並輕輕囓咬，還不時發出細微的喘息聲。埃麗耶諾的私處因歡愉而變得溼潤，蜜液沿雙腿流下，浸溼了床單。埃麗耶諾調整呼吸，伸手抓住琳的手——她準備好了，準備好迎接後續。

喬埃勒的指尖扣住埃麗耶諾雙膝，分開她的雙腿，伸出舌頭探進她的陰脣，茂密的鬍鬚搔著埃麗耶諾雙臀，她拱起背。喬埃勒停下動作，伸出兩隻手指插入陰脣的脣瓣，然後繼續舔舐。埃麗耶諾繃緊的大腿顫抖著，高潮如洪水席捲而來，撼動全身，她嘶啞地吼了一聲，隨後聲音轉弱為呻吟。

埃麗耶諾喘息著睜開雙眼，身子仍不住顫抖。琳靠緊她，碩大的乳房壓在她手臂上，喬埃勒則在床尾站起身，硬挺的陰莖對著她，他耐心等著，褐色的眼眸中充滿慾望。埃麗耶諾的嘴脣因歡愉而發乾，她伸出舌頭舔了舔，對喬埃勒點頭。他隨即抓住埃麗耶諾雙腿，將她拖近，臀部靠著床沿。喬埃勒定睛看了埃麗耶諾幾秒，短短幾秒如此漫長，然後猛烈插入她體內。高潮如泉湧一觸即發。喬埃勒讓埃麗耶諾措手不及，占領了她，蔓延到她的四肢，她心跳加速，頭皮繃緊。埃麗耶諾微微張嘴，原想激情喊叫出聲，卻只呼出一聲嘆息，肉體的歡愉困在埃麗耶諾的胸口，她就像被一塊巨石重重壓在身上的囚徒。

她呼吸急促，側過身將頭枕在琳的肩窩，喘氣聲變得愈來愈沉重，肺像要燒起來了。喬埃勒的手指輕輕在埃麗耶諾的臉上游移，最後停在額間，她緊握住他的手，與他十指緊扣，忍不住抽泣出聲。埃麗耶諾的身體緊靠著琳，彷彿眼淚就要將她翻覆。

情人的身體圍成巢穴，埃麗耶諾在巢裡迎來了露薏絲死去後所留下那難以忍受的空虛。

**瑞典哥特堡，布洛姆家**

**二〇一六年十二月五日，星期一，早上十點**

托比亞斯．布洛姆強而有力地握住黎納的手，簡短搖晃了一下，黎納正好就喜歡這樣的握手方式。

「你上健身房嗎？」黎納的下巴朝大門一努，門邊放著兩個運動用側背包。

「是雙胞胎要練習。」托比亞斯微笑說：「我指導孩子們的冰上曲棍球隊。要喝咖啡嗎？」

「好，謝謝。」

黎納脫了鞋便尾隨男人走進廚房。

愛蜜莉將艾蕾克希的建議告訴了黎納，透過醫學輔助生育患者協會取得林德柏格診所的資訊。「反正就是要去找消費者團體啦」，克里斯蒂昂以一貫「文雅」的態度下了結論，隨即聯絡「他樣父母」——瑞典一所具頗影響力的生育協會，哥特堡分會的會長就是托比亞斯．布洛姆。

「我其實比較喜歡橄欖球，」托比亞斯端來兩只馬克杯放在廚房的桌上，「只是兩個兒子偏愛溜冰，我也只好配合。要奶或糖嗎？」

「都不用，謝謝。」

托比亞斯有著橄欖球員特有的體格——壯碩而發達的肌肉。

「我今天早上在推特上看到林德柏格診所院長夫婦遇害的消息，發生在他們身上的事真是太可怕了。」

托比亞斯邊倒咖啡邊說，又在麵包籃裡放了幾個番紅花麵包。

「局長，有什麼我能幫上忙的？」托比亞斯坐下，注視著眼前的黎納。

「我想請你稍微說明醫學輔助生育的流程。」

「胚胎學家或科學線記者應該知道的比我更多吧？」

黎納突然懷疑艾蕾克希的提議是否可行。

「我想經驗讓你兩者兼具。」黎納堅持。

托比亞斯喝下一口熱騰騰的咖啡，接著說：

「你想聽林德柏格診所的八卦就直說吧。」

「我完全沒有這個意思。」黎納微笑，舉起咖啡杯至唇邊。

托比亞斯抿起嘴，上揚的嘴角流露出一絲嘲諷。

「好吧，那我們就從頭說起。會求助於醫學輔助生育的夫妻分成兩類：一類是可以自身DNA受孕的夫妻，另一類則無法以自身DNA受孕；後者指的是夫妻中的精子或卵子無法受孕，那就得尋求捐贈者，醫學輔助生育真正能營利的就是這個環節，因為除了提供輔助生育，有些診所還擁有專屬的精子與卵子銀行，可以保存胚胎，林德柏格診所就有這項服務。你可以試想我和我妻子的處境，我們屬於醫學輔助生育中最極端的案例——我的『泳池裡沒有泳將』，實驗室是這樣解釋的，說法很巧妙。最『精采』的是，他們甚至一度對我的睪丸動刀，像翻開書本那樣切開來尋找所謂的儲精囊，宣稱要找出藏在男性雄風深處可用的精蟲，但什麼都沒有。那就剩最後的手段了——捐精。」

黎納聽完感到難過，喉頭一緊。他想到了兩個兒子，想到蕾娜，他們才試第一個月，蕾娜就懷孕了，孕期也沒有任何不適；一直以來，黎納都認為生兒育女是再自然不過、得來全不費工夫的事。他想著自己何其幸運。

「托比亞斯，很遺憾你們得經歷這些。」

「別這麼說。十二年前得知不育時，我會說我的世界毀滅了，我覺得自己不像男人，無法生育、成為人父，我體內繁衍人類後代的重要部分被奪走了。手術過後，我再也無法直視妻子的雙眼，我覺得自己像是被這個世界隔離。我在寄養家庭長大，從小就夢想成為父親。對我而言，組織家庭就是要傳承血脈和我的基因，生養外貌與我相似的後代，我可以在他們身上看見自己的影子，總之就是『播我的種』。沒想到，不育居然成為我這一生中所發生最美好的事，因為我理解了為人父與教養孩子是多麼困難的挑戰；我明白了父親的角色並非不勞而獲，你得努力耕耘才能成為父親。」

黎納又喝下一口咖啡，掩飾不自在，他從沒想過要是自己與眼前這男人遭遇相同處境，得經歷多少痛苦，他只能試著同理，儘管這已經夠難受了。

「局長，你肯定在想：這傢伙根本就是狂熱的樂觀主義者。我當然也想和妻子盡情做愛，我也不想看她一週得自己扎上三十多針，還持續好幾個月。療程讓她苦不堪言，她還因此辭去工作，就為了兩天上一次診所，忍受各式各樣的檢測、抽血、超音波，這一切都是因為我不育。我兒子在世界上少說有一打同父異母的兄弟姊妹，想到這點我根本開心不起來。能夠選擇的話我絕對不會選擇這一切。然而我身上的缺陷，卻使我成為更好的父親與丈夫。」

托比亞斯停下來，又替兩人倒了咖啡，臉上看不出悲傷，反而顯得比一開始更加平靜與散發光采。

「我剛說到哪裡了？對了，我們找了捐精者。我得先解釋輔助生育中心的流程：女性要在頭幾個禮拜裡先注射大量賀爾蒙，接著取出卵巢產出的卵母細胞，放入試管中受精，這就是所謂的『體外人工受精』。受精後等二到五天，再將一個或兩個胚胎植入女方子宮，同時祈禱胚胎著床。我們當時植入兩個胚胎。其他可用的胚胎通常會冷凍保存，若不幸流產或想再生育時即可使用，這麼一來也就不需再經歷一次體外人工受精前的繁複療程。體外人工受精所費不貲，患者須支付每次試管受精的費用；像林德柏格那種私人診所，要支付的費用都買得起一棟度假小屋了，這還不包括購買精子或卵子及保存胚胎的費用。」

「你們是去林德柏格診所嗎？」

「去過很多次。」

「抱歉，我不是那個意思……」

「沒關係，真的不用道歉，我只是想說我們試了兩次，她才懷上雙胞胎。」

「你們是否見過林德柏格夫婦？」

「從來沒有。我們只和診所經理席格娜．斯卡面談過兩次，分別在第一次和第二次療程前，後來還見過護理師和超音波技術員。」

「醫學輔助生育診所之間的競爭應該很激烈吧？」

「我才正要說。診所競爭的都是『結果』，也就是患者懷孕和足月生產的比例。最大的差別在於診所的制度和流程，即患者必經的療程與後續追蹤。林德柏格診所的療程受孕率極高，而且是針對受孕困難、介於三十八到四十歲的高齡產婦。當然，最棒的是在療程中不忘關注母親的身體，畢竟過程中得注射大量賀爾蒙，而這可能在十年後導致罹癌。你知道我在說什麼嗎？」

「你是指林德柏格診所的流程可能……有問題？不合規定？」

「業界的確這樣謠傳。」

「像是什麼樣的問題？治療手段不合法？拿患者當白老鼠？」

「你說的沒錯，局長，」托比亞斯一口氣喝完杯中的咖啡後接著說：「業界的確這麼懷疑。」

## 西班牙馬德里，文塔斯女子監獄

### 一九四五年七月十五日，星期日，早上六點

新進的獄友前一天清晨開始陣痛，她七個月前就來文塔斯女子監獄了，三個禮拜前才搬進泰瑞莎的牢房。這女人肚子大的不得了，體型卻恰恰相反，骨瘦如柴。同房的女人疊了兩張蓆子讓她躺，又捲起第三張草蓆給她靠背。

泰瑞莎在門外等著，背靠著牢房的牆，從她的位置可以看見中庭。每次行刑她都會站在這裡看，至今已兩個月了。瑪麗亞勸她進房裡，別再觀看槍決。但泰瑞莎想先做好準備。她知道孩子一出生，他們就會拖她到中庭槍斃。他們現在無權處死孕婦，所以只能等

著，孩子一呱呱落地，母親就會被帶到槍口下。

一開始，泰瑞莎只是聽著，槍決通常始於士兵高喊命令，接著傳來歌聲，死刑犯高唱共和黨之歌，或高喊口號，在吆喝至壯烈處即被砰砰的槍聲打斷。這總教泰瑞莎發抖，最後的槍聲每每令她起雞皮疙瘩、感到噁心。她沒那麼勇敢，沒勇氣在面對死亡之際還大聲宣誓信念，偉人才能做出英雄般的舉動。至於她，到時她會閉上雙眼，想著托祕歐與孩子，靜靜等待人生的結局。她將他們的回憶烙印在眼底，這麼一來，死亡之際眼裡也只有他們。

新來的女孩像小母牛般叫喊著，房裡的女孩都叫她用力。她才感到子宮收縮，便立即拿出一件洋裝要我們交給她妹妹，因為她妹妹會來接孩子；這件灰底滾著藍邊的羊毛洋裝是她母親親手縫製的。

她是從瓦拉多利德轉過來的。她告訴大家，當地的資產階級會吃著吉拿棒、喝熱巧克力觀看處決，還說同一批人會在週日的禮拜過後，到場觀看行刑隊裡的兒子開槍。

兩名守衛來到房裡時，女孩正在餵奶。高額頭、乳白的膚色、挺直小巧的鼻子與懷中胖嘟嘟的嬰兒，她看起來就像聖母瑪利亞。她每天都只能啃著腐爛的蕪菁與馬鈴薯，真不曉得是怎麼養胖孩子的。小男嬰如水蛭般吸著乳頭，小小的嘴使勁吸著奶水，力道大得像是三個月的嬰孩。

女孩抬頭發現守衛來到面前，便垂下頭、瞇起眼親吻兒子的額頭，彷彿透過雙唇就能將母愛烙印在孩子身上，接著抽出乳頭，將孩子交到瑪麗亞懷裡。嬰兒哭叫，瑪麗亞只得搖晃哄著，盼他安靜下來。

女孩扶著身旁的人，從草蓆上起身，毫不遮蔽乳房，而是站到兩名守衛間，蹣跚前進。她的雙腿抖得厲害，幾乎站不直，在走廊上不得不停下好幾次。

泰瑞莎走近窗邊，一見到女孩，以及那裸露而充滿生命力的乳房，泰瑞莎便感到腳一軟，任自己跌坐在地，碩大的孕肚靠在大腿上，她低頭看著自己這副身軀。

女孩並沒開口唱歌，也沒有喊叫，空氣間的沉默像在遲疑，也許真是這樣，然後槍聲響起。泰瑞莎閉起眼數著……

砰，砰，砰，砰，砰，砰，砰……砰……

泰瑞莎回到牢房時，一名獄友正在親餵那男嬰，嬰兒貪婪地吸吮著，似乎又感到心滿意足，彷彿已忘了母親，他那英勇淡定的母親。她才剛滿十九歲。瑪麗亞正將女孩的名字記在方磚上，上面有一串名字，都是遭到槍斃的母親。

嬰兒的臉頰隨著吸吮的節奏起伏。泰瑞莎看著他，茫然思索著自己的名字何時會被寫上去。

## 瑞典哥德堡，阿爾賓・曼森家

## 二〇一六年十二月五日，星期一，上午十點三十分

一名高瘦的年輕男子開了門，淡褐色長髮在頭頂紮成髮髻。

「不會吧？男人也這樣？」克里斯蒂昂打量阿爾賓・曼森——露薏絲的男友，暗忖著，「這些男人很快就要擦起口紅了……」

「你好，我是烏洛夫松探長，」克里斯蒂昂轉頭介紹。「這位是我同事愛蜜莉・洛伊。」

阿爾賓嘴角微微上揚表示禮貌，不發一語與兩人握過手後便逕自往屋內走。愛蜜莉與克里斯蒂昂也走進客廳，不待主人開口便在L型沙發坐下，但阿爾賓似乎渾然不覺。

「請節哀順變。」克里斯蒂昂率先開口：「我們深表遺憾。」

阿爾賓點了點頭，再度揚起嘴角，露出感激的微笑。

「有幾個關於露薏絲和她家人的問題，想請教你。」

「沒問題……」阿爾賓說到最後一個字時，聲音幾不可聞。

這時，一個女人小跑步進客廳，匆忙來到克里斯蒂昂與愛蜜莉面前。

「剛剛在和鄰居說話，我提醒她餵貓……真不好意思，」女人停頓片刻，「我忘了自我介紹，我叫埃絲特，是阿爾賓的母親，我昨天就該回到家的，沒想到……」

埃絲特閉上眼，重重嘆了一口氣。

「烏洛夫松探長，你打電話來的時候就是我接的。」埃絲特接著說，然後在阿爾賓身旁的位置坐下。

「我正想請阿爾賓說明，你們在林德柏格家用餐當晚的情況。」

阿爾賓淡藍的眼眸望向堆在牆角的十幾個紙箱。

「露薏絲剛搬進來嗎？」愛蜜莉以英語詢問，一手碰觸克里斯蒂昂的腿，示意由她提問。克里斯蒂昂倒是很樂意讓愛蜜莉主導談話。

「真抱歉，我的瑞典語說得還不夠好。」愛蜜莉道歉，臉上的表情十分溫和。

「不要緊，」阿爾賓說：「我工作上都說英語，小時候母親也都和我說英語。」

「我的保姆是英國人，」埃絲特解釋，「我認為外語該從小學起，這對我而言很重要，至於先生和婆家是怎麼批評我的，我就不提了。」

阿爾賓的眼神再次飄向紙箱。

「本來說好等我回來，要一起拆紙箱。」阿爾賓低聲道，彷彿說給自己聽。

愛蜜莉不急著接話，她想留點時間給阿爾賓，讓他感受這一刻，露薏絲的氣味與觸感還存在身體與心中，趁著她的存在與對她的記憶依然鮮明時，深深將回憶吸進體內，彷彿如此便能緊緊擁抱已逝之人。

「你和露薏絲認識很久了嗎？」

「三年，在哥本哈根認識的，就在斯凱孚——她在公關部，我是工程師。幾個月前我得到哥德堡升遷的職位，露薏絲才剛搬過來，她本來要搬過來……」

阿爾賓蹙起眉頭，吞了一口口水，又伸手揉著喉頭。

「當晚在林德柏格家用餐，是為了慶祝嗎？」愛蜜莉接著問。

「我媽沒見過他們一家人，剛好露薏絲來家裡住了幾天，我覺得是介紹兩家人認識的好機會。」

埃絲特伸出手握緊兒子的手。

「埃絲特，妳住在哪裡呢？」

「馬爾默。我想先強調，阿爾賓可是費盡九牛二虎之力才說服露薏絲介紹她父母給我認識。我幾乎以為自己見不到他們了。」

「晚餐進行得順利嗎？」

阿爾賓點點頭。

「很好……沒什麼特別的。只是我必須提前離開……因為隔天清晨得搭飛機到特維爾。露薏絲決定留在家整理行李。」

「你們覺得宥讓、雀絲汀、雷歐波和露薏絲當晚看起來如何？」

「很好……」

「席間沒有感受到緊張的氣氛嗎？」

阿爾賓搖搖頭。埃絲特交叉雙腿後又放下。

「埃絲特，妳呢？」

「嗯……這頓晚餐很愉快、氣氛很好。」

「沒什麼讓妳覺得……不對勁嗎？」

埃絲特快速看了阿爾賓一眼。

「我會說宥讓和雀絲汀之間的氣氛有點……緊張。」

阿爾賓掙脫埃絲特的手，雙手在大腿上重重拍了一下。

「哦，媽！妳又來了！」

「我哪裡說錯了！真不好意思，但我說的都是真的。」埃絲特搖著頭，頑固地補了一句。

「妳根本就不認識他們，有什麼資格評論人家？」

「阿爾賓，夫妻倆之間不對勁，就算不認識也感覺得出來！」

「埃絲特，妳為什麼會這麼說？」

「因為他們完全沒有交談。」

「妳到底在說什麼？」阿爾賓不滿插話。

「我說，他們整晚都沒有對彼此說一句話。所有人都開心地聊天，只有他們兩人完全沒交談。我保證我說的是事實。」

「露薏絲呢？埃絲特，妳覺得她看起來怎麼樣？」

「露薏絲和雷歐波都很好，說歸說……但其實雷歐波並不健談，他是那種……現代人都怎麼說……」

「宅男？」克里斯蒂昂接話。

「沒錯，這就是我要說的，他就是個宅男。露薏絲看起來倒是挺開心的，雖然她和她母親關係不太好。」

「天啊，媽……」

「這是事實，阿爾賓，你生氣也不能改變事實，她們母女之間感受不出親情。」

「又不是全世界的父母都得時時刻刻親吻或抱緊孩子，才能顯示出對孩子的愛。」

「阿爾賓，親情不需要靠動作展現，從眼神和話語也感覺得出來。」

「露薏絲和父親的關係呢？」這時愛蜜莉插話。

「滿奇怪的，就好像……他們從來不和彼此溝通，妳懂我的意思嗎？但她倒是不斷說起妹妹埃麗耶諾，語氣裡淨是驕傲與愛。」

「妳提到的這些互動，和晚餐席間的對話有關嗎？」

「也不算……主要是氣氛……不過等等，有，我想到了，宥讓對雷歐波說了幾句帶刺的話，那時阿爾賓和露薏絲去酒窖拿酒。那是在晚餐開始之前。」

阿爾賓伸手撫過臉，深吸一口氣。

「我們談了什麼？對了，原本在聊埃麗耶諾目前住在倫敦的事，宥讓忽然沒來由責怪了雷歐波一句，雖然時機和口氣都小心翼翼，但他的確指責雷歐波不願一起經營診所。宥讓先讚美雷歐波，接著才說：『要是你願意接手診所該多好。』然後提到露薏絲幾年前也離開診所。」

聽到這裡，克里斯蒂昂不禁一愣。「露薏絲曾經在父母的診所工作？」

「宥讓是否提過露薏絲離開的原因？」愛蜜莉假裝知情，立刻接話。

「完全沒有。」埃絲特回答。

「你們最後一次和露薏絲談話或傳訊息是什麼時候？」愛蜜莉轉向阿爾賓。

「我回到這裡時大約是晚上十點，到家就傳了訊息給露薏絲道晚安，沒等她回覆，我就去睡了。」阿爾賓解釋，指尖來回輕撫額頭上的皺紋。

他重重嘆了一口氣，悲傷的眼神先注視著愛蜜莉，再轉向克里斯蒂昂。

「你們知道到底……是怎麼一回事嗎？」

「阿爾賓，我們目前還不曉得。」

愛蜜莉沉默幾秒，接著起身。

「我們能不能看一看露薏絲的私人物品？」

「可以，當然可以……」

「還有其他箱子嗎？」愛蜜莉指了指沿牆面堆疊的紙箱。

「我們房間裡還有。」

「可以帶我們去嗎？」

克里斯蒂昂起身，正準備尾隨愛蜜莉。

「探長，可以請你負責客廳的紙箱嗎？」

克里斯蒂昂在心中暗笑：「她再繼續假裝有禮貌，肯定會被自己悶死。男人都需要『女人說明書』，才曉得如何與女性相處，但和愛蜜莉共事需要的是『翻譯軟體』！」

愛蜜莉隨阿爾賓來到走廊。

兩人進入寬敞的房間，天花板以線腳裝飾。

「露薏絲提過她離開診所的原因嗎？」愛蜜莉一邊問，同時在紙箱前蹲下。

「是斯凱孚主動聯繫她的。她一直夢想在工程公司工作。她在診所裡並不開心，一開始只是為了取悅父親。」

「這是她告訴你的嗎？」

阿爾賓沉默地頷首。

愛蜜莉從口袋裡掏出鑰匙，劃開第一個紙箱上的封箱膠帶。

「阿爾賓，我可以自己留在這裡。」

「謝謝……我到廚房去等妳吧。」

「阿爾賓？」

他轉過身。愛蜜莉朝他露出燦爛的微笑。

「你們下樓到酒窖去拿酒的時候，你和露薏絲花了點時間獨處吧？」

淚水讓阿爾賓雙眼變得朦朧，藍色的眼珠也顯得更加湛藍。

「是的……我們途中逗留了一會。」

## 西班牙馬德里，聖伊西德羅路五號，哺乳產婦監獄

### 一九四八年一月二十一日，星期三

進入文塔斯女子監獄八年，每天醒來，泰瑞莎都不曉得自己下一次會在草蓆上或槍口下睡去。每當有人從牢房被守衛帶走，沒人知道能不能再見到那個人。歌蒂在七月的午後

出生，暑氣如岩石般壓得人喘不過氣。歌蒂誕生後，泰瑞莎就不停對她說話。她將女兒摟在懷中，訴說著托祕歐和埃爾帕洛馬爾蓊鬱的橄欖樹林；泰瑞莎多麼希望將一切說給歌蒂聽——她所知道的一切：家族的根源與戰爭，她總有一天會被帶走，一如他們奪走托祕歐那樣。在那之前，她要低聲向歌蒂闡述村莊裡的每個聲音，以及托祕歐曾說過的一字一句；泰瑞莎會將愛傳遞給女兒，這份愛將猶如生命之歌在她心中震動。

兩年前一月的某個早晨，泰瑞莎和幾個女人被帶往聖伊西德羅路五號的哺乳產婦監獄，當時歌蒂剛滿六個月。冬日的夜晚無比冷冽，泰瑞莎與女人們緊緊挨著彼此取暖，她們包圍著寶貝歌蒂，以殘破的身軀為她築巢，讓她安然入眠。守衛在清晨五點叫醒她們，四周寂靜得令人惶恐，所有人感受到死神的爪牙，直到他們命令泰瑞莎跟上，卻並未搶走襁褓中的歌蒂，她才終於安下心來，瑪麗亞也鬆了口氣，深深嘆息。她親愛的瑪麗亞啊！泰瑞莎沒能與她道別，但她們的心已經緊密交織，無法分離。如同瑪麗亞所說，血濃於水。

在文塔斯，常聽女人們討論聖伊西德羅路的監獄，產婦最多可以在那兒待到孩子滿三歲，接下來就得看個人造化；孩子則可能被送到寄養寄宿學校或孤兒院。孤兒院也經過挑選，共和黨員的孩子在孤兒院裡，會被教育成佛朗哥未來的手下。但泰瑞莎也聽說聖伊西德羅路的監獄裡有搖籃，男孩睡藍色搖籃、女孩睡粉紅色搖籃，大一點的孩子獨自睡一張床，床上還鋪著乾淨的床單和被子。

泰瑞莎打了個哆嗦，她和兩個女人站在窗邊，握緊拳頭，專注地盯著中庭。今天的天氣陰鬱晦暗，又溼又冷，早上還下了場雨。然而，孩子還是整天待在中庭，從頭到腳都凍僵了，沒人看管，只有母親在四周建築物裡透過窗戶看著；女守衛出現時若不是為了揍人，就是把嬰兒抱來喝奶，或領著大一點的孩子去食堂。晚餐又是另一番「樂趣」，孩子被迫喝下扁豆和樹豆糊，裡頭全是小蟲子，教人作嘔，好不容易吞下去，又因反胃全吐了出來。所以孩子會去舔牢房的牆壁也毫不令人意外，多少得補充點鈣質才行。

泰瑞莎看見女兒歌蒂。中庭各處擺著搖籃，歌蒂從其中一個搖籃後方走出來，見一個小女孩跌倒了，歌蒂扶她站起來。可憐的小傢伙正在學走路，重心不穩跌了一跤，頭先著地，臉也跌進泥巴裡。她痛得大聲哀號，瑩白的牙齒沾上了爛泥變黑，歌蒂趕緊上前，先從水坑盛了點水幫她清理，又將她緊緊摟在單薄的懷裡安慰。等沒事了，歌蒂才回到中庭中央坐下，這裡有點陽光，她拉一拉裙襬蓋住裸露的雙腿。

歌蒂——這是瑪麗亞替她取的小名。她出生時非常瘦小，於是瑪麗亞取了個福態的小名，希望她能多長點肉。「歌蒂」（Gordi）就是「小胖妞」的意思。

泰瑞莎微笑，她的女兒有副好心腸。歌蒂知道，若小女孩哭太久，可就要挨上女守衛一頓揍。在聖伊西德羅路的監獄裡，根本沒有藍色和粉紅色的搖籃，也沒有給大孩子睡的單人床。所謂的搖籃被隨意擺放在中庭，嬰兒就睡在裡面，母親與孩子被拆散，孩子幾乎一整天都不在母親身邊，彼此每天僅能相聚一小時。

歌蒂雙臂環著身子取暖，同時以眼神搜尋泰瑞莎。前一天，泰瑞莎在她們獨處那一小時裡提醒歌蒂，只要抬頭，就會看到泰瑞莎在窗邊，但千萬不可以讓人發現她找到媽媽了。靜默著互相凝視是她們之間的小祕密。泰瑞莎向她解釋，她們母女得用「心語」交流，以眼神代替話語交談。如此一來，歌蒂便能對泰瑞莎訴說恐懼與噩夢，她低聲傳遞的訊息，也只有泰瑞莎一人能聽見。而無論何時，泰瑞莎都將用力親吻歌蒂作為回應，她會吻著歌蒂的額頭和微翹的小鼻子，就像在文塔斯監獄時一樣。歌蒂一聽便明白了。她見過其他的孩子哭到聲音變得嘶啞，又因此遭到毒打，只能蜷著身子挨揍。

冷不防，一名女守衛出現在中庭，懷裡揣著高聲喊叫的嬰兒。她將嬰兒扔進最近的搖籃，也沒替孩子蓋上被子就轉身走進監獄。嬰兒餓壞了，中庭裡迴盪著悽慘的哭聲。監獄裡規定，嬰兒一天只能到母親身邊喝兩次奶，加起來的時間僅約一小時。女守衛總說，這是因為共產黨員的乳汁是「毒液」，要盡量避免嬰兒被「下毒」。

那嬰兒的母親在監獄裡對著窗戶高喊兒子的名字，與孩子的哭聲形成共鳴，她的前襟被溢出的乳汁浸得溼透。

歌蒂以眼神找到泰瑞莎，對她點了個頭，輕微得難以察覺，就像她們說好的那樣。泰瑞莎感到心上被重重一擊，彷彿整個心都要蹦出胸口。她也一如往常，將手放在窗上幾秒來回應女兒。

泰瑞莎被帶走時，嬰兒還在哭，只是聲音變得微弱，斷斷續續悶哼著幾個疲憊的單音，不久後又迸出宏亮的哭聲。

泰瑞莎走出監獄時，感受到背後女兒投來的視線。歌蒂那一雙褐色瞳眸盯著泰瑞莎的肩，泰瑞莎彷彿聽見了她前一晚做的噩夢，她骯髒的小手捧起低語般的親吻，輕輕朝泰瑞莎一吹。她希望有一天心愛的歌蒂能好好做夢，結婚生子，她希望孩子有一天能拿吉拿棒沾巧克力醬吃，沾得滿手巧克力也不要緊。

泰瑞莎在心中緊緊摟住歌蒂，緊得都要窒息了。她不禁嘆了口氣，接著又呼喊著托祕歐。她要他來與她們重逢、來道別，或是來說「很快會再見」——因為這不該是結局，對嗎？畢竟在經歷了這麼多之後，應該有另一種可能性吧？在經歷悲慘的戰爭與無數苦難後，就算沒有神，也該有不一樣的結局，對嗎？

當泰瑞莎發現機關槍對著她，她正高舉著握緊拳頭的雙手時，不禁吃了一驚，但她仍喊著：「**不許通過！**」一次又一次，每次都喊得更大聲。她腦海裡浮現那些在槍口前倒下的同伴，以及仍堅毅抗爭的人們。泰瑞莎將這一切，與心愛的托祕歐及她的寶貝歌蒂，深深記在腦中、放在心底，不離不棄，直到子彈使她噤聲。

## 瑞典哥特堡，林德柏格生育診所

### 二〇一六年十二月五日，星期一，下午四點十分

黎納加快腳步，愛蜜莉與克里斯蒂昂在林德柏格的診所大廳等著，他趕著和他們會合。診所的接待處漆成全白，格局狹窄，牆面上掛著照片裝飾，照片裡不是圓滾滾的孕肚就是新生兒皺巴巴的小腳。

四對夫妻就坐在大廳的沙發上，由於空間狹小顯得很不自在。候診者的雙眼不是盯著交叉的十指，就是看著牆上充滿歡欣的照片，想著自己仍未能擁有的孩子，眼神裡透露出與自然法則對抗的挫敗。也許在不知名的捐精者或捐卵者幫助下，他們便能挑戰上帝的旨意。

黎納看見了他們眼中的苦楚，再次意識到自己有多麼幸運。這些夫妻似在哀悼，他們不但得承受無法生育的打擊，還得面對艱辛的求子過程。

櫃檯的女接待員請刑警們上四樓，雷歐波・林德柏格在一扇玻璃門前等候，見面時僅微微點頭致意。他拿出磁卡對著門邊的感應器，門開後便領著黎納一行人進入寬敞的辦公室。中央擺著兩張面對面的辦公桌，一張三人座沙發靠著右邊的牆，沙發兩側各有一張單人扶手椅；左邊則是一面從地板延伸至天花板的書架，架上擺滿了書。

「你們提過想看我父母的辦公室，局長，就是這裡了。」雷歐波拿出隨身碟遞給黎

納，「診所的資料全在裡面，檢察官向我們保證絕對不會外洩。你們若需要聯絡病人，也請務必事先告知診所，以便我們做必要的安排。」

黎納沉默地點了點頭。

「走出去左手邊數來第三扇門就是我的辦公室，若還想知道什麼，我會在那裡。」雷歐波又說。

「林德柏格先生，在你離開前最後問個問題，最近或更早之前是否有不滿的病人對診所提出告訴？你曉得這些事嗎？」

雷歐波不悅地轉過身。

「局長，我們從來沒上過法庭。當然有未能成功受孕和不滿的病人，但畢竟是少數，你可以參考這些病人的資料。」

「診所沒有和前員工起過衝突嗎？」

「Hej, hej!」

這時，一名豐滿的女子走進辦公室，舉止神態自然大方，與雷歐波保守緊繃的態度形成強烈對比。

她露出陽光般燦爛的微笑，臉上的皺紋都擠了出來。

「我是席格娜．斯卡，診所的主任。」女子表明身分，雙手合十彷彿剛拍完手。

「席格娜目前也是診所負責人……」

「……我會暫時代理這個職位到更適合的人選出現。」席格娜插話，臉上仍掛著笑容，「我應付得還不錯，但管理實在不是我的強項！」

雷歐波的目光掃過地板，接著往辦公室門口走。

「你有事先離開沒關係。」席格娜輕聲對雷歐波說。

雷歐波一語不發點了點頭便往走廊去。

席格娜伸出溫暖的手，熱情地一一碰觸訪客手臂作為打招呼，就在愛蜜莉自我介紹時，她停頓了一會兒。

「愛蜜莉．洛伊……妳就是指導埃麗耶諾的警官吧？」席格娜以標準的英國腔詢問。

「沒錯，埃麗耶諾的確是跟在我身邊工作。」愛蜜莉對席格娜微微一笑。

「雀絲汀和我提過妳，能夠見到妳本人真是太好了！」

「席格娜，我們接著可以繼續以英語談話嗎？」

「沒問題！其實我們在診所都和客人說英語，員工間聊天也是，有時都快忘了瑞典話怎麼說了呢！」席格娜開玩笑，示意愛蜜莉一行人到沙發坐。「我進門時打斷了你們原本的談話，真不好意思，請說吧。」

「診所曾經和前員工或病人起過衝突？」黎納開門見山地問。

「我們的成功率非常高，因此不滿的病人也相對少。但當然，在對抗自然法則上我們也失敗過，失望的病人的確會將憤怒發洩在診所上。」

「有上法院打官司？」

席格娜搖搖頭。

「從來沒有。無法受孕的病人經過幾個月的療程後身心俱疲，我們一心想解決問題，他們也不會想花更多時間上法庭和我們爭執。在這趟療程之後，他們需要的是心靈平靜，而不是官司，這點我很肯定，你們可以相信我。」

「林德柏格診所是否與其他醫學輔助生育診所起過糾紛？」

「完全沒有。」

「有診所員工跳槽到競爭的診所工作？」

「就我所知沒有。」

「診所遇過最難處理的情況是什麼？」愛蜜莉忽然開口。

席格娜原本雙腿交叉坐著，這時鬆開交纏的腿，挺直上身，身上的米白絨外套舒展開來。

「所有人可能都以為夫妻之中有一人不育，或甚至兩人不育的情況最棘手。但事實恰巧相反，最難處理的其實是兩人健康狀況良好、無法解釋不育原因的案例。」

「這話也太直接了！」克里斯蒂昂脫口而出。

「嗯，」席格娜附和，「很少會有母親這麼說自己的孩子。」

「任誰說了聽起來都很殘忍。」黎納插話。

「的確很殘忍……」席格娜眨了眨眼，重複黎納的話。

「妳知不知道露薏絲離開診所的原因？」愛蜜莉轉換話題。

黎納微微皺起眉頭。愛蜜莉先前已經問過阿爾賓・曼森。

席格娜重重嘆了一口氣。

「露薏絲不喜歡與父親共事。老實說，和他們倆一起工作很辛苦，因為他們全透過爭吵解決事情，實在很累人。」

「露薏絲是和父親大吵一架之後才離開的嗎？」

席格娜搖搖頭。

「他們沒辦法和彼此溝通。露薏絲會離開純粹是因為他們無法一起工作，任何人都難以忍受這樣工作下去。」

「席格娜，妳在診所很久了嗎？」

「從診所一九九〇年開業以來，我就在這裡了。」

「妳認識卡麗娜・伊薩克森嗎？」

「認識，她是林德柏格一家在法爾肯貝里的鄰居。」

「也是宥讓．林德柏格的情人。」

席格娜一聽，不禁張大嘴，又眨了眨眼。

「這……你們確定嗎？」

愛蜜莉緊盯著席格娜的雙眼。

「診所的成功率為什麼這麼高？」愛蜜莉接著問。

席格娜也目不轉睛地看著愛蜜莉，但表情顯得茫然失措。

克里斯蒂昂忽然很想抱一桶爆米花看戲，愛蜜莉果然狡猾，重頭戲來了。她先順著席格娜的話閒聊，言談間露出善意的微笑讓她卸下心防，然後才拋出重彈！「砰！」席格娜至此措手不及，像是先被賞了一巴掌，愛蜜莉再輕輕拍著她的背安撫。愛蜜莉做的一切都是為了讓對手迷航，迫使人們展現出最自然且未經盤算的反應。要是她在床笫間有虐待傾向，克里斯蒂昂也不會太意外。

席格娜吞下一口口水後才說：

「因為我們有嚴謹的規程。」

「這點我們也聽說了。聽說你們還使用實驗性療法？」

「妳說什麼？」

席格娜褐色的眼珠凶狠地盯著愛蜜莉。

「洛伊小姐，我這輩子絕對不會允許這種事。」

席格娜停頓片刻，眼神始終緊盯愛蜜莉，保持沉默的決心如面具般釘在她臉上。

「局長、洛伊小姐、警探，若這是你們希望的談話，我只好請你們與診所律師談了。我會請祕書送你們出去。」

說完，席格娜便起身走出辦公室。

**瑞典法爾肯貝里警局**

**二〇一六年十二月五日，星期一，晚上十點三十分**

艾蕾克希在愛蜜莉面前放下一只杯子，然後雙手捧起自己的馬克杯。她將鼻頭湊近杯緣，深深吸入杯中散發出的濃郁香氣，眼神同時掃視著犯罪現場照片，一張接一張。

今晚稍早，艾蕾克希打了通電話給愛蜜莉，詢問調查托比亞斯．布洛姆互助會的結果，希望了解警方是否已查出與林德柏格診所相關的資訊；愛蜜莉則回覆要艾蕾克希到警局一趟。艾蕾克希像個孩子般興奮地一口答應，留下施泰倫，匆匆趕到警察局見愛蜜莉。

離開前，施泰倫只拉住她片刻，將她緊緊摟在懷裡，雙脣埋進艾蕾克希的髮絲，指尖輕撫她的後頸。艾蕾克希也放任自己享受這份短暫的柔情，彷彿做愛後的餘溫，令人陶醉又心滿意足。

艾蕾克希趕到警局時，愛蜜莉才剛開始分析林德柏格診所的幾份文件。艾蕾克希立刻投入工作，檢視問話紀錄、驗屍報告、警方與鑑識科調查紀錄。每次展開新調查，艾蕾克希都會流露出近乎病態的狂熱。

「雖然沒發現DNA，但鑑識組和妳想的一樣，判斷殺手藏身在雀絲汀．林德柏格床下。」艾蕾克希高聲說。

愛蜜莉毫無反應，但不令人意外。艾蕾克希繼續閱讀手邊的資料。

艾蕾克希仔細看著手中的犯罪現場照片，照片中是露薏絲血肉模糊的胸口。在閱讀資料時，她會刻意忽略死者的身分，這是多年研究凶殺案下來，她為了維持身心正常所開啟的「自動模式」。

然而，此刻艾蕾克希腦中浮現埃麗耶諾的臉，她喝了口茶，試圖甩開那些畫面。

「露薏絲是第二個被殺害的，但從受害程度看來，似乎才是凶手的主要目標。妳不覺得這點很奇怪嗎？」艾蕾克希說，始終盯著手裡的照片。

「除非她不是主要目標。」愛蜜莉回答。

「那要怎麼解釋露薏絲身上有十九處刀刺傷，但她母親與父親分別只有十一次和四次？我說『只』不太恰當，但妳明白我的意思。凶手透露出兩種相反的訊息：他從母親下手，卻對女兒大開殺戒。」

愛蜜莉起身走向白板，指出宥讓陳屍在沙發上的照片。

「凶手重擊宥讓頭部後，不但幫他戴好耳機，還將燭臺放回原本的位置，替露薏絲蓋上毯子。但他卻把雀絲汀留在地板上，也沒有收拾她腳邊捲成一團的床單。」

「所以妳認為雀絲汀．林德柏格才是凶手的主要目標？」

「對，從犯罪現場看來。」

「怎麼解釋露薏絲身上那麼多處刀傷？」

「凶手無論是男是女，應該都沒想過要殺害露薏絲，畢竟她不住在父母家，凶手發現她在家，可能大吃一驚，將計畫受到變動的怒氣發洩在她身上。」

「凶手可能是女性嗎？」

「沒有證據顯示凶手是男性，也沒有證據顯示凶手絕對不是女性。」

「況且露薏絲是在埃麗耶諾的房間遇害……」

會議室雙開門吱嘎作響，打斷了兩人談話。

夢娜從門縫中探出頭。

照片。

「不好意思打擾兩位，洛伊小姐，埃麗耶諾．林德柏格想見妳，她在走廊等。」

愛蜜莉點了點頭表示同意。

「我去叫她。」夢娜說完便離開。艾蕾克希立刻翻轉白板，藏起林德柏格一案的現場照片。

幾秒鐘後，埃麗耶諾走進會議室，身上仍穿著暖和的羽絨外套。

「艾蕾克希，妳在這裡做什麼？」

埃麗耶諾突兀的語氣猶如伸出爪子的貓。

「我來幫忙愛蜜莉。」

埃麗耶諾的眼神從艾蕾克希轉向空無一物的白板，接著才到愛蜜莉。

「我忘了告訴你們，露薏絲曾經在診所工作，三年前離開，她會辭職是因為和我爸處不來。上禮拜六我就應該要說了，可是我……當時我思緒很亂……」

「沒關係，埃麗耶諾。」

埃麗耶諾的眼神再度停在白板上。

「我想知道他們是怎麼遇害的。」

愛蜜莉搖搖頭。

「不行。」

「我知道妳為什麼拒絕，因為照片裡的影像會如影隨形跟著我。但若是不親眼看到，我依然在腦海裡想像，那些畫面很駭人，十分血腥，我嘴裡彷彿能嚐到死亡的氣味，或者說那是我所想像的死亡氣味。這些畫面讓我很害怕，我覺得自己病了，就算閉上眼，我還是看得到。」

「妳真的想知道細節，後續就得接受心理追蹤與專業協助。」

「我有後援，別擔心。我需要知道家人到底發生了什麼事，這樣才能真正開始悼念他們。而且我和艾蕾克希一樣，我也想幫忙。」

愛蜜莉回到電腦前坐下，抬頭看著埃麗耶諾；艾蕾克希從她的眼神裡看見默許，卻不帶一點溫情。

「妳過去有沒有經歷過什麼事，是我們目前該知道的？譬如與別人發生爭執或不愉快？還是哪一段結束得不愉快的感情關係？」

「完全沒有。」埃麗耶諾回答，對於愛蜜莉連珠炮似的問題絲毫未流露出不悅的神情。

「我和學生時代的同學幾乎沒有互動，遵守交友和社交規範對我來說實在太累了；和老師的關係則一直保持友好。我從來沒交過男女朋友，目前只有床伴，但我們從沒起過衝突或爭執。」

「妳姊姊從前就習慣在妳房間過夜嗎？」

這個問題有如一巴掌打在艾蕾克希臉上，憤怒隱隱卡在喉間。她不明白愛蜜莉怎麼能對埃麗耶諾提出如此殘酷的問題。

埃麗耶諾聽了大吃一驚，眨著眼說：「沒有，露薏絲不會來我房間過夜……」她解開外套鈕釦，露出彷彿還未發育的身形。

「愛蜜莉，露薏絲死在我房間嗎？」

「對。」

「在我房裡……在我的書和物品之間。在我床上。」

「對。」

「這麼說來，她死的時候我算是在她身邊。」

「沒錯，妳在她身邊，埃麗耶諾。像是抱著她一樣。」

艾蕾克希一聽驚訝地愣住了，她太早對愛蜜莉下定論。

「妳認為凶手的目標是我？」

「這是調查的其中一個方向。但目前看來，我認為不是。」

「我明白了。」

愛蜜莉低頭看電腦螢幕，會議室立時陷入一片沉默。

愛蜜莉給了埃麗耶諾一些時間，讓她平復急促的呼吸、緩和臉部肌肉，原本握緊拳頭的雙手也變得放鬆。聽到如此殘酷的消息，埃麗耶諾的身體和心靈都需要時間接受，才能進而消化與分析這些訊息。

「妳能不能查看露薏絲的電腦？」愛蜜莉終於再度開口，一邊檢視埃麗耶諾的反應。

「可以，電腦在這裡嗎？」

「鑑識組正在檢查，星期三應該就可以拿給妳。」

「妳希望我找哪方面的資訊？關於阿爾賓．曼森或診所的訊息嗎？」

愛蜜莉點點頭。

「承受不了的時候就停下來，知道嗎？」

「只要我和露薏絲在一起就不會有問題。愛蜜莉，妳看著好了。」

## 西班牙馬德里，無助者之聖母孤兒院

一九五一年一月八日，星期一

清晨起床哨音響起前，歌蒂就醒了。

她在另一間孤兒院養成了比別人早起的習慣，因為這麼一來，她才能去喝水而不驚動修女，否則就會遭受懲罰。院方一天只在中午給孩子一杯水，往往還是鹹的；早晚喝的是牛奶，一人一杯。可是歌蒂很渴，無時無刻都覺得口渴，渴到喉嚨灼燒，小解時下腹疼痛。所以趁別人睡著時，歌蒂和兩名同伴會溜去院子，喝著澆花後盆底滲出的水；要是沒有，就去廁所喝馬桶裡的水。

前一晚，歌蒂摸黑起身，誤以為仍在另一間孤兒院，於是在走廊迷了路。原本要去院子，卻走錯方向，還好遇上院裡另一名孤兒，她領著歌蒂回到床邊。

「喂，新來的，妳得快點適應這裡，否則就等著被費南達修女教訓。」

說話的是清晨時分領歌蒂回房間的女孩，「她的微笑就像海洋，」歌蒂心想，「令人目不轉睛並深深嘆息。」

女孩接著說：「我是101號，這是我妹妹，她是102號，但我們都叫彼此『拉烏娜』和『拉朵思』。」

「我叫蕾咪，我是134號。」一旁的金髮小女孩說，頂著短瀏海，從對面床上探出頭來。

「我是145號，我叫杜勒絲。」另一個滿臉雀斑的女孩說。然後邊穿衣服邊好奇地問：「妳呢？」

「歌蒂，我是162號。」

「妳叫歌蒂？這名字還真有趣。妳幾歲了？」

「五歲……快六歲。」

歌蒂仿照其他女孩，開啟一天的例行公事。早晨起床後先穿好衣服、整理床鋪。

「妳之前在哪裡？」杜勒絲又問。

「在巴塞隆納的另一間孤兒院。」

「巴塞隆納？哇，妳得注意點，千萬別說加泰隆尼亞語，費南達修女聽到會拿肥皂刷妳的舌頭。」

「我不會說加泰隆尼亞語。」

「那正好，省了妳許多麻煩。」

「我看妳也是捲髮，他們沒剪妳的頭髮嗎？」拉朵思邊問邊撫平床單上的皺褶，然後摺好薄被。「他們剪了我的捲髮，說那是惡魔的象徵。當時我頭髮短到可以去男生那邊做禮拜了！」

幾個女孩咯咯笑了起來，笑聲一致。很快地，所有人便挺直腰桿站在床邊，雙手交錯放在背後。

費南達修女才走進宿舍，女孩們便安靜下來。念珠隨著她的步伐節奏輕撫裙邊，她一一檢查床鋪，手裡拿著編織皮鞭，時而掀開被子，查看是否有人尿床。

「列隊！」檢查完最後一張床，費南達修女高喊。

宿舍裡所有人小心排成一列往前走，只有一個黑髮女孩走起路來搖搖晃晃，臉色有如白紙，時不時便脫離隊伍。

「排好！」費南達修女推她的背喊著。

「不曉得這個瘦弱的女孩是整晚打哆嗦的那個？還是在夢裡呻吟、喊媽媽的那個？」歌蒂心想。

歌蒂喊不出媽媽，因為她完全記不得母親，腦中既沒有母親的影像，也想不起她的聲音或氣味。每當想起母親時，只有奇特的感覺在心底油然而生，這股情緒教她快樂又莫名感傷。

黑髮女孩現在澈底脫隊了。

費南達修女一把抓住她的頭髮，將她甩向牆壁，行進中的隊伍停了下來，沒人敢開口。唯一打破靜默的只有那女孩驚恐的表情，與小臉在牆面上磨擦發出的回聲。

黑髮女孩顫抖著起身，迅速抹去雙唇間流出的血，並在嘴裡伸舌舔了舔撞斷的牙齒，接著回到隊伍裡的位置。

「我叫妳們列隊！」費南達修女一個字一個字說著：「快走啊，走啊！」

歌蒂與同伴服從命令前行。修女身上念珠敲擊的清脆聲響宛如節拍器，拍打出隊伍行進的節奏。

現在要去哪裡？到食堂吃早餐？還是澡堂？歌蒂前一晚抵達孤兒院時，先被送到澡堂——淋在身上的水好冰，像鑽子鑽得她頭皮發麻，深入骨髓的疼痛到就寢時仍未消失。修女忽然加快步伐，急步走到隊伍前並推開通往大操場的門，寒風忽地吹進女孩們裙底，就像抽在臉龐與腿上的鞭子。

隊伍慢了下來，女孩們散開排成五列，接著唱起了〈面向太陽〉（*Cara al sol*）這首歌。歌蒂會唱這首歌，她在另一間孤兒院就學過了，但她不知道自己在唱什麼，只知道必須這麼做。無論如何都得高唱這首讚頌高地酋佛朗哥之歌。

要想活下來，就得唱這首歌。

勝利的旗幟將回歸，帶著和平與歡樂的步伐。
我箭袋中的箭，將繫上五朵玫瑰。
春天將再次嶄露笑顏。
一如天空、大地與海洋的期望，方隊起身向勝利奔去。
願西班牙迎來新的黎明。
西班牙第一！偉大的西班牙！
解放西班牙！西班牙勇往直前！

## 瑞典法爾肯貝里警局

### 二〇一六年十二月六日，星期二，上午八點

愛蜜莉走進會議室，跟在後面的是艾蕾克希與黎納，黎納手中的托盤裡有一壺咖啡、咖啡杯與可頌。克里斯蒂昂已經在會議室裡等他們了，他靠在桌邊，毛衣將上身緊緊包覆，肌肉線條一覽無遺。

「今天沒有肉桂捲啊？」克里斯蒂昂邊抱怨邊伸手拿了一個可頌。

「這麼想吃肉桂捲，我們可以請夢娜去幫你買。」艾蕾克希打趣地說，一邊替所有人倒咖啡。

「拜託！不要連妳也這樣！難不成你們打算聯合起來，不斷拿夢娜來煩我嗎？再說，艾蕾克希，妳現在不是應該去挑選婚宴的裝飾品嗎？」

「沒想到我們的克里斯蒂昂也是婚禮策畫師呢。」

克里斯蒂昂翻了個白眼，對艾蕾克希擠出妥協的笑容。這時夢娜正好推開門走進來，點了點頭算是對所有人打招呼，眼神唯獨避開克里斯蒂昂，走到會議桌另一頭坐下。克里斯蒂昂喃喃說了句「早安」，試圖甩開腦海中那一幕清晨的畫面：一絲不掛的夢娜因歡愉而呻吟著。克里斯蒂昂抹去嘴角的麵包屑，在艾蕾克希身旁坐下。

「夢娜，妳先開始吧，這麼一來，妳的部分結束就可以先離開。」

「好的，局長。」

仍是新進警員身分的夢娜將一綹棕髮塞到耳後。

「十八個月前，林德柏格診所曾接受常規調查，並未發現可疑之處，也未曾進行法律訴訟。雷歐波．林德柏格、席格娜．斯卡與阿爾賓．曼森三人過往都沒有值得調查的事蹟。我也得到了斯德哥爾摩的回覆——涉及割舌的謀殺案皆與林德柏格一案案情相去甚遠，我已將案件細節的比較製作成文件檔，以電子郵件寄給各位，紙本檔案在這裡。」

夢娜說完，將手中的文件遞給愛蜜莉後又坐下。

「簡單來說，過去瑞典發生的家庭謀殺案中，沒有發現相同的做案模式。割舌往往涉及幫派結怨，加上這樁案件的死者雖然都遭利刃割舌，情節上卻與那些已結案的割舌案極為不同。國際刑警組織表示今天就會將相關資料傳過來，最晚今晚會收到。」

「很好，謝謝妳。」黎納說。

夢娜點了點頭便起身離開會議室。與方才進入會議室時相同，眼神故意迴避坐在另一頭的情人。

「克里斯蒂昂，你和格爾妲．馮卡爾談過了嗎？」

「談過了。」克里斯蒂昂邊回應，邊暗自竊喜終於不需再忍受同事拿他的私生活開玩笑。「格爾妲證實宥讓．林德柏格與卡麗娜．伊薩克森有性關係，而雀絲汀．林德柏格也的確知情。格爾妲雖未多加評論，但感覺得出來頗有微詞。我也和格爾妲的女友妮可談過，她有明確的不在場證明：妮可的女兒剛生產，卻因和格爾妲處不來，格爾妲只好先回家——她說的是林德柏格家。」

「林德柏格家的電子產品調查，包括電話、電腦和平板，進行到哪裡了？」

「沒有發現特別的線索。除了老傢伙會一直看『紅管』。」

「紅管？」

「色情影片網站。」愛蜜莉替克里斯蒂昂回答，同時翻閱夢娜留下的紙本檔案。

「愛蜜莉還真是充滿驚喜啊！」克里斯蒂昂心想，吃下最後一口可頌，又喝了一大口咖啡。

黎納稍微皺了皺眉頭才接著說：

「露薏絲的電腦裡有什麼發現？」

「目前沒有。」

「我請埃麗耶諾拿去看了。」

黎納轉向愛蜜莉，露出不可置信的神情。

「愛蜜莉，妳真這麼做了？」

「黎納，埃麗耶諾非常了解她姊姊。」

「妳倒是說說看，我該怎麼向漢斯．莫勒解釋才好？」

「這件事有必要呈報檢察官嗎？」

「老天！少來克里斯蒂昂這一套！」

「躺著也中槍嗎……」克里斯蒂昂喃喃說著，將魁梧的身軀縮進椅子。

「老天！愛蜜莉……妳可把我給害慘了。」

「我們檢閱過林德柏格診所近三分之一的病歷表。」艾蕾克希打斷黎納。

黎納一臉憤怒地望著未來的弟媳。

艾蕾克希保持平穩的口氣接著說：「我們先區分出醫學輔助生育失敗的案例，大概占了病例的四分之一。聽起來很多，但其實診所的成功率很高，一如他們對外宣傳的那樣，比同業要高出很多；失敗案例中三分之二的病患住在國外或搬去了海外，三分之一仍居住在瑞典。」

「知道了。」黎納的語氣平靜下來，「就先從剩下這三分之一的病患著手，然後再依地區擴大範圍，愛蜜莉？」

愛蜜莉出神地盯著黎納身後，靈魂彷彿隨思緒飄離了會議室。然後她甩甩頭，又回復原本的冷靜。

愛蜜莉起身來到白板前。

「我們要找的凶手精心策畫了這場謀殺，執行起來也非常精準，他知道進入房子的時機和方式，並未破壞門鎖或打草驚蛇，這表示他掌握了林德柏格一家的習慣和弱點，所以能在他們外出時潛入屋內；他很熟悉做案場地，也分析並掌握了被害者的位置。凶手深諳此道、訓練有素，從縝密的做案手法與順序可看出這點。他應該排演過獵殺順序，無疑是希望以最有效率的方式進行：突襲受害者、給予重擊使其無力反抗，隨即刺殺後割舌，最後再花時間將犯罪現場布置成想呈現在世人面前的樣子，例如露薏絲與宥讓的陳屍現場，這點可說十分驕傲自大。我晚點再回來討論雀絲汀。凶手穿了防護服，如此一來就能解釋為何在林德柏格主臥房床下沒有發現衣服纖維；大門和門口的血滴應該是凶手脫下防護服準備離開時留下的。他自備做案工具，快而精準的一刀割除舌頭手法，證明已做過這件事非常多次。凶手可能將舌頭直接放進備好的保鮮盒裡，因此地上才沒有留下血痕。」

克里斯蒂昂忍住了想吐的衝動。

「綜合這些條件，凶手平時應該非常融入社會，較一般人智商更高，有伴侶甚至家庭，也有穩定職業，會選擇陌生或離家遠的目標下手。我們要面對的可能是連環殺手，所以得在司法系統裡尋找他的線索。」

愛蜜莉一口氣說完後便坐下，挺直上身、交叉雙腳，目光掃向會議室。

「但有兩個現象與側寫產生出入：一是凶手對雀絲汀與露薏絲過於激烈的手段，他並不需要這麼做就足以殺死她們；二是屍體被留在犯罪現場。這兩點指出了這宗謀殺案裡仍有凶手未策畫的部分。我目前的側寫還不夠充分。」

「真是有幫助啊！」克里斯蒂昂發表意見，身體一如往常前後搖晃著擺動椅子，「但是將埃麗耶諾扯進來好嗎？妳覺得她現在還是目標？」

愛蜜莉搖了搖頭。

「我剛剛提到雀絲汀，她和丈夫與女兒不同，被殺死後凶手並未替她遮蔽屍體，也沒有整理床鋪，主臥室的犯罪現場保持原狀。凶手並不是忘了，也不是沒有時間，反而更像是故意這麼做。這是為了懲罰雀絲汀，她就是這宗謀殺案裡的主要目標；凶手明確展現出懲罰這個家中母親與妻子的欲望和需求。」

「借妳的話，凶手是想懲罰這個家中的『壞』母親與『壞』妻子。」克里斯蒂昂下結論。

「好吧，」黎納無精打采地嘆了一口氣。「我們繼續調查診所和林德柏格一家人的過去。也等國際刑警組織是否能提供任何有用的線索。」

## 二〇二二年二月二十二日，星期三

尼諾遞茶給我時親了我一下。我們四目相交，卻立即閃避彼此的眼神。

最後一次心理諮詢是五年前了，在那之後，沒什麼能幫得上我。我仍覺得自己在原地打轉，反覆想起同樣的回憶，經歷同樣的焦慮和同樣的憤怒，怎麼做都無法放下過去往前走。我始終專注在發生過的事，過往歷歷在目、如影隨形，我開口閉口只能討論這些事。

尼諾扶我坐上浴桶，幫我脫下成人尿片。

我不知道他怎麼忍受得了老是替我處理這些事，聽我叨念重複的話題，一而再、再而三說個不停。我很清楚自己對那段經歷的狂熱與執著，但就是無法自拔。我無法不提起，一再咀嚼、反覆思索仍無法消化，我永遠做不到放下與遺忘。

「來吧。」尼諾對我說。

我聽到水流聲。

「妳得洗個澡。」

「我不想洗……」

「拜託，我不想硬扛妳進浴缸，妳懂吧？」

「我很臭嗎？」

他垂下眼，點了點頭。

這是真的，我身上臭氣沖天，但這些年我失去了太多，甚至失去了自我。

「我說啊，」尼諾扶我進浴缸裡時又開口：「晚餐時妳一句話都沒說。」

反正就算我不開口，他也能一字不漏覆述我想說的事。我總是從二十年前孫子受洗當天在教堂昏倒的事開頭，再提到那該是平靜祥和的幸福感受，居然因為這巨大的轉變而成了一場噩夢，這不僅啃噬著我，也讓我與摯愛的人漸行漸遠。這就是我在晚餐時會說的，而且同一番話說過的次數根本數不清了。

我已經十八年沒見過孫子了，女兒也不肯單獨見我。

那是在某個晚上，當時我忘了餵小傢伙喝奶，但終究還是哄睡他了。不料早上又忘了餵，年幼的孫子因此脫水。我不曉得怎麼會忘記這麼重要的事，怎麼會忘了拿奶瓶餵他。從此以後，女兒就不讓我單獨和孫子相處，也漸漸與我保持距離；原本每日探望延長成一週，也漸漸缺席每週日的聚餐，直到剩下我和尼諾相依為命。

我放聲大叫。水好燙。

我想或許可用「上癮」來形容我目前的處境。我無法脫離那些話題，關於強暴、強姦犯和相關經歷，我總能將強暴我的人帶入談話中，彷彿邀請他與其他客人一起入座。

我知道自己過於耽溺在往事裡，但我就是擺脫不了，也改變不了，這更悲慘。回憶過往儼然成了我活下去的動力，就像酒鬼不惜一切也要喝乾瓶中最後一滴酒。

我意識到自己沒有回答尼諾，但他沒等我開口，就已調高電視的音量。浴室裡裝電視是為了讓我能好好待在浴缸裡。

電視上播著新聞，尼諾靠著浴缸外壁坐下，他拉起我的手親吻，仍然避開我的眼神。也許他不想看我現在這副模樣，還想保有在這之前，我在他生命中美好的樣子。

又或許他只是想安靜地看新聞。

尼諾調高音量，彷彿要蓋過我腦中反覆地喃喃自語。

我先聽到了聲音，才看到影像。

我呻吟了一聲。

尼諾甚至沒有回頭，他知道我為何呻吟。他聽著播報員評論照片，那些照片和短片在電視上輪播，影片裡可以聽到那人的聲音，他簡短地和佛朗哥交談的聲音。

這嗓音……瞬間冰凍了我的身體和靈魂。

## 瑞典斯德哥爾摩，外交官大飯店

### 二〇一六年十二月六日，星期二，下午五點

夜幕在幾小時前已籠罩斯德哥爾摩，原本的漆黑被白雪染成了藍色調，建築物內透出的燈光在海上形成一片黃暈。

外交官大飯店位在海灘大道，像是從陸地伸出手臂環抱波羅的海，厄斯特馬爾姆富人區這條綿延的濱海大道在市中心由西邊的新橋廣場一路往東連接諾貝爾公園。

艾蕾克希在飯店的酒吧裡找到位置坐下。她旋轉手中的酒杯，讓酒液打轉後才品嚐。白酒不是首選，但她仍聽從服務生的建議，因為女服務生保證這款白酒是「喝過就會教人放棄紅酒的蜜液」。這支布根地的確是美酒，但怎麼樣都比不過醉人的紅酒，艾蕾克希心想，「女孩，妳說錯了。」

愛蜜莉在艾蕾克希對面坐下，眼神旋即被窗外的景色吸引：碼頭隔開一小片海洋，在斯德哥爾摩到處都能見到這樣的景色，海水與土地、岩石總愛戀地交織著。

「我替妳點了同一款酒，陪我一起喝。」艾蕾克希說。

愛蜜莉快速搖晃了一下酒杯，接著喝了一口。

警局的晨會結束後，愛蜜莉與克里斯蒂昂便分頭聯絡林德柏格診所治療失敗的病患。

但大多數人都拒絕討論這段經驗，提到謀殺案的不在場證明時，更是沒人願意提供。

只有一名住在斯德哥爾摩的丹麥女子提議與警方碰面。因此愛蜜莉與艾蕾克希在早上九點多立即出發，搭火車前往瑞典首都；黎納及克里斯蒂昂則是留在警局繼續梳理診所文件——克里斯蒂昂對此很失望，他原本滿懷期待要在斯德哥爾摩過一晚。

「妳是愛蜜莉．洛伊小姐嗎？」

一名年輕女子朝愛蜜莉伸出手，前臂剛好橫在兩人的酒杯間，像是在杯上搭了一座橋。

「妳好，我是莉蒂雅．歐爾森。」

「妳好，莉蒂雅，謝謝妳前來與我們會面。」愛蜜莉說，並伸出雙手緊緊握住莉蒂雅的手。

「謝謝妳們不辭辛勞跑一趟，我的辦公室就在轉角，在這裡會面對我比較方便。妳們是從法爾肯貝里趕過來的吧？」

莉蒂雅看了看愛蜜莉，又轉頭看艾蕾克希，眼角擠出親切的笑紋。愛蜜莉點了點頭，微笑回應。

「讓我來介紹，這位是我的同事，艾蕾克希．卡斯泰勒，我在電話裡提過。」

艾蕾克希伸出手，簡短與莉蒂雅握過手之後便問：「想喝點什麼嗎？」

莉蒂雅染著一頭咖啡色直髮，柔順的髮絲沿著臉的輪廓延伸到下巴，幾綹髮遮住了她清澈的眼眸。

「和妳們一樣就好，謝謝。」莉蒂雅說完，脫下大衣。

艾蕾克希點了第三杯布根地白酒。女服務生得意地點頭，相信是自己說服了艾蕾克希改喝白酒。

莉蒂雅坐下後，沉重地開口：「太可怕了。發生在林德柏格夫婦身上的事真是太可怕了。我想到他們的孩子，真不知道他們該怎麼面對……我的天，怎麼會發生這種事……太糟糕了……他們夫妻還有一對兒女平安，對嗎？」

愛蜜莉點點頭。莉蒂雅皺眉，旋即以指尖揉了揉眉頭。

「妳們確切想談什麼？我們的療程翻山越嶺，持續了好多年，真要說可能到明天也說不完。」莉蒂雅的語氣變得稍微輕鬆了點。這時同一位女服務生端著白酒走到她身邊，莉蒂雅伸手接過酒杯。

「我們想知道妳在診所的情況。若妳見過林德柏格夫妻，也想了解你們之間的互動。」

莉蒂雅的眼神飄向窗外白雪斑斑的碼頭，接著轉向木桌，她將三個酒杯稍微挪開，彷佛正在為回憶製造空間。

「我在不孕講座上見過宥讓和雀絲汀，還有他們的女兒露薏絲。宥讓……極富吸引力，而他妻子似乎也臣服於這般風采之下，她對丈夫有著奇特的景仰，並如同影子般跟隨他。」

「奇特？怎麼說？」

莉蒂雅搖頭，髮絲飄動，蹙緊的眉間出現一道紋路。

「很難解釋……像是她得依附宥讓而活。我也說不上來，只是一種感覺。他們夫妻人很好，我們也是因此才選擇這間診所。」

「妳也見過露薏絲・林德柏格？」

「嗯，她主動找我攀談。她具有讓人信任的特質，或說是天賦，和她在一起時，她會認真地聽人們傾訴，人們因而感到自己備受重視，甚至成了特別的存在，就像是世界的中心一樣。她非常善於傾聽。」

莉蒂雅輕嚐白酒，接著將酒杯放回桌上，眼神始終未離開酒杯。

「我和丈夫泰倫斯都屬於不孕症中無法解釋的一群……泰倫斯的精蟲活動力雖不佳，稱不上是『游泳冠軍』，但照理說做試管受精是沒問題的，結果卻非如此。我在三年內做了九次試管，最終失敗了九次。每個月我都滿懷希望，但時間一長愈來愈難堅持……說好聽點是聆聽自己的身體，事實上得時時監控，彷彿『身體』與我是分開的，是另一個陌生人；而我也完全不像個女人，只是一堆細胞，沒有性慾，對生育的急切渴求扼殺了一切，說穿了，就是個會走路的子宮。」

莉蒂雅縮在椅子上，臉上的微笑消失了。

「我們的夫妻關係也因此決裂。我責怪泰倫斯害我無法成為母親，我得因為他身體先天的障礙接受治療；而他看著我受苦，心裡也難受，覺得自己不像個男人。總之，我們兩個都出軌了……」

莉蒂雅舉起酒杯，喝下一大口白酒，再次定睛看木桌。

「後來我懷孕了，是外遇對象的孩子。」

莉蒂雅拱起肩，手指輕撫桌上彎曲的木紋，眼神隨著曲起的指關節移動。

「當我告訴他，另一個男人給了我他所不能給我的……他當時的反應……」

莉蒂雅抿起雙脣，雙手緊握酒杯。

「他伸出手放在我的肚子上，喃喃說著：『妳體內有個小生命……』邊說邊輕撫我的肚皮。他想留下這個孩子。」

莉蒂雅挺起胸，深深嘆了一口氣。

「我知道，我都知道。這聽起來既詭異又扭曲，隨便妳們怎麼想，但對我而言，透過這樣的方式受孕，不會比找個捐精者更奇怪或不自然了。我有個朋友叫維拉．高珀，她與妻子梅琳達為了受孕，在精子銀行遭受無數不人道且難以置信的待遇，而那些遭遇幾乎都發生在我的家鄉——丹麥。譬如她們從電子郵件得知捐精者有遺傳問題，使用那男人捐贈精子生下來的小孩都有嚴重的心臟疾病，而且當時梅琳達已經懷孕了。妳們能想像，這種晴天霹靂的消息居然是在電子郵件上看到嗎？僅僅寄來一封 E-mail 告訴妳，妳肚子裡的孩子有問題！另一家精子銀行更誇張，他們甚至寄來這種廣告：『大特價！兩管精子一管價！切勿錯失良機！』」

「我的天……」艾蕾克希輕聲驚呼。

「我說的都是真的，大部分精子銀行對待客戶的態度，就像客戶只是在挑選不同口味的果醬。其實我們的遲疑，都來自那是親生骨肉的基因啊！孩子身上怎麼說仍傳承了母親的基因。這真的很悲慘，既荒謬又可悲。」

莉蒂雅露出無奈而厭倦的微笑。

「雖然我沒能保住那孩子，但說來奇怪，這件事反倒給了我們……力量。因此我們決定再試一次人工受孕。這是第十次了，但一試就懷孕，我們終於有了女兒，她現在四歲。」

「太棒了，莉蒂雅，恭喜你們。」

「這麼看來，暫停療程是必要的。同樣的事也發生在維拉和梅琳達身上，她們休息了一陣子後再嘗試療程，第一次就成功，還懷上了雙胞胎。」

「你們透過哪一家診所懷孕的？」愛蜜莉問。

「什麼意思？」

「你們透過哪一家診所才懷上了女兒？」

莉蒂雅驚訝地看著愛蜜莉。

「當然是林德柏格診所。療程開始前有許多必要的檢測，我可不想全部重做一次。我們和診所之間並沒有出現問題或衝突，也就沒有更換的必要。維拉和梅琳達也是去林德柏格診所。這間診所真的很棒。」

「可是，我們卻在診所未能受孕的名單上查到了妳的名字？」

「或許是因為我懷女兒的時候冠了夫姓羅伯茲，但前九次人工受孕都是本姓歐爾森。其實我到現在還是很不習慣，每次自我介紹，我還是會說『莉蒂雅．歐爾森』。但好不容易懷孕後，我決定跨出一大步，改姓則是希望女兒出生後，一家人擁有一樣的姓氏，也像是這個家的根基。我想肯定是診所忘記彙整兩份文件。」

「忘記？絕對不可能！」艾蕾克希心想。

**瑞典斯德哥爾摩，外交官大飯店**

**二〇一六年十二月六日，星期二，晚上九點**

艾蕾克希套上浴袍走向房門，一開門便見到一名金髮的年輕女子，長髮編成頭冠造型，手上拿著大托盤。

「晚安，卡斯泰勒小姐，我送晚餐來。」年輕女子以法語說，乳白的臉頰上掛著兩個深深的酒窩。「要放在矮桌，還是辦公桌呢？」

「放床上好了，謝謝。」

女子的臉染上紅暈。艾蕾克希覺得她就像童年收藏的瓷娃娃，就差了緞面澎裙和塗了亮光漆的小鞋子。

「艾絲黛樂，妳的法語說得真好。」艾蕾克希稱讚。她從胸前的名牌上得知女子名字。

艾絲黛樂微笑，瞇起的藍眼睛閃現稚氣的喜悅光芒。

「謝謝妳的讚美，我很高興。」艾絲黛樂邊說，雙手邊撫平托盤一側弄皺的床單。「祝妳有個愉快的夜晚，卡斯泰勒小姐。」

說完，艾絲黛樂便向房門走去，在開門前又轉過身。「抱歉這麼突兀……但我想告訴妳，我很喜歡妳的作品，每一本我都迫不及待讀完。我對於埃博納案很有共鳴，因為我小時候每年都在法爾肯貝里過暑假（說到法爾肯貝里時，艾絲黛樂以瑞典語發音，原地名『Falkenberg』字尾的『g』成了輕聲的『i』）。還有……我、我很遺憾妳朋友[8]過世了。」

---

8 此處指的是莉內雅・比利克斯，本系列《46號樓的囚徒》中登場人物。

艾蕾克希聽了不禁一陣雞皮疙瘩，每次與讀者談話總是讓她感動不已，尤其當他們提起莉內雅時，更是讓她心裡無比悵然。

「妳真的非常貼心，艾絲黛樂，謝謝妳。我也很高興得知莉內雅仍活在妳的記憶中。」

艾絲黛樂微微一笑，便退出房間，留下艾蕾克希，以及短短幾句交談帶來的幸福感。

艾蕾克希在床沿坐下，滿腦子都是莉內雅的身影，以及她留給艾蕾克希的回憶。婚禮當天早晨，艾蕾克希會和施泰倫到塢洛夫斯博，在托爾斯維克的小碼頭放一束花紀念莉內雅。兩年前就是在那裡，發現了莉內雅的屍體。

艾蕾克希伸手拉近筆記型電腦，放上大腿，邊吃乳酪邊打開電腦裡林德柏格診所的檔案。名單中列出上千筆人名和病歷，警方已先挑出未完成療程的案例，打算進一步抽絲剝繭。艾蕾克希暗忖，也許自己該試試另一種方法，譬如檢視成功案例——像是意外成功受孕的患者。這時艾蕾克希想起莉蒂雅．羅伯茲與梅琳達．高珀。

一陣敲門聲，艾蕾克希吃下手裡最後一口麵包才起身開門。施泰倫站在門口，手裡拉著行李箱。

「親愛的，你怎麼來了？」艾蕾克希驚呼，語氣中擔心的成分多過於驚喜。「我還以為明天早上才會見到你，你……」

「我得見妳。」

「你還好嗎？發生了什麼事？工作上出了問題嗎？還是……」

施泰倫走進房，並關上房門。

「瑪杜，快離開艾蕾克希的身體！」施泰倫開起玩笑，隨手將行李箱放到置物架旁。

「一切都很好，我只是很想見妳。我需要見妳。」

施泰倫輕撫艾蕾克希的臉頰。

「Min älskling……」

他俯身輕吻艾蕾克希，以嘴唇輕觸，畫出她雙唇的輪廓。

「我的妻子。」

他停下動作，溫柔而熱切地注視著她。

「妳即將成為**我的**妻子。」

施泰倫熱情而驕傲地加重『我的』兩個字。

艾蕾克希微笑著回吻他。

施泰倫解開她浴袍上綁帶的結，手指由艾蕾克希的臀部滑向雙腿間並直闖私密處，同時持續熱吻她。艾蕾克希呻吟，倒退幾步，身體靠上房門。施泰倫滾燙的舌在她嘴裡不斷挑逗。她急切地解開施泰倫的褲頭，釋放那早已硬挺的陽具。施泰倫將身體往艾蕾克希雙股貼近，手指仍不停在她體內遊走，手掌摩擦著陰蒂。艾蕾克希覺得就要達到高潮了，雙腿不住顫抖。施泰倫一把抓住她的臀部將她舉起，長驅直入用力挺進。

「**我的妻子！**」施泰倫在艾蕾克希耳邊低聲說。她也在同一刻達到高潮。

## 西班牙馬德里，無助者之聖母孤兒院

### 一九五一年四月十日，星期二

歌蒂一手拽著拉烏娜的小手，另一手牽起蕾咪，拉朵思緊靠著姊姊，動也不動。

歌蒂已對整個流程瞭若指掌：以晚上尿床的人為中心，女孩們得牽起手圍住她，然後齊聲高唱「尿床鬼！」或「骯髒鬼！」。

在另一間孤兒院不是這樣。那裡的修女會把尿床的孩子關進籠子裡，籠子被放在一個黑暗的房間裡。她們總等孩子不再哭喊了才放出籠。

費南達修女率先開啟一串咒罵，女孩們附和。

這次又是杜勒絲站在中央。她的雙腿彷彿被釘住，雙眼直盯地面，想要逃跑的心靈飛向了遠方，躲避女孩們咒罵的節奏。女孩們被迫喊出羞辱的字眼，但若不想被修女鞭打，再不願意也得開口。

幾個禮拜前，歌蒂想到一個主意：既然杜勒絲戒不了尿床習慣，歌蒂建議她自願去洗衣房，幫修女洗染上經血的衣褲。也許如此一來，修女會對她仁慈一點，不再因為尿床又把她關進小閣樓。

杜勒絲只要一提到閣樓就全身顫抖。首先，修女會燒蕁麻燙她，若是費南達修女親自出馬，則會以蠟燭灼燒雙腿間，然後讓她獨自待在幽暗中。

杜勒絲曾花一整個下午洗修女的衣物，雙手泡在冰水裡，努力搓去血漬。然而幾天後，她又尿床了，還是要懲罰。

起床檢查時，費南達修女會在眾人面前手執編織皮鞭痛打杜勒絲。每到這時，修女的眼中會燃起歡暢的烈火，她揮動鞭子時總是流露出這樣的眼神。費南達修女逼所有人看著杜勒絲，她的身體蜷在床上，每挨一下鞭子就扭動一下，後背與臀上滿是血跡斑斑的鞭痕，眼底盡是痛楚。費南達修女要求女孩們傾聽杜勒絲痛苦的哀號與求饒聲，再命令她們圍成一圈羞辱她，最後將杜勒絲關進黑暗的閣樓裡。修女會再燒起蕁麻，將她的屁股和性器官灼得又疼又腫。

歌蒂握緊拉烏娜與蕾咪的手。她們只能聽命行事，緊密交纏的手一如費南達修女手中的編織皮鞭。

翌日，歌蒂到禮拜堂去。

她跪在神前祈禱，禱告最後她告訴耶穌，祂根本是個殺人犯。

## 瑞典法爾肯貝里，大飯店
### 二〇一六年十二月七日，星期三，晚上八點

埃麗耶諾拿起最後一片鳳梨披薩，咬了一口又放回紙盒，用紙巾擦過手後才在電腦鍵盤上打起字來。這時，她驀然想起了父親。他受不了紙巾，用餐後習慣使用棉製餐巾，平時也只用手帕。父親留下的那堆手帕該怎麼處理才好？

克里斯蒂昂今天一早將露薏絲的電腦送到大飯店給埃麗耶諾，她拿到電腦後就再也沒踏出過房門一步。她在晚上七點半上床坐好，電腦放在膝上，晚餐則放在棉被上。

這是埃麗耶諾第一次檢查電腦，工作量十分龐大，為此她還制定策略，讓大腦保持清醒——她交叉檢視電子郵件、文件夾與照片，以年為單位，一路回溯到十年前，也就是二〇〇六年。露薏絲生前極有條理，內衣褲依顏色收納，書籍以作者分類擺放，因此埃麗耶諾驚訝於她的電子信箱居然如此雜亂無章，也許她壓根兒沒整理過。露薏絲有兩個電子郵件地址，一個是雅虎信箱，另一個是她任職於父母診所時期使用的信箱，兩組郵件地址皆

整合到Outlook，信箱裡除了「旅行」、「帳單」和「診所」三組標籤，其他郵件全混在一起，最後一封是朋友大量轉發的「幸運信」，露薏絲依信中指示轉發給其他朋友，寄送時間就在她死前幾小時。垃圾桶裡只有廣告信和電子報。

埃麗耶諾喝下一口朗羅莎（Ramlösa）礦泉水，她剛檢查完二〇一一年的資料，詳細檢視了每一份文件、每一張照片，這使她既痛苦又滿足。看著露薏絲生前的照片讓她心痛得想掏出自己的心臟；然而她願意花一整天反覆看著露薏絲的照片，就是為了再次感受幸福的火花，僅僅那一秒，露薏絲的臉龐仍在她內心注入強烈的溫情與喜悅。儘管這份情緒旋即消逝，如泡泡應聲破裂，只留下無限的空虛與恐懼。埃麗耶諾逐漸找出面對驚慌與痛苦的方法，她命令大腦回到正在進行的工作上——點開下一封電子郵件，一行接著一行閱讀，然後推敲得出的結論。

她目前仍在分類這些電子郵件。她在Outlook裡設置檔案夾，將她認為可能隱藏有用資訊的郵件依主題、寄件者和收件者分別移入檔案夾，稍後要再仔細讀過一遍。

埃麗耶諾蓋上披薩紙盒，拿起提拉米蘇吃了起來。

她要開始檢查二〇一二年的資料。

她將湯匙含在口中，點開二〇一二年的照片資料夾，裡頭只有三本相簿，檔名分別為「披披群島」（一月）、「安娜・W婚禮」（十月）與「跨年」。

埃麗耶諾皺了皺眉，她才分類完二〇一一年的資料；與前一年相比，二〇一二年的相簿數量縮減了四倍。

她快速搜尋，想確認露薏絲是否將這一年的資料歸類在錯誤的年分，但一切如常，沒有任何資料的歸檔時間有誤。

埃麗耶諾又挖了一口提拉米蘇，然後打開名為「披披群島」的相簿。露薏絲和友人到泰國度假，相簿裡全是假期的經典主題照：陽光、海灘、派對與當地美食。露薏絲看起來容光煥發；她在十月參加了大學同學安娜的婚禮，相簿裡只有幾張新人和孩子在教堂的合照，新人最小的孩子應該也要五歲了；「跨年」的相簿裡只有十二張聚餐跳舞的照片，露薏絲完全沒在照片裡。

埃麗耶諾放下手中的湯匙，點入露薏絲的電子信箱。

自三月二十一日起，露薏絲漸漸減少寄電子郵件的次數，六月十七日以後，則幾乎不再回覆信箱裡關於工作的信件，宥讓還因此『請』露薏絲到辦公室談話。兩天後，她收到另一封信，寄信人詢問她身為診所代表，為何未出席丹麥研討會。露薏絲還是沒有回覆。宥讓憤怒地寄來一堆信責備。

埃麗耶諾閉上雙眼。

肯定發生了什麼事擾亂露薏絲的心思，導致她完全忽略工作，甚至忘了出席丹麥的研討會。露薏絲是個殷勤又負責的人，這種態度完全不像她的作風。

二〇一二年……

埃麗耶諾輕敲眉峰。

二〇一二年家裡發生了什麼大事嗎？

沒有，否則她一定記得。家裡近來最具顛覆性的大事已是在十八年前，那時家人發現了埃麗耶諾患有亞斯伯格症。

露薏絲是不是生病了？

埃麗耶諾搖搖頭。

露薏絲平時和父母與雷歐波一起工作，一週五天都在一起，加上每週日的家庭聚餐，要是因為生病消瘦或變得虛弱，家人和格爾妲肯定會發現。我也會發現，埃麗耶諾心想。她從露薏絲的臉上看得出來。生病時肌膚會發黃，臉頰會消瘦、皺縮，而且病人往往心情不佳，顯得毫無光彩、眼神黯淡。

埃麗耶諾抬頭望向窗外，雙眼正好對上圖爾布朗橋——橫跨艾特蘭河的拱橋。「這座橋比凡爾賽宮的皇家歌劇院還古老」，她和露薏絲頭一次到河邊釣鮭魚時，姊姊曾這麼告訴她。埃麗耶諾還記得橋下那片受水流沖濺的狹窄岸邊，那裡擺著兩張綠長椅。埃麗耶諾曾躺在長椅上，閉起眼曬太陽，一邊吃著多汁的草莓，任由鮮紅的汁液從脣邊流到下巴。

「我親愛的歌蒂，沒事的。」拉烏娜輕聲對歌蒂說，輕吻了她的額頭。「別擔心，走吧，我們回房睡覺。」

歌蒂不禁啜泣出聲，卻又趕緊摀住嘴，試圖阻擋就要傾洩而出的悲傷。儘管她並不明白為何會有這樣的感受。

拉烏娜端詳歌蒂的臉龐，幾綹垂下的髮被淚水沾溼了貼在臉頰。拉烏娜伸手替歌蒂將頭髮往後撥。

「親愛的歌蒂，聽我說，要是穆利歐神父在夜裡來妳床邊、帶妳來這裡，妳就想著妳媽媽，知道嗎？好好想著她，在妳腦海深處，一定藏著妳對媽媽零星的記憶，將這些殘破的畫面收集起來，認真想著她，聽懂了嗎？」

歌蒂腦中一片空白，只覺得心裡好難受，只想就此沉沉睡去，再也不要醒來。

「我做不到。」

「有沒有什麼事會讓妳覺得這裡暖暖的？」拉烏娜指著歌蒂的心口問。

歌蒂想了想，腦中浮現海洋。

「妳的笑容，拉烏娜，我來到這裡第一天妳看著我露出的微笑。要是媽媽還在身邊，我希望她帶著像妳臉上那樣的光彩對我微笑。」

「那麼，親愛的歌蒂，妳就想著我吧。好好想著我為妳綻放的笑顏。」

## 瑞典法爾肯貝里，林德柏格家

### 二〇一六年十二月七日，星期三，晚上十一點

埃麗耶諾由屋外的螺旋梯走上格爾妲的住所，沒開燈穿越閣樓，開了通往二樓的門，由屋內的樓梯下樓。她在樓梯間停了一會兒，伸手開燈，燈光照亮了屋內的色彩——白牆、淺色木地板，到處沾滿了黑色粉末；地上卻不見鮮紅的血痕，天花板也沒有飛濺的血跡，這裡彷彿只剩下黑與白。

埃麗耶諾推開左手邊的門。那是露薏絲的房間。她重重嘆了一口氣，閉上雙眼，仔細聆聽喘息的回聲，心跳加速呼應——她感到心臟在胸膛裡顫抖不已，但也可能是因為眼下她全身都在顫抖。

在回家的路上，埃麗耶諾腦袋裡只有一個想法：她要躺在露薏絲的床上，好好感受她，聞她的氣味，彷彿她的形體就在埃麗耶諾身邊。觸碰露薏絲的衣物，閱讀她收藏的書，凝視她的照片，徘徊在她曾身處的世界，埃麗耶諾也許就能夠再次聽見露薏絲的聲音。但還是行不通。雷歐波說得對，這個房子裡剩下的記憶只有死亡。

也許她不該獨自回來，愛蜜莉肯定願意陪她來，找格爾妲或艾蕾克希作伴也行。

那個星期一，埃麗耶諾感到與艾蕾克希特別親近，彷彿她們承受著同樣的傷痛，這很

奇怪，因為艾蕾克希並不認識露薏絲，也不認識宥讓和雀絲汀。但埃麗耶諾想將頭埋進艾蕾克希懷裡尋求慰藉。這突如其來的念頭使埃麗耶諾了解內心深處的渴望，她確信艾蕾克希會緊抱她，臉靠在她頭上、親吻她，替她撥開幾綹散落的髮絲。這一幕閃現了短短幾秒。也許是艾蕾克希讓她想起露薏絲，她們有著同樣堅定的溫柔。

埃麗耶諾鬆開了握緊門把的手，沿著走廊來到臥室。一開燈便意識到：這裡已經不再是「她的」房間，而是「露薏絲死去的地方」。血水浸漬的床墊由紅轉黑，埃麗耶諾不禁作嘔，痛苦如箭刺穿胸口，她忍不住嗚咽。埃麗耶諾不自覺前傾，手臂僵硬伸直，手掌貼住大腿保持平衡，那刺穿胸口的痛楚化成淚水。她痛哭失聲，有如海嘯，又似怒吼的戰士。

「他殺死了露薏絲！他從我身邊奪走了露薏絲！」

埃麗耶諾挺起身子，怒火如電流在體內流竄。

「他殺死了露薏絲！他從我身邊奪走了露薏絲！」

埃麗耶諾從書桌下拉出靠牆擺放的矮梯凳，將凳子放到衣櫃前，踩上最後一階，踮起腳尖打開衣櫥上的小櫃子，取出兩個紙盒後走下凳子，並小心翼翼地將紙盒放在地上。第一個盒子裡裝的是厚實的筆記本，一本疊著一本，書脊上標注著年分。

露薏絲在埃麗耶諾要進入青春期時，建議她寫日記，如此一來，埃麗耶諾可以在日記裡訂下當年的目標，制定達標方式，同時幫助她回溯思緒與記錄成就。

一開始，埃麗耶諾寫得不情不願，還是在露薏絲鼓勵下才成為每天的例行公事：夜裡刷完牙、睡前閱讀前是寫日記的時間，埃麗耶諾會花五分鐘想想當天發生的事，記下心情與完成的事項，露薏絲會蹲在床邊陪她。漸漸地，埃麗耶諾發現重新閱讀日記時，內心會感到無比喜悅，而她也愛上了寫滿整個筆記本的感覺，於是投入更多時間寫日記。

埃麗耶諾取出二〇一二年的日記，背靠著衣櫃坐下，打開日記讀了起來。倘若她在當時發現家人或自己身上出現了奇怪的舉動或現象，一定會寫在日記裡。

埃麗耶諾在二〇一二年讀了法語版的《日安憂鬱》，她與喬埃勒也是從這一年開始見面，後來琳加入兩人。她還看了喬爾．金納曼主演的《毒利時代》（*Snabba Cash*）……

她想翻頁卻發現紙頁上有折角，紙張就像因磅數增加而變得僵硬，她以拇指和中指將折角撫平才順利翻頁。

埃麗耶諾才讀了幾秒便皺起眉頭，接著張大了嘴，臉上露出一抹驚訝的神色。不久，她顫抖著闔上日記。

## 瑞典法爾肯貝里，警察局

### 二〇一六年十二月八日，星期四，早上七點

克里斯蒂昂打了個大大的哈欠，一手握拳遮在嘴前企圖掩飾。早上七點開會實在很煎熬，尤其他過了凌晨四點才闔眼。他真的得找時間獨自補眠，否則依目前的偵辦進度，只要一發生大事，他可能會撐不下去。

和夢娜在一起，克里斯蒂昂怎麼樣都不會感到厭倦，這其實很不尋常；他從未有過這種感覺——無法抑制想和某個女孩待在一起的強烈渴求。他整天都在與自己作戰，壓抑著對夢娜的想念，刻意不去回想兩人在夜裡共同創造的場景。克里斯蒂昂可以將所有時間都拿來想夢娜，想著她高潮的表情，想著她的微笑與放聲大笑，吃東西或穿脫衣服的姿態，甚至那張熟睡的臉。克里斯蒂昂尤其喜愛她睡著時嘴脣微翹勾勒出的淺淺皺褶，以及眉心的小細紋。老天……他什麼時候變得這麼多愁善感。雖然內心慢慢柔軟下來，有個東西卻始終是硬的……

「克里斯蒂昂！」

黎納的聲音恍如雷聲劈下，克里斯蒂昂用力眨了一下眼。

「是……呃……老大，怎麼了？」

「我已經問第三次了，你要咖啡嗎？」

「呃……好。」

「克里斯蒂昂，晚上是用來睡覺的！」

黎納大聲說，一邊替克里斯蒂昂倒咖啡。

克里斯蒂昂吞下一大口滾燙的咖啡。艾蕾克希與愛蜜莉已經在會議室就座並打開電腦，他根本沒聽見她們走進來。

「好了……國際刑警組織來消息了，」黎納閉上雙眼對眾人說，一手按捏著鼻梁。「他們沒發現和這起案子相關的前例。」

愛蜜莉一聽便皺眉。

「應該說，什麼都沒找到。但倒是寄了一些線索來。」黎納換個說法。「我都看過了，不符合我們要找的凶手特徵。愛蜜莉，我把國際刑警組織提供的資料放在警局內部的伺服器，妳可以上去看看。克里斯蒂昂，生育中心失敗案例的病人名單查到哪裡了？」

「進展不多，很難要到這些人的不在場證明，一一聯絡也很耗時間。」

黎納轉向艾蕾克希與愛蜜莉。

「妳們的反向理論——調查生育中心的成功案例——有沒有進展？」

「這是艾蕾克希的理論。」愛蜜莉糾正。

儘管頭痛得不得了，額頭彷彿被下了緊箍咒，黎納還是忍不住微笑，因為埃麗耶諾也會說這樣的話。

艾蕾克希輕輕地將手放在愛蜜莉的手上，片刻便放開，同時對愛蜜莉微笑。艾蕾克希明白她的感激在愛蜜莉眼中算不上什麼，唯有藉由短暫而隱晦的暗示才能不驚動她。艾蕾克希微笑著對黎納解釋：

「我們專注在最極端的病例上，也就是嘗試超過五次試管療程才成功的案例。我們列出了比對成功與失敗例子的四個條件：療程用藥、卵子品質、精子品質與胚胎品質。」

「聽起來還真有意思。」克里斯蒂昂嘲諷。

「那可不是……總之，包括莉蒂雅．歐爾森，呃，羅伯茲，以及其友人梅琳達．高珀的案例，到昨天為止，我們總共調查了一百二十二份資料，我們認為有所發現。儘管精子和卵子的品質並無改變，胚胎的品質卻大幅進步，達到良好的等級。」

「療程上也沒有變化？」黎納提問，又立刻質疑：「等等，這是什麼意思？」

艾蕾克希嚥下一口口水，心中的假設令她作嘔。

「植入的胚胎並非來自病患。也就是讓患者在不知情下，懷上別人的孩子。」

會議室陷入沉默，氣氛沉重。薄牆外傳來警局內其他部門工作的聲音。

「Hej!」

埃麗耶諾出現在會議室門口，頭髮蓬亂，臉色蒼白。會議室裡沒人聽見她開門時雙開門的吱嘎聲，也沒人聽到門絞鍊轉動的聲音。

「我一夜沒睡。」埃麗耶諾的聲音因疲倦而變得沙啞。

「大家應該都看得出來。」克里斯蒂昂說完，喝了一口冷掉的咖啡。

「我發現了。」

「在露薏絲的電腦裡嗎？」愛蜜莉問。

「不是，在我房裡。」

愛蜜莉朝埃麗耶諾點點頭，鼓勵她說下去。埃麗耶諾舔著冰凍的雙脣，再次開口：

「我在我的日記裡找到一個小信封，就貼在二〇一二年六月一日那頁，信封裡裝著一個手機SIM卡。」

黎納轉向愛蜜莉，猜想她是不是和自己一樣滿頭霧水。

埃麗耶諾打開背包，拿出透明密封袋，袋子裡裝著線圈記事本。

愛蜜莉從後背包裡拿出一雙全新的乳膠手套，拆開塑膠包裝後戴上。

「妳沒打開過信封？」愛蜜莉一邊問，同時拿起密封袋。

埃麗耶諾搖頭。

愛蜜莉打開密封袋拿出日記，翻到二〇一二年六月一日那頁。頁面中央果然有個描圖紙做成的小信封袋，看起來與刮鬍刀的刀片保護殼一般大小。

「克里斯蒂昂，去找個空手機和美工刀來，應該在……」

「老大，遵命！」克里斯蒂昂不等愛蜜莉說完便跌跌撞撞衝出會議室。

「一定是露薏絲貼上去的。」埃麗耶諾喃喃自語，彷彿在說給自己聽。

「為什麼？」黎納問。

「是露薏絲要求我每天寫日記的，爸媽和雷歐波從來不曉得有這本日記；格爾妲或許知情，因為她會來打掃我的房間，但我沒看過她開櫃子。當然，她要是想，肯定看得到我寫什麼，但我不覺得她有興趣。因此，我判斷家裡只有我和露薏絲知道日記存在。所以這張ＳＩＭ卡肯定是露薏絲貼上去的。」

「妳怎麼想到要翻閱舊筆記？」

「不是筆記，是日記。」

「好、好啦，埃麗耶諾，妳說了算……」

「因為圖爾布朗橋。就是旅館旁邊那座橋。」

黎納搖著頭說：

「我不懂。」

「好吧，局長，你問我為什麼想到要翻舊日記，那是因為當時我從旅館房間看出去，看到了圖爾布朗橋，便想起第一次和露薏絲在那座橋邊釣魚的回憶。接著我想到了那時留下的釣鉤，以及當天回家後寫的日記。因為我同時在檢查露薏絲的電子信箱，我注意到從二〇一二年下半年起，露薏絲的行為有了變化。她回覆工作及私人郵件的時間愈拖愈長，沒告知我爸就擅自缺席重要會議——這讓他非常憤怒；她甚至忘了朋友的生日……我想肯定是她的私生活或我們家裡出了什麼事，因為露薏絲極有責任感，為人正直，對朋友也很忠誠。當時她身邊絕對發生了非常嚴重或令她擔憂的事，才因此忽略身為女兒及員工，還有忠誠友人的責任。」

說到這裡，埃麗耶諾似乎口乾舌燥而抿著嘴，接著仰頭吞了一大口口水。

「不過，二〇一二年畢竟都過了四年，我想不起來那年發生了什麼事，這才想起日記。我確信當時可能會寫到看似無關緊要的小事，也許重讀就能掌握到一些線索。所以我回家找出日記，然後發現了這個小信封。我整晚都在讀露薏絲這段期間的電子郵件，試圖找出更明確的線索，但什麼也沒找到。」

「妳偶爾會重讀日記嗎？」愛蜜莉問。

「不會，寫完就不會再讀。」

「露薏絲呢？」

「我寫的時候她就不會讀，更別提重讀了。」

「但她曉得妳存放日記的地點。」

「對。」埃麗耶諾點點頭。

會議室的雙開門猛然打開，克里斯蒂昂跑進來，遞了一把美工刀給愛蜜莉。

愛蜜莉小心翼翼割開信封與日記間黏貼的膠帶，從信封裡取出ＳＩＭ卡。克里斯蒂昂才將手機接上充電線，愛蜜莉便立刻放入ＳＩＭ卡。

克里斯蒂昂按下開機鍵，黎納、愛蜜莉與艾蕾克希三人圍在他身邊，只有埃麗耶諾坐著，她選了最靠近雙開門的座位，雙手放在大腿上，一隻手的手指交叉。

手機桌面只有幾個應用程式。

克里斯蒂昂先檢查聯絡人，但顯示無聯絡人資訊，也沒有任何文字訊息。他再點入通話紀錄：無來電紀錄，但有十二通撥出紀錄，全集中在二〇一二年五月到九月的四個月內，撥給重複的三個電話號碼。

「挪威……西班牙……還是西班牙的號碼。」黎納指了指螢幕說。

「埃麗耶諾，妳過來看一下……」

「不用了，露薏絲從來沒提過任何住在挪威或西班牙的人。」

「埃麗耶諾，想不想喝點水？還是吃點東西？」艾蕾克希朝會議桌伸出手，彷彿這樣可以碰觸埃麗耶諾。

埃麗耶諾輕輕搖頭。

「妳的臉色很蒼白。」艾蕾克希還是堅持替她倒了水。

「我一夜沒睡。」

艾蕾克希起身將水杯端到埃麗耶諾面前。

「拜託妳喝一點吧。」愛蜜莉也開口。

埃麗耶諾照做，一口氣喝光水，杯子仍握在手中，眼神緊盯著黎納。

黎納伸手拉近會議桌上的電話，按下內建的錄音機後撥打手機裡的挪威號碼。才撥通便斷線，黎納又試了一次，還是同樣的結果。

「Helvete!」黎納低聲咒罵。

他嘆了一口氣，低下頭盯著手機，嘗試撥打另一支號碼。

另一頭的電話鈴響五聲後便轉入自動語音答錄機，機械聲重複黎納剛撥出的號碼，然後「嗶」了一聲。

「Buenos días.（你好）」黎納以帶著日耳曼腔調的西班牙語留言，「Soy el comisario Lennart Bergström de la policía de Falkenberg, en Suecia.（我是瑞典法爾肯貝里警察局的局長黎納・貝斯壯）Le contactamos en relación con una encuesta.（我們因為一起案件而聯繫你）Por favor, llámenos urgentemente al 0046771141400.（煩請盡快回撥0046771141400這支電話給我們）」

才掛上電話，黎納立刻又撥了最後一個號碼。

三聲鈴響後，仍是轉入答錄機。

「¡Hola! Si, es Paola, pero no estoy.（嗨，這是寶拉的電話，但我現在無法接聽）¡Déjame un mensaje si quieres,（有事請留言）y te llamaré cuando pueda!（我會盡快回覆）¡Besos!（親吻）」

黎納有些吃驚，遲疑了一、兩秒後留下了與前一通相同的訊息，只不過這次加上剛得知的名字「寶拉」。才掛上電話，黎納旋即指示內部人員查找這支瑞典號碼與另外三支國外號碼的一切資訊。

待黎納通完電話，克里斯蒂昂終於發難。「好吧，很明顯我是在場唯一沒有文化的人，這也不要緊，能麻煩誰來翻譯一下剛才潘妮洛普．克魯茲在電話裡說了什麼嗎？」

艾蕾克希微笑著說：「那位『潘妮洛普．克魯茲』叫寶拉，是手機裡唯一有用的資訊。黎納則用西班牙語解釋這是調查致電，並請她盡快聯絡法爾肯貝里警察局。」

「聽起來麻煩可大了，」克里斯蒂昂邊揉眼睛邊抱怨，「瑞典、挪威、西班牙、寶拉……老天，谷歌，妳拿來的根本是潘朵拉的盒子吧。」

埃麗耶諾起身，脫下外套掛在椅背上。

「克里斯蒂昂，難得有一次我同意你說的話。」埃麗耶諾說完再次坐下。

## 西班牙馬德里，無助者之聖母孤兒院

### 一九五二年八月十七日，星期日

夏日的豔陽令萬物喘不過氣，土地乾得冒煙，在人們的腳步下龜裂而劈啪作響，空氣教人窒息。除了這裡——禮拜堂的石牆內，總是陰暗如黑夜，但至少能好好呼吸。「靠近基督就一定有好生活。」費南達修女會這麼說。

歌蒂吸進焚香與蠟燭的氣味，在「上帝之家」裡居然只有焚燒的物品。她坐在長凳上，另外兩個女孩坐在前兩排。歌蒂認識這對姊妹，她們睡粉紅房，歌蒂曾在食堂裡見過她們。

費南達修女每天都會帶她們到禮拜堂替她們的父親祈禱，已經整整兩個禮拜了，因為他將接受槍決，所以她們來懇求神的寬恕。修女將倒數行刑前剩下的天數作為禱告開頭，接著請求天父赦免那父親的罪行。

費南達修女今天替她們細心地梳了頭，又讓她們穿上制服——這只在重要貴賓來訪時才能穿。兩名少女尊敬而感激地望著十字架上的基督，因為祂拯救了她們的父親。

歌蒂卻想，輪到她的時候，她要對基督說完全不同的話；她不會大聲說，以免像上次那樣被懲罰——只因為蹺腳，就被關禁閉四個小時。所以她決定只用內在的聲音和天父說話。（話說回來，祂到底是管什麼的？歌蒂得問個清楚。）畢竟祂似乎能聽見一切，這所謂的上帝，甚至是腦中偶然閃現和不經意浮上的字眼，祂都聽得見。哦！這就對了！祂是「掌管天國的上帝」——歌蒂終於想起來了。她會指控這位「掌管天國的上帝」：祢是殺手。總要有人告訴祂吧？也許有一天，祂會聽見她們的禱告；幾個月來，蕾咪、杜勒絲、拉朵思、拉烏娜及歌蒂五個人誠摯祈禱著同一件事，祂卻彷彿充耳不聞。

費南達修女讓女孩們起身，領她們來到祭壇前，摟她們入懷。女孩們同時顫抖起來，畢竟會讓費南達修女接觸到孤兒的只有皮鞭；她的手不是用來安撫，而是鞭笞。

「是時候向基督禱告，請祂迎接妳們的父親回到祂身邊了。」修女以溫柔沉穩的語氣宣布。

費南達修女微笑，莊嚴而滿懷感激，這笑容只為上帝展露。兩個女孩面面相覷，表情僵硬，臉色發白。年紀較長的女孩牽起另一個女孩的手。

「爸爸死了嗎？」年幼的女孩問，眼神凝視著十字架上的男人。然後垂下眼簾，盯著姊姊的洋裝，目光又移向精心綁好的頭髮。

「可是我們一直在祈禱……」

「對，上帝聽見了妳們的禱告，可是祂無法赦免妳們的父親。」

姊姊將妹妹拉近自己，向後退了一步，痛苦地抿著嘴，嘴角微微發皺。

「他今天被槍決了，」費南達修女接著說：「我們要替他祈禱。去坐在那邊，從《主禱文》開始吧。」

姊妹倆步履蹣跚地走向最近的長椅，雙手合十成禱告姿勢。她們心裡絕對不是在禱告，歌蒂確信。

她也不是，她要告訴基督，祂就是個殺手。

這時，費南達修女來到歌蒂身邊。她本能地低頭，縮起下巴，就像躲進殼裡的烏龜一樣。

「162，妳會來冥想是件好事。」

歌蒂抬起眼看修女，猶豫片刻，在腦中權衡利弊後才開口：「我來是因為有話要對基督說。」

修女的眼神忽地變得嚴厲，一如她握緊的拳頭，她又回到那憤怒的模樣，或更確切地說，憤怒再次降臨在她身上。

「妳要對祂說什麼？」

「穆利歐神父在傷害我的朋友。」

費南達修女一聽便瞪大了眼，肌肉因繃緊在額間擠出皺紋。

「穆利歐神父對妳的朋友做了什麼？」

「他弄疼她們……她們的雙腿間。」

費南達修女一手揪住歌蒂的耳朵，她感覺臉頰滾燙如火燒，修女力道極大，歌蒂只能努力踮起腳尖，試圖緩和由耳尖通下的電流。

「妳說出這種話不覺得可恥嗎？舌頭居然這麼惡毒！」費南達修女驟然鬆手。「看看妳在上帝之家裡逼我做出了什麼事！」

修女咬牙切齒，雙手緊握，應該是為了克制不對歌蒂動手，歌蒂心想。

「親愛的修女，我沒有說謊，101和102每晚都流血，從雙腿間流……」

「夠了！毒蛇女！」修女怒吼：「看來得請出鞭子驅趕妳體內的惡魔了！妳這個有害的小傢伙，快走！沒想到妳居然敢侮蔑上帝的僕人！」

費南達修女一把抓住歌蒂的後頸，推著她走向門口。歌蒂很確定修女要去拿鞭子，然後將她的後背鞭打得皮開肉綻。

算了，她來找上帝說話自有道理，而她總算知道為什麼神聽不見她說話了——祂只聽費南達修女和穆利歐神父說的話。

上帝只聽祂僕人說的話，聽不見受害者的聲音。

## 瑞典法爾肯貝里警局

### 二〇一六年十二月八日，星期四，早上十一點

埃麗耶諾大口咬下甜菜根肉丸三明治。雖然還不到午餐時間，但眾人皆已飢腸轆轆，艾蕾克希便到街角的麵包店買了點食物回來供大夥充飢。

黎納在辦公室與漢斯．莫勒開電話會議；愛蜜莉外出，不曉得去了哪裡；艾蕾克希和克里斯蒂昂持續分類病例，只要電話一響，克里斯蒂昂便立刻接起，每一次都希望是來自西班牙的電話，也就是黎納稍早留下語音訊息的兩個號碼。

埃麗耶諾沒有停下手中的動作，邊吃邊看信——她整個早上仍繼續檢視露薏絲的電子信箱，目前並未發現值得注意的蛛絲馬跡。

雙開門的一側被推開，光聽聲音就知道是愛蜜莉，她的每字每句、每個動作都經過計算，以最有效率的方式呈現。埃麗耶諾從沒聽過愛蜜莉提高聲調，也沒聽過她放聲大笑；就算是微笑，也僅是嘴角短暫上揚，仿如無聲的回音。比起人類，愛蜜莉的行動更像貓科動物；她會守株待兔，直到獵物被孤立或展露脆弱之際，這才出其不意下手，讓目標動彈不得，這便是她走出暗處，完成獵捕的時刻。

愛蜜莉走到埃麗耶諾對面坐下。

「埃麗耶諾，DNA的檢測結果出來了：露薏絲和雷歐波是妳的親手足，宥讓與雀斯汀是妳的親生父母。」

埃麗耶諾很滿意愛蜜莉開門見山的溝通方式，她有話直說，從不說毫無意義的開場白，場面話總是徒增痛苦。

「這只不過確認了我們擁有相同的基因，但對我們家與手足間的感情既改變不了什麼，也無法錦上添花。」

埃麗耶諾說完便將注意力轉回電腦螢幕。然而才垂下目光，她又立即抬頭看愛蜜莉；愛蜜莉不動聲色，依舊凝視著埃麗耶諾，彷彿早知道這段對話還沒結束，只是耐心地等著她開口。

「妳認為露薏絲是為了放SIM卡到我房間，才惹來了殺身之禍？」

「我們還不能確定SIM卡是露薏絲放的。」

「她就要搬家了，應該是想把SIM卡放在安全的地方。」埃麗耶諾接著說：「也許她在做這件事的時候順便讀了日記，就是因為這樣才留在我房間。」

「露薏絲的行為舉止到什麼時候才恢復正常？查到了嗎？」

埃麗耶諾沉默了一會兒說：「二〇一二年十一月底。」

電話鈴聲再次響起。克里斯蒂昂正咀嚼著奶油麵包，大口吞下後快速接起電話。

「法爾肯貝里警察局。」

「Buenos días. Soy Paola Cuevas. Usted me llamó……」

「抱歉，我不會說西班牙語。」克里斯蒂昂以英語致歉。

他站起身，將椅子向前推進會議桌，彷彿來電的人就在面前。

「不要緊，我是寶拉．奎瓦斯，你們今天早上打過電話給我，說是在調查什麼案件……」

「是的，謝謝妳回電。」

「可以稍微解釋正在調查的案件內容嗎？和林德柏格一家有關？我知道這命案登上了你們的頭條……」

「對，正是這個案子。」

寶拉．奎瓦斯沉默半晌，可以聽到有人在她背後低聲說話。

「我的確可以提供一些資訊，但沒辦法在電話裡說，我也不能出國。我把電話轉給律師，他會告知你們來訪必要的事宜。」

「奎瓦斯女士，妳能否先告訴我們，是誰從瑞典撥電話給妳？號碼是0046……」

「我和露薏絲．林德柏格小姐通過電話。」

## 西班牙馬德里，阿方索十二世街

### 二〇一六年十二月九日，星期五，早上十一點

一束明亮的光線透進車窗，坐在計程車裡的艾蕾克希忍不住湊過臉，在陽光下滿足地嘆了口氣。南歐豔陽高照，射出的陽光並不和煦，卻仍將天空刷洗成一片蔚藍，令人不禁微笑。這太陽過分地發光發熱，艾蕾克希確信若將驕陽的光芒寫成文字，那麼肯定是一段高聲喧嘩且伴隨諸多手勢的對話。

前一晚，眾人在警局迅速制定計畫，身為局長的黎納無法遠行，於是指派愛蜜莉隔天往返西班牙採集寶拉・奎瓦斯的證詞。艾蕾克希自願同行協助辦案，黎納立刻答應，接著只需說服檢察官就行了，黎納心想。檢察官漢斯・莫勒對愛蜜莉先前辦案的表現心存感激，若將此趟西班牙之行包裝成是愛蜜莉的主意，他應該不會有異議。

愛蜜莉付了計程車費後便與艾蕾克希下車。

大樓的門衛上前迎接兩人，深色八字鬍兩端因燦爛的微笑上揚。門衛推開玻璃鍛鐵大門，引導艾蕾克希與愛蜜莉來到櫃檯；接待人員也表現出同樣的熱情——言談間不時出現哨音般的「S」，以及如鼓聲般咚咚響的打舌音「R」，每個句子聽起來都像一場嘉年華會。

接待人員請愛蜜莉與艾蕾克希稍候，通報後便請她們上四樓，還幫忙按了電梯。

一名矮小豐腴的女人站在電梯口迎接她們，黑白格紋相間的地板上鋪著紅毯，有如一道伸長的舌頭。女人穿著合身套裝，領著艾蕾克希和愛蜜莉沿紅毯來到一扇門前，女主人對來客伸出手，手指上戴滿了沉重的珠寶戒指。兩人分別與她握手。

「我是寶拉．奎瓦斯女士的律師夢特榭．侯蜜歐，」夢特榭以英語自我介紹，精心捲燙過的頭髮在肩膀上擺動，「我要請兩位將手機和包包留在門口。」

艾蕾克希一陣錯愕。就連在機場，她也往往巴不得衝進安檢X光機，守在手提電腦旁邊。

「我們不想冒險。這次的談話不能被錄音，更不能透露給媒體。」夢特榭解釋，同時關上身後的門。

「我們已經簽過保密協議。」愛蜜莉反駁。

「真的很抱歉。」夢特榭留下這麼一句話，那對紅脣便不再作聲。

愛蜜莉卸下後背包放在地上，艾蕾克希也照做，將公事包放在後背包旁邊。

兩人跟在夢特榭身後進入陰暗的走廊。左右兩側各有三扇門，夢特榭在左側最後一扇門上用力敲了兩下。

門緩緩開啟，迎面而來的溫暖燈光照亮了整個房間，帶來幾分夏日氣息。一名年近三十歲的女子躺在加高的床上，身上蓋著被，卻遮不住隆起的肚子。

「我知道我肚子超大！」女人微笑著回應艾蕾克希臉上驚訝的表情。「大家都以為是三胞胎，但其實是雙胞胎。看起來是一對又高又壯的男寶寶。」

床對面有張淺紫色的絨布沙發，夢特樹請愛蜜莉與艾蕾克希在沙發坐下。

「很抱歉得在房間裡接待妳們，醫生要求我臥床已經兩個月了，小傢伙們之前嚇到了我們。」女子輕撫著肚皮解釋。

「喝咖啡嗎？」夢特樹問愛蜜莉與艾蕾克希。

兩人點點頭。夢特樹隨即起身，往走廊走去。

寶拉等夢特樹回房後才再次開口。

「請原諒我們這麼小心。我先生是職業足球員，有些事絕對不能公開。」

寶拉垂下眼簾，將棉被拉到隆起的孕肚上。愛蜜莉的眼神移向窗戶兩側的薄紗窗簾。

「我在報紙上看到發生在露薏絲一家身上的事，」寶拉接著說：「天啊，真是太可怕了……我想到要打電話給妳們，也事先和先生及律師談過這件事……」

愛蜜莉彷彿這才回過神來眨了眨眼，對寶拉微微一笑。

此時一名女僕走進來，一身黑色連身洋裝與鑲蕾絲邊的圍裙，只見她小心地將咖啡端到沙發前的茶几上。

「¿Usted desea algo, señora?（太太，還需要什麼嗎？）」

「No, gracias, Letizia, está bien.（沒事了，蕾蒂希雅，這樣就好，謝謝。）」

女僕順從地點了點頭便離開房間。

「我想最好還是由妳的經歷從頭說起，」夢特榭建議，一邊把玩著手上的戒指。「好讓瑞典警方了解妳是怎麼和露薏絲．林德柏格聯絡上的。」

寶拉坐起身，挪開枕頭後又推開被子，肚子隨著寶拉的動作鼓起，呈現奇特的橢圓形。她身上的白T恤就像第二層肌膚般緊緊包覆著身軀。

她稍微伸展身體，曲起雙膝。

「我先生不育，但我們想要小孩，所以決定尋找捐精者受孕。」寶拉以指尖按摩腹部的同時，緩緩開口：「醫生向我們介紹林德柏格診所，強調他們不僅名聲好，而且絕對保密，於是我前往哥德堡進行療程。我們在診所對面租下一間公寓，我在那裡住了四個月。」

寶拉微笑，輕撫肚皮上隆起的小丘。自懷孕之後，她的視線再也離不開肚子。

「我完全沒向朋友提起這件事，他們都以為我是因為整形手術失敗才躲起來。我嘗試三次就懷孕了，一懷孕就搭機回馬德里，可是，兩個禮拜後我流產了，在那之後休息了一陣子。因為進行的是賀爾蒙療程，當時我一度呼吸困難，卵巢長了囊腫，還胖了不少，所以決定暫停療程一年。等我覺得身體恢復得差不多，打算再開啟療程時，我們決定要換間診所，便要求林德柏格診所轉移胚胎。我不曉得兩位是否熟悉這樣的流程？我的卵母細胞和捐贈者的精子會先在試管中結合，等胚胎成形後，質量最好的胚胎會被冷凍起來；我總共冷凍了十一個胚胎，如此一來就能避免再進行刺激排卵的療程，畢竟這項療程可能引發子宮癌與卵巢癌。」

艾蕾克希深吸一口氣，想到生兒育女居然得採取如此激烈的手段，不禁暗自焦慮，難道兩人生活最終都將變得乏味且令人厭倦？

「我們要求轉移胚胎之後，」寶拉接著說：「林德柏格診所卻不斷找理由拖延，我們又陸續要求了幾次，才被告知胚胎在運送過程中，因容器毀損而無法使用。」

說到這裡，寶拉閉上眼睛長嘆一聲。

愛蜜莉的注意力全在咖啡上，她轉動小碟子上的咖啡杯，毫不在意杯盤間摩擦出的聲響。寶拉的嘆息將她從思緒中拉回現實。

「妳們絕對無法想像我得知這個消息時有多麼痛苦……和憤怒，我們選好的捐精者當時已無法再提供精子，挑選捐贈者比接受療程要來得更困難——我們只能透過書面資料決定孩子的生父……而且還得從捐贈者童年或嬰兒時期的照片，試圖找出外貌身型與我先生相似的人。對我先生而言，這個過程十分煎熬，而且難以承受。」

「我當然也想過向林德柏格診所提告，雖然於事無補，但我能開啟先例，也想發洩心中的不滿與憤怒。但我先生反對，他不願讓這件事曝光，也害怕他人的同情眼光……他想維持自己在隊友、教練和球迷心中的形象。露薏絲・林德柏格就是在這個時候聯絡上我，那是二〇一二年春天的事了。她想了解我在這件事上的看法，於是我告訴她：我認為診所不願意轉移胚胎肯定有所隱瞞，我從來就不相信胚胎在運送過程中遭受損壞這種藉口。我猜診所出了狀況，才編造藉口來掩蓋醜聞。」

「妳和露薏絲・林德柏格交談過幾次？分別是在什麼時候？」

「我們談過三次電話。」

「她對這件事表達出什麼樣的立場？」

「我們第一次通話時，她不斷問我問題，但我的態度很差，因為我原本期待她會道歉，並且誠心解釋，但看起來並非如此……我甚至直接掛她電話。第二次通話，她解釋自己並非以診所員工的身分打來，她只想知道確切發生了什麼事，於是我陳述整件事的經過，又向她透露我的疑慮。我們第三次也是最後一次通話時，她問了我卵母細胞、捐贈者與胚胎品質的詳細數據，於是我將所有資料寄給她。雖然我不是醫生，但在生育中心進出這麼多年，想不變成專家也難，這點妳們可以相信我。」

「第三次通話之後發生了什麼事？」

「我再也沒收到她的消息了。」

「妳沒有嘗試再聯絡她嗎？」

寶拉很快看了一眼女律師，接著垂下眼簾。

「沒有，夢特榭建議我別主動聯絡她。」

「後來你們轉向哪間診所進行療程？」

「畢拉爾[9]診所。」

愛蜜莉與艾蕾克希同時皺眉，兩人從沒聽過這間診所。

「但我們最後沒去，」寶拉接著說：「我陷入低潮，我和先生決定暫停所有療程，直到今年初才再次嘗試，就在馬德里，第一次試就成功了，gracias a Dios（感謝老天），現在只要一想到『la Virgen del Pilar』就忍不住起雞皮疙瘩……」

「為什麼？發生了什麼事？」

寶拉與夢特榭交換了困惑的眼神。

夢特榭頭歪向一邊，捲髮輕撫肩頭。

「我不明白，難道妳們不知情嗎？」

**二〇二二年五月十七日，星期四**

我再次尋回早晨的節奏，尼諾也重拾笑顏。起床時我滿懷期待地睜開眼，一如二十年前剛成為祖母那樣。

我在傍晚六點五十八分抵達他家門口，剛好趕在他的傭人離開前。

約三個月前，我在電視新聞上看到他，得知記者會在他家門前駐守，我便混入大批記者之中。翌日，尼諾替我洗澡、著裝，開車載我來這裡，他在大街的轉角處讓我下車。我在公車站等了整個下午，就是為了等他出門，等待的同時腦中浮現的都是他在我耳邊嘶啞的喘息聲，與他如今衰老而臃腫的模樣。那晚尼諾來接我時，我不願回家，我留在公車站想著他的臉，那張臉是我痛苦與沉淪的根源。

然後在凌晨一點，他牽著狗經過我面前。狗並不理睬我，勉強嗅了一下長凳邊緣；若是隻好狗，這時該對我吠叫才對，畢竟我腦中只想著一件事——殺了牠的主人。

二月二十三日之後，每個晚上我都坐在巴士站，等他牽阿朵斯經過我面前。每天狗都會多停留一點時間。兩個禮拜後，狗主人不再對我露出既抱歉又緊張的短暫笑容，而是陌生人之間才會交換的微笑，後來他還會停下來和我聊天。他的眼皮因年老而下垂，但我仍然認得那眼神；他的聲音更嘶啞了，但我也還記得。

他以為我在等夜班公車，這沒什麼不對。

9 La Virgen del Pilar，在西班牙語中意為「聖柱聖母」。

我假裝自己正替住附近的一位老婦人工作，這也沒什麼不行。

他遭受指控，律師正想辦法替他脫身，而我應該是唯一不過問這件事的人。

他和我聊妻子與女兒，也聊狗的事。我聽他說話，他口腔散發出的氣味總令我想起當年那抓著我臀部的手。

幾天前，他獨自來到巴士站，狗沒帶在身邊。阿朵斯和他妻子在一起，他向我解釋，可是他仍需要夜間散步，否則就睡不著。我想也可能是他想見我。

在他的私人宅邸，燈光從一個房間跳到另一個。已經凌晨十二點五十五分了！我完全沒注意時間，然而這期間我一動也沒動過。

每天晚上都一樣：燈光先從二樓的廚房亮起，然後是連通的客廳，接著是走廊，一樓的大廳，再來是微弱的燈光，也許是廁所。最後，他會打開大門，要是狗在，狗會用力扯著狗繩走出來，還會伸出腳掌扒抓柏油路，舌頭因興奮而伸得老長。

我坐在大道轉角的巴士站，就在他去公園必經的路上。我等著他。

今晚我陪他散步。現在我和他一樣高了，也不像從前那麼脆弱了。我想看看這麼一來會有什麼改變。

## 西班牙馬德里，穆里諾咖啡廳，路易茲德阿拉孔爾街

二〇一六年十二月九日，星期五，下午三點

愛蜜莉與艾蕾克希坐在穆里諾咖啡廳的露天座，觀光客與當地人寥寥無幾，想必是因為寒冷的天氣而打了退堂鼓。但兩人從瑞典遠道而來，一看到陽光便毫不猶豫選了戶外的座位，太陽彷彿有療癒能力，可以讓一切變得更美好。

兩人點了咖啡等黎納回電，稍早他接起電話時正在開車，說到了警局再回撥。一名年輕女子經過咖啡館，目光停留在兩人的桌子，直到走進毗鄰的大樓。艾蕾克希懷疑是什麼吸引了她的注意，她腦中又是如何詮釋看到的場景？兩人是正在喝咖啡的朋友？來度假的情侶？艾蕾克希暗忖，人們所見和事實能有多大的出入？人們會憑藉個人經歷來判斷眼中所見之事，教育、恐懼、欲望等因素都會影響內心認知；人正是透過自身這面稜鏡在觀看這世界。

稍早在寶拉．奎瓦斯家發生的就是這麼一回事。這名年輕女子體內承載著三顆小心臟，她沉浸在豐沛的生命力之中；艾蕾克希卻只看見了碩大的孕肚，在她眼中，女人正犧牲自我以延續生命，還有夫妻生活的盡頭；愛蜜莉則可能想起了失去的孩子——在她懷裡死去的兒子。這是艾蕾克希頭一次在她眼中看見痛苦，那飽受折磨的眼神在會面時兩度浮現，將這名犯罪心理學家緊縛住，隨即又鬆開，只讓痛苦留下勒痕。

IPad的尖銳鈴聲嚇了兩人一跳，黎納與克里斯蒂昂的臉孔出現在穆里諾咖啡廳的露天座。

「那邊天氣冷嗎？」克里斯蒂昂問，隨即灌下一大杯水。

「比你們那邊暖和多了。」艾蕾克希跟著開起玩笑。

「我得提醒妳，瑞典現在也是妳的家了！」

「有什麼進展？」黎納打斷兩人。

愛蜜莉簡述寶拉．奎瓦斯的談話，包含胚胎遺失過程及她與露薏絲的通話。

「看來露薏絲懷疑診所在進行非法胚胎、精子與卵子交易。」黎納下結論。

「但她辭職代表什麼？」克里斯蒂昂邊問邊打開保鮮盒，「她明知父母或弟弟是幕後推手，寧願離開也不想揭發家人的不法行徑？」

克里斯蒂昂從保鮮盒裡拿出一顆水煮蛋，大口咬下。

「不只如此，」艾蕾克希插話：「林德柏格診所和馬德里一家同為醫療輔助生育的畢拉爾診所有密切往來。寶拉．奎瓦斯的療程中有任何問題都應向診所回報，但在二〇一二年二月，診所主任卡洛斯．布赫鉤斯受病人指控使用自己的精子讓病人懷孕。」

「哦，太變態了吧！」克里斯蒂昂驚訝地脫口而出，嘴裡仍塞滿食物。

「聯繫上診所了嗎？還是診所關門了？」

愛蜜莉點點頭。

「診所結束營業，卡洛斯・布赫鉤斯也死了，死因是自然死亡。他去世的時候已經八十二歲了。」

「八十多歲的老頭子？他的種子還沒過期嗎？」

「可能多年前就保存起來。」

「別說了，再說我就要吐了！」

「好吧，」黎納打斷克里斯蒂昂，「我會請求西班牙警察局提供相關資訊。診所叫什麼名字？」

「畢拉爾。」

黎納將診所名稱寫在筆記本上。

「涉嫌的醫生叫做卡洛斯……布赫鉤斯？對嗎？」

愛蜜莉對著螢幕點頭。

「艾蕾克希，妳可以先回法爾肯貝里，我會飛過去和愛蜜莉會合。」

「為什麼？」艾蕾克希抗議，同時不自覺站了起來。

「要是我沒記錯，婚禮在一個禮拜後舉行吧？」

「沒錯，所以我還有一個禮拜的時間！」

黎納先是瞪大了眼，隨後搖了搖頭表示投降。

「好吧……妳們看是要自己找旅館，還是由我們幫忙訂？」

「這件事交給我。」艾蕾克希回答。

「沒有另外兩個號碼的消息嗎？挪威和另一個西班牙的號碼？」愛蜜莉問。

「沒有。兩個號碼都是預付卡，挪威的號碼一直撥不通，西班牙的則是沒回電，我早上又留了言。好了，Suerte!（祝好運！）」黎納結束了視訊通話。

艾蕾克希嘆氣，現在只剩下最艱難的任務：打電話給母親，告訴她自己得在馬德里多留幾天。

**西班牙馬德里，首級飯店**

**二〇一六年十二月九日，星期五，晚上八點**

艾蕾克希以臉頰和肩膀夾住電話，同時看著客房服務的菜單。

「媽，今天過得還好嗎？」

「很好，很好。」瑪杜尖聲說著，語調略顯高昂。

「媽，怎麼了？」

「等一下，」瑪杜低聲回應：「我到房裡說。」

艾蕾克希聽見母親穿著拖鞋踩上階梯，門鉸鏈吱嘎作響，接著是關門聲。

「我的寶貝艾蕾克希，妳知道妳什麼都能告訴我，我一定會理解的，而且不會批評妳。」

艾蕾克希閉上雙眼，坐上床。

「就算妳不想嫁了也沒關係。」瑪杜又說。

「媽，我……」

「拜託妳先聽我說，妳真的很自以為是，根本不聽別人說，我就問妳，妳覺得這樣正常嗎？不對，我換個方式說，若今天換做是妳朋友，妳從外人的角度看會怎麼想……甚至是妳姊姊，就拿伊內絲舉例好了，假設她在婚前一個禮拜，全家人已經飛到世界另一頭去參加婚禮，她卻讓親朋好友甚至是未婚夫乾等著，只因為要去不知道什麼鬼地方調查案件，妳會對她說什麼？妳倒是說說看！」

「我知道佛洛伊德會說什麼，他會說：『這個女人應該是不想結婚。』可是，媽，每對夫妻都不同……」

「少拿什麼『以一概全』的理論來敷衍我！拜託！妳姊姊一家都到了，妳卻不在這裡，這成何體統？還在婚禮前突然飛去西班牙……天啊，艾蕾克希，妳的表現完全符合佛洛伊德的說法！」

瑪杜重重嘆了一口氣。

「妳聽我說，現在一切還沒成定局，想改變心意都還來得及。」

「我沒有想要改變心意，媽！」艾蕾克希不耐煩地說：「但除了未婚妻這個身分，我也有自己的生活，媽，妳能理解嗎？」

「好啦、好啦，」瑪杜的態度軟化。「但妳不想在結婚前再和施泰倫談一談嗎？」

「我們今天講過好幾次電話。」

「所以我才說『再』談一談啊。」

「我不懂妳為什麼這麼堅持……妳有什麼事瞞著我嗎？他覺得不高興嗎？」

「他壓力很大，怕妳臨陣脫逃。」

「臨陣脫逃？」

「對，臨陣脫逃……現在看起來不就是這麼回事？有眼睛的人都這麼想，妳再給他一點信心和保證吧，好嗎？我看了都於心不忍……艾蕾克希，妳還在嗎？」

此時，艾蕾克希已將手機從耳邊移開。有另一通來電，未顯示來電號碼，她遲疑了幾秒，決定接起；按下接聽鍵才想起還在和母親通話，心底暗暗咒罵了一聲。

電話另一頭說明身分後，艾蕾克希立刻衝出房門，一路奔往愛蜜莉的房間。

她們終於得到了解答。

## 西班牙馬德里，無助者之聖母孤兒院

### 一九五二年十一月二十二日，星期六

歌蒂緊緊握住拉烏娜的手。

坐在辦公桌後方的醫護士先看了看歌蒂，又轉向拉烏娜，接著朝握拳的手心咳了幾聲。

「蘿莎莉歐修女要求我幫妳們兩個聽診。」

他對女孩們微微一笑。歌蒂看出他眼底的悲傷。

「她說妳們兩個在院子裡玩的時候受傷了？」

歌蒂轉頭看拉烏娜，拉烏娜卻垂眸不語。歌蒂想著拉烏娜的笑顏，那笑容足以融化她胸口揮之不去的痛楚。

「我和上帝一樣，」醫護士又再次對握拳的手咳了兩聲，「我什麼都聽得見，無論妳們告訴我什麼祕密，我都會保密。」

歌蒂拉了一下拉烏娜的手。也許上帝的確聽見了她們的祈禱，終於在這一刻派人來拯救她們？

「妳們在這裡說的都只會留在這裡，只有我們知道，絕對不會傳出去。」他又堅定地說了一次。

拉烏娜抬起頭注視醫護士。他仍面帶微笑。歌蒂心想自己從沒看過男人微笑，醫護士還是頭一個。

「妳們至少可以告訴我哪裡不舒服吧？」

兩人沉默不語。歌蒂將手放在拉烏娜的掌心縮成一團。

醫護士清了清嗓子，接著說：「至少告訴我，妳們是怎麼受傷的吧？」

全是穆利歐神父害的，他的聲音，在後頸上呼出的熱氣，那耳邊的低語，還有他汗溼的手心。

歌蒂懇求拉烏娜微笑。忘掉這一切吧！快啊！但那對女孩伸出魔爪的穆利歐神父不讓拉烏娜有絲毫快樂起來的機會。歌蒂的心跳愈來愈快，以至於她不自覺張大了嘴，試圖吸入新鮮的空氣。

「又或是……誰傷害妳們？」

「是穆利歐神父！」歌蒂脫口而出。拉烏娜抬起驚訝而僵硬的臉龐看她。

「是穆利歐神父！就是他！」歌蒂以堅定的口吻說：「而且我們不是唯一受到他傷害的人。」

## 西班牙馬德里，桑吉內巧克力甜品店

### 二〇一六年十二月十日，星期六，早上十點

艾蕾克希與愛蜜莉離開飯店後沿著阿勒卡拉街前行，穿過太陽門廣場，一路來到桑吉內巧克力甜品店，別名「隱蔽之處」，因為一個多世紀以來，店鋪隱藏在市中心滿載歷史而錯綜複雜的街道中。

今晨金黃炙熱的陽光再次照耀馬德里，抵禦這城裡的嚴寒。

兩人還沒走到店門口便聞到了香味，油炸的麵團與香甜糖粒教人憶起夏日的市集，香氣隨風飄散至附近街道，只少了孩童的笑鬧聲與興奮的步伐。

愛蜜莉和艾蕾克希穿過入口的人潮。一群男人正占據著兩張桌子，高聲討論前西班牙首相馬里亞諾·拉荷義，他們不時大笑，隨著談話的節奏，手大力拍打白色大理石桌面，如昂揚的樂曲般為聊天增添了音樂性。兩人往店後方走去。

艾蕾克希前一晚與母親的談話被一通來電打斷，致電者是比森特·瓜迪歐拉，他是《國家報》（*El País*）的記者。他告訴艾蕾克希自己手上握有布赫鉤斯醫生及其診所的重要資訊，並提議今早碰面。當艾蕾克希問他如何得知她的聯絡方式，他以傲慢的口氣說：「晚點再說吧。」這使艾蕾克希心生不祥的預感。

入口那群男子中其中一人起身，邊穿越甜點店邊與同伴交談，一手不忘整理白襯衫，將下襬塞進黑色打摺褲，又伸手理了理細心修剪過的鬍鬚。

艾蕾克希看著菜單，心想愛蜜莉絕對不願意吃吉拿棒佐巧克力，她準備好要點餐了，但看來只能點咖啡。

「卡斯泰勒小姐？我是比森特．瓜迪歐拉。」男人走到桌邊自我介紹。艾蕾克希起初還以為是服務生。

艾蕾克希一臉困惑地抬頭。

兩人握手後，比森特轉向愛蜜莉，這時她已經站了起來。

「這位是愛蜜莉．洛伊。」艾蕾克希向比森特介紹。

「蘇格蘭場派人來這裡做什麼？」比森特接過愛蜜莉伸出的手，握手的同時以英語問，臉上露出滿意的笑容。

「瓜迪歐拉先生，我們已經要開始較勁了嗎？」愛蜜莉也微笑回應。

比森特訝異地微微張嘴，愣了幾秒。

「好、好、好，洛伊小姐，我明白。」比森特稍微收起氣焰，一連點了幾次頭，目光始終沒離開過愛蜜莉。

他拉過鄰桌的椅子，在兩個女人間坐下。

「喂，比森特！」一名男服務生站在另一頭的櫃檯後大喊。

比森特沒有回頭，只舉起三隻手指頭晃了晃。

「一切似乎都會回到瑞典和蘇格蘭場。」比森特開口，伸手將餐巾盒推到桌子中央。「妳們的局長聯絡了西班牙法警，他正在蒐集與布赫鉤斯及診所相關的資料，我也是因此得到了妳的聯絡方式，艾蕾克希——貝斯壯局長把妳的電話給了法警。聽說妳的西班牙語說得比妳朋友好多了。」比森特解釋，對愛蜜莉眨了眨眼。「這位黎納．貝斯壯局長——希望我的發音正確——也留了兩個語音訊息給我。若我的資訊正確，他的來電與林德柏格診所的助理有關。」

「三位受害者中，其中一人有你的電話號碼……」

「愛蜜莉，我們就別繞圈子，有話直說吧！我的確和露薏絲．林德柏格聯絡過，妳們能不能多透露一點她遇害的經過？」

「比森特，我們目前所知不比瑞典報紙上報導的多。」

比森特的眼神再次鎖定愛蜜莉的雙眼，那侵略性的目光侵犯了私人領域，彷彿黏在肌膚上；他的微笑也經過計算，既自負又狂妄。

比森特與面無表情的愛蜜莉就這樣對峙了一分鐘，最後他大笑著說：「太了不起了！妳不會鬆口的，對吧？」

這時，服務生端來三杯濃如膏狀的熱巧克力，又在大理石桌上放了個橢圓大盤，盤內是堆成小山的吉拿棒，還有三只玻璃杯和一瓶水。

「我在二〇一一年底替《世界報》撰寫了一系列醫學輔助生育的專題報導，報導的重心放在體外受精。」比森特邊倒水邊說：「我揭露了診所篩選捐精者的條件與處理個人資料的方式。至少這是我最初的報導目的。但我在調查過程中，開啟了潘朵拉的盒子：那個混蛋卡洛斯．布赫鉤斯——也就是畢拉爾診所的老闆——居然用自己的精子讓病人受孕。他做的壞事可不只如此，他還從國外非法運來品質較好的胚胎與卵母細胞，只為了提升診所輔助生育的成功率。」

比森特拿起一根油炸吉拿棒，沾了杯裡濃濃的巧克力後咬下，吉拿棒上的巧克力緩緩滴落。

「露薏絲讀了我的報導後，二〇一二年一月底頭一次聯絡我，」比森特咀嚼著吉拿棒，含糊著說：「她在電話裡向我解釋，畢拉爾診所也會提供林德柏格診所精子，捐精者來自地中海地區、南美與北非。但露薏絲懷疑這其中存在胚胎的非法交易，因為她發現有胚胎在儲存後被遺忘，也有原本該銷毀的胚胎在病人不知情下植入體內，而那些胚胎存活率很低。露薏絲不知道誰在幕後主導這一切，便對整件事起了疑心。可惜她並沒有分享更多的線索。」

「為什麼會有『被遺忘的胚胎』？」艾蕾克希問，接著喝下一口濃郁的巧克力，舌頭與味蕾全沉浸在甜味裡。

比森特拿了張餐巾紙擦嘴。

「一次體外受精的過程中，會有好幾個卵母細胞受精，經過二至六天，其中一個或兩個會形成胚胎植入病人的子宮；其他胚胎則會冷凍儲存，供下次懷孕使用，存放的費用每六個月繳一次。常見的情況是病人懷孕過一、兩次後，決定不再需要胚胎，這時診所必須銷毀胚胎。但從我們目前調查的情況看來，診所應該是假裝銷毀了胚胎。倘若病人沒有要求銷毀，帳戶裡每六個月仍會自動扣除胚胎的存放費；有時病人會忘記這種半年扣一次的費用，也可能忘了提出銷毀胚胎的要求，這些胚胎就會被遺忘在醫療生育診所的冷凍櫃深處，同時成了供診所任意使用的原料。」

艾蕾克希喝了口水，去除口中的甜膩。

這和寶拉．奎瓦斯的說法不謀而合。診所藉口胚胎在運送過程中遺失，但也許胚胎已被用在另一個女人身上？

「至於混蛋卡洛斯．布赫鉤斯，我還在調查他的死因。」比森特說完，再次伸手拿了根吉拿棒。

愛蜜莉蹙眉，嘴才張開，比森特便搶話：「側寫師小姐，我可是把好戲放在最後呢！」

比森特誇張地挑了幾次眉毛，「老變態卡洛斯並非自然死亡。」

比森特舔了舔手指上的巧克力。

「看來較勁的時刻到了，愛蜜莉，妳說是嗎？」

## 西班牙馬德里，無助者之聖母孤兒院

**一九五二年十二月三日，星期三**

歌蒂走出醫護室後關上門。

雖然花了點時間，但歌蒂終於找到方法，這其實很不容易，因為她得獨自進行，甚至讓自己掉進陷阱。沒想到一切居然那麼簡單，她幾乎生起氣來，為什麼沒早點想到這個主意：歌蒂可以仔細查看牆上的西班牙地圖，選個城市然後逃出孤兒院。她可以蓋一棟大樓、種種樹；也可以去牛排館大吃一頓，買頂帽子或狂吃糖果。裙襬重新蓋上大腿時，歌蒂醒了過來，回到現實。她聽見他咳嗽的回聲，衣物磨擦的聲音——他將襯衫塞進褲子裡，接著是拉上褲子拉鏈的聲音。房裡是令人窒息的死寂，那是唯一的聲響。在這裡，痛苦與羞辱比恐懼更令她動彈不得。

歌蒂整理好上衣，回到院子裡與女孩們一起。

她聽著蕾咪說話。蕾咪正對她和杜勒絲說有個新來的小女孩從池塘裡撈了些蝌蚪，卻被逼著吃下肚。

歌蒂聽不進去，除了小女孩的遭遇，她腦子裡想著別的——拉烏娜與拉朵思，歌蒂前腳才離開醫護室，兩姊妹後腳便踏了進去。

她們替醫護士取了小名「喀喀嗽」，因為他總是咳個不停，而且食量如食人怪。但想想這也很正常，他的確是食人怪；他和穆利歐神父一樣，都在上帝的耳邊低語，都是吃女孩的食人怪。

**西班牙馬德里，桑吉內巧克力甜品店**

**二〇一六年十二月十日，星期六，早上十一點**

比森特消失在櫃檯後方，再出現時，手裡多了一臺手提電腦和一瓶水。他在門口那群男人身邊稍作停留，男人們在玩西洋骨牌，每次放下骨牌都像敲鈸般在大理石桌面發出聲響，旁觀的人也同時迸出一陣贊同或惱怒聲，他們笑鬧而友善地互拍彼此，看得出來他們享受其中，氣氛熱烈但調笑聲震耳欲聾。

「¡Hombre!（嘿！怎麼樣?!）」比森特對著剛出牌的男人大喊。

「¡Es que le estoy matando, tío!（我要痛宰他！）」男人回應，挺起胸膛，雙臂朝外伸出與身軀呈十字架的形狀。比森特重重拍了男人肩頭幾下，又回到艾蕾克希與愛蜜莉身旁。三人的桌子在甜品店最後頭。

「卡洛斯．布赫鉤斯並不像媒體報導那樣是自然死亡，」比森特打開電腦。「這老渾球保密功夫十足，手中應該握有一些政經高層的祕密，才能將幹的骯髒事帶進棺材裡。對我這樣的『扒糞』記者來說，所謂調查就是挖掘出最不可告人的真相，我得把老傢伙的屍骨從墳裡挖出來公諸於世，卻什麼也沒找著。要不是我聯絡上法警，可能永遠都不會曉得。」

「但截至目前為止，我什麼都沒公布。而搞死老傢伙的人也還沒落網——雖然就我看來他不該被逮住。我花了足足四年對布赫鉤斯的病人名單抽絲剝繭，清單上都是潛在的受害者，我想找出誰可能對那老傢伙動手，可這工程很浩大，也很瘋狂。妳們能想像老傢伙在執業這些年裡讓多少女人懷孕嗎？」

「這些受害者沒有團結起來組自救會？」艾蕾克希問：「也沒人願意提供你相關資訊？」

「大多數受害者並不願意接受ＤＮＡ檢測。她們以為把頭埋進土中就能忘記這段恐怖的經歷，殊不知逃避只會深陷其中，而她們總有一天得面對現實。」

比森特忽然沉默，他點擊電腦中的一份檔案，輸入了兩組密碼後才開啟。

「殺害老傢伙的凶手應該是在盛怒下動手。」比森特將電腦螢幕轉向艾蕾克希。「妳得翻譯給妳朋友聽。」

「這是驗屍的解剖報告？」愛蜜莉問。

「沒錯，洛伊小姐。」比森特說，拿起水杯喝了一口。

艾蕾克希快速瀏覽文件後，轉向愛蜜莉正要開口，卻又忽然轉頭盯著螢幕。

「卡洛斯．布赫銁斯身受多處刺傷，」艾蕾克希以單調的語氣翻譯。「嘴脣與舌頭於死後遭切除，舌頭幾乎被割斷。」

愛蜜莉不自覺靠近螢幕，彷彿她已能讀懂西班牙文。

「我懂了，我想我知道了先前問題的答案，很明顯，」比森特插話：「林德柏格一家人的死法，和老渾球卡洛斯．布赫銁斯如出一轍，對吧？」

**西班牙馬德里，首級飯店**

**二〇一六年十二月十日，星期六，晚上十點**

艾蕾克希在兩個馬克杯裡放入茶包，在第三個杯子裡倒入即溶咖啡粉，接著各自倒入微滾的熱開水。她將兩個杯子留在桌上，桌子不大，愛蜜莉和比森特正在這張桌子工作。艾蕾克希捧著自己的杯子，小心翼翼喝下一口茶。

看過了卡洛斯．布赫鉤斯的驗屍報告後，三人決定回到飯店，在安全且安靜的環境下繼續調查。三人以愛蜜莉的房間為基地，並為她翻譯卡洛斯．布赫鉤斯死後的調查報告與審訊紀錄。

布赫鉤斯在遭到重擊後，胸口受多次刺傷而死；嘴唇有撕裂傷，舌頭幾乎被割斷，做案手法與林德柏格一家相同。但凶手處理布赫鉤斯的手段不夠細膩，看得出來手法較粗糙，也不夠老練。凶手兩度以重物試圖擊昏布赫鉤斯：一次擊中他的左太陽穴，另一次在頭頂，用的是現場隨手找到的物品——一尊小型大理石像，是懷孕女子的雕像——比森特認為這是「極富詩意的正義」。凶手行凶後將雕像放回壁爐檯上。

布赫鉤斯上身遭受的六處刺傷都不深，其中幾處甚至只是皮肉傷，舌頭也沒有被完全割除。法醫由嘴唇上的撕裂傷及嘴角至臉頰凹陷處的割痕判定，凶手為了割下死者舌頭，前後嘗試了幾次。

三人從這些資訊確認了兩件事：一是布赫鉤斯的謀殺案與林德柏格一家命案有關；二是布赫鉤斯死於二〇一二年，林德柏格一家則是在二〇一六年遇害，凶手這四年間必然犯下一起或多起案件，改善並增進了犯罪技巧，做案手法也變得更細膩。因此他們得擴大調查範圍至二〇〇七年，也就是布赫鉤斯遇害前五年，但這只是保險起見。愛蜜莉確信卡洛斯．布赫鉤斯是第一名受害者，他就是這起連環殺人案的起點。

他們決定從三方面著手調查：追溯卡洛斯．布赫鉤斯的過去、仔細檢視畢拉爾診所的病患資料、找出與連環凶手相關的其他命案。

有了追查的線索，愛蜜莉打電話告知黎納與比森特會面的進展，並請求黎納再次聯絡西班牙國家警察局，企圖取得布赫鉤斯命案的完整調查報告，並從中找出與這起連環命案相關但缺失的環節。

比森特的手機響起，他接起電話時目光仍緊盯電腦螢幕。連續說了幾聲「sí（對）」、「vale（好）」與「gracias（謝謝）」後便掛斷電話。

「好消息！chicas（女孩們），我獲得授權，可以進入警局的中央資料庫。但我得先走一步。」

愛蜜莉與艾蕾克希也跟著起身，迅速穿上外套，拿起背包。

比森特一邊微笑一邊搖頭，說：「Joder（媽的）……明明妳們就兩個人，我怎麼覺得在應付整個軍隊……但我猜我無權對妳們說不吧？」

愛蜜莉不禁露出微笑。

「這就對了，側寫師小姐，就該這樣。」比森特也穿起外套。「我怎麼覺得自己變成了小孩，得去坐汽車後座了？早上還在較勁，但現在我得求妳手下留情了……」

比森特在飯店外攬了一部計程車，三人乘車到公園另一頭，在麗池區的警察局門口停下。警局是一棟三層樓建築，窗戶上鑲著紅色鐵柵欄。

一名身著深色西裝的男子站在門口，領帶將肥厚的脖子勒得緊緊的。男子正抽著雪茄。

「¿Dos? Joder, tío, que salud tienes.（來兩個？媽的，你身體撐得住嗎？）」男子湊近比森特耳邊低語。

「¿Qué tal, Pepe?（你好嗎，佩佩？）」比森特伸手在男子背後用力拍了一下打招呼。

佩佩將雪茄扔到地上踩熄，簡短地與愛蜜莉及艾蕾克希握手後，便請三人一同進警局。一行人穿梭在空蕩蕩的桌椅間，來到開放空間中央的一張純白的辦公桌前。

佩佩脫下西裝外套掛在椅背上。

「Hasta ahora, guapo.（我馬上回來，帥哥。）」佩佩對比森特說完，搔了搔隆起的肚皮，指甲似乎因長期抽菸而變得泛黃。

佩佩留下三人，拿著雪茄盒離開。

比森特找來兩張椅子，三人在電腦前坐了下來。

比森特點了點滑鼠，讓電腦由睡眠轉成開機狀態，在螢幕上輸入「JoséPerezVicente」及密碼。密碼在格子裡以星號顯示，接著跳出新頁面，網頁上要求輸入兩組密碼，比森特憑著記憶，很快打下第一組密碼，然後將鍵盤翻面查看底下的便利貼，默記字母加數字的六位數密碼組合後輸入電腦。

「從二〇〇七年開始查，對吧？」比森特問，螢幕上再次出現新頁面。

愛蜜莉點點頭。

「好，chicas……開始吧！」比森特按下搜尋鍵。

## 西班牙馬德里，首級飯店

### 二〇一六年十二月十一日，星期日，早上十點三十分

艾蕾克希已經好多年沒熬夜了，上次開夜車應該是滿三十歲前的事。

佩佩在清晨五點三十分回來提醒他們只剩半小時，六點一到就必須離開警局。艾蕾克希拿起手機一看，不敢相信自己的眼睛，時間以驚人的速度飛快流逝，她為了保持警醒與專注的工作狀態，渾然不覺黑夜將盡。

坐計程車回飯店路上，強烈的倦意襲來，一回到房裡，艾蕾克希以僅剩的力氣脫下鞋子與大衣後倒在床上，拉過捲起的被子蓋在身上，不一會兒便沉沉睡去。

二十分鐘前，愛蜜莉的來電在讓她從睡夢中驚醒。愛蜜莉告知十點半要與法爾肯貝里的刑警們開視訊會議，艾蕾克希連忙起身沐浴，接著趕到愛蜜莉房裡。

突然間，克里斯蒂昂的臉出現在電腦上，占據了整個螢幕，他後退坐定後，才又看見黎納、埃麗耶諾與夢娜，他們坐在辦公室另一頭靠近白板的地方。

艾蕾克希見到埃麗耶諾時略顯吃驚，眼下要解析殺害她家人的凶手，她不該在場。

「Hej, hej!」克里斯蒂昂熱情地率先開口：「『警花拍檔』還好嗎？天啊，艾蕾克希，妳臉色好差，是喝太多水果酒宿醉了嗎？」

艾蕾克希做了個鬼臉。雖然的確沒睡飽，但她覺得自己的狀態很不錯，只能說克里斯蒂昂的觀察力連飯店浴室裡的照明都遠遠不及。

「比森特透過警局裡的熟人，讓我們有機會查閱局裡的中央資料庫。我們一整晚都在當地警局裡搜尋與卡洛斯．布赫鉤斯命案相似的謀殺案，當然也包括……」

艾蕾克希的話沒說完。她不忍說出口，其實也沒必要。

「漢斯．莫勒同意讓埃麗耶諾參與。」黎納看出艾蕾克希的顧慮，便接了話：「我們正在梳理林德柏格家的所有電子郵件。每個家庭成員都有好幾個電子信箱；我們也在查二〇一一、一二、一三年的電話帳單，搜尋曾與卡洛斯．布赫鉤斯聯絡的家庭成員，埃麗耶諾提出要幫忙。妳們在系統裡查到多少類似但仍未破案的案件？」

「有二十六名遭到割舌的受害者，但並非所有受害者都被刺傷。」愛蜜莉表示下午會一一檢視，「瓜迪歐拉先生應該一個小時後會到飯店幫忙。」

「愛蜜莉，我發現艾蕾克希直接叫那位記者的名字，妳剛好相反，只說了他的姓……艾蕾克希，妳該不會被地中海猛男迷倒了吧？」

「我承認比森特長得的確很不錯。」艾蕾克希眨了一下眼睛，佯裝迷戀貌。

「妳其實想說大帥哥吧！」克里斯蒂昂糾正艾蕾克希。「我們調查了他的背景，找到兩、三張照片……算是胡利歐那一型的吧？」

「誰是胡利歐？」

「不會吧，谷歌小姐，妳居然不知道大名鼎鼎的胡利歐？當然就是拉丁情歌王子胡利歐．伊格萊西亞斯啊！」

「我倒覺得比較像華金．柯帝斯。」艾蕾克希加入討論。

「沒錯！」夢娜冷不防插話，又紅著臉閉上嘴。

「華金．柯帝斯又是誰？」埃麗耶諾問。

「一位佛朗明哥舞者，性感的化身。」艾蕾克希嘆了一口氣。

「還是沒有挪威號碼的消息嗎？」愛蜜莉打斷女人們的話題。

黎納搖了搖頭，疲倦地用手抹著臉。

「我們明天早上再打給你們。」愛蜜莉話聲一落便切斷Skype連線，接著將隨身碟插入電腦，開啟第一份警方文件。

艾蕾克希起身走到熱水壺旁，按下開關燒水。

「發現什麼了？」艾蕾克希邊問邊伸了個懶腰。

愛蜜莉挑眉。

「妳覺得比森特比較像胡利歐·伊格萊西亞斯還是華金·柯帝斯？」

這時愛蜜莉的手機鈴聲響起。

「華金·柯帝斯吧。」愛蜜莉說完接起電話，嘴角漾起若有似無的微笑。

水壺燒水的咕嚕聲蓋過愛蜜莉的談話聲。

結束通話後，愛蜜莉盯著手機螢幕好一會兒，接著轉向艾蕾克希。

「佩佩今早打了電話給卡洛斯·布赫鉤斯的女兒，說明她父親的案情有新進展。布赫鉤斯的女兒同意見我們，就在今天下午一點，我們得登門拜訪。」

## 西班牙馬德里，梅南德茲佩拉約大道六十號

### 二〇一六年十二月十一日，星期日，下午一點

芙朗希斯卡・布赫鉤斯開門後，就站在門後等著，門上的陰影遮住了部分臉龐。她後退幾步讓愛蜜莉與艾蕾克希進門，隨後便關上大門。與兩人握手後，臉上的笑容很快就消失。

「抱歉，沒發現家裡這麼暗。」芙朗希斯卡用西班牙語道歉，然後按下大門旁邊視訊對講機下方的電燈開關。

微弱的光線自天花板與壁燈流瀉，照映出牆上掛滿的黑白照片，這面牆象徵著布赫鉤斯家族從前的豐功偉業，也向來訪者展現他們的社會地位。照片中是家族長年往來的名流人士，由此可見布赫鉤斯所屬的社交圈。

「請往這邊走。」芙朗希斯卡領著兩人進客廳，厚重的橄欖綠窗簾覆蓋窗戶。「我不會說英語……但妳同事在電話中提到妳會說西班牙語？」芙朗希斯卡轉頭問艾蕾克希，伸手拉了拉米色套裝的外套。

「是的，布赫鉤斯小姐。」艾蕾克希在沙發找了位置坐下。

芙朗希斯卡在伏爾泰式扶手椅上坐了下來。椅子和窗簾同是沉鬱的綠色調。她坐在椅

子邊緣，挺直背脊，雙腿併攏，優雅的坐姿展現她出身自教養良好的家庭。

「妳們簽了保密合約？」芙朗希斯卡先看了看愛蜜莉，又轉向艾蕾克希。

艾蕾克希點頭回應，從手提包裡拿出文件；稍早佩佩以電子郵件發了保密合約給她們，兩人先到飯店的商務中心列印並簽了名才出發。

芙朗希斯卡接過合約，仔細閱讀後摺起放到身後的扶手椅上。她嘆了一口氣，布滿老人斑的雙手交互按摩。

「妳們有關於我父親……死亡的任何消息？」

愛蜜莉列出一串問題，交由艾蕾克希向芙朗希斯卡提問。

艾蕾克希經常為了蒐集寫作資料，與受害者家屬見面。她有習慣問的特定問題，也會觀察受訪者情緒，以便隨時調整提問順序；但愛蜜莉列出了非常特別的問題。

「國外也發生了手法相近的命案……」

「足以判斷是同一名凶手做的？」芙朗希斯卡問。

「對。」

「死者是誰？」

「一間醫療輔助生育診所的負責人與他的家人。」

「家人……」芙朗希斯卡重複，一手不住拉扯著另一手瘦骨嶙峋的手指。

「妳的父母有養狗嗎？」艾蕾克希接著問。

「有。」

「案發當晚狗在哪裡？」

「和我母親在一起。當時她罹患了阿茲海默症，已經住療養院一年了——題外話，這間療養院真的非常好——院方實行寵物療法，據說能讓患者感到平靜，有時還能喚起記憶，所以我們每天都會帶阿朵斯去探望她。可有天晚上，阿朵斯不願意離開母親。」說到這裡，芙朗希斯卡滿是皺紋的臉上露出微微一笑。

「只要我們想替牠戴項圈，阿朵斯就吠個不停，除了母親以外，牠不讓任何人觸碰或靠近，我們就讓牠和母親待在療養院……可是……」

芙朗希斯卡停頓，看著艾蕾克希的眼神中充滿困惑。

「偵訊過程中並沒有提到阿朵斯，為什麼……呃，妳們是怎麼知道的？」

「當時你父親身處醜聞風暴，得躲在家裡避風頭。」

芙朗希斯卡一聽臉色驀然沉了下來。她不覺挺胸，雙手緊握椅子扶手。

「記者整天守在家門口，所以他絕對不可能在大半夜替陌生人開門。」艾蕾克希解釋。

「的確如此。」

「凶手是在他散步回家時攻擊他的。」

「妳們沒考慮過他替熟人開門的可能性嗎？」

「布赫鉤斯小姐，妳有懷疑的人嗎？」

「沒有，但妳們的說法聽起來很像指控。」

「我們完全沒有這個意思。警方問話時，妳說妳和丈夫那晚都在家裡，對吧？」

芙朗希斯卡用力地點頭。

「除了你們和傭人，我想妳父親應該不會在凌晨一點幫別人開門。但妳和傭人應該都有他家的鑰匙？」

芙朗希斯卡再次點頭。

「所以若是你們夫妻或傭人半夜到妳父親家，他應該會待在二樓的起居室，而不會下樓開門。」

艾蕾克希稍作停頓。

「因此，我們猜想當晚他肯定因為其他理由半夜出門。」

芙朗希斯卡眨著眼睛，嘴脣微微噘起。

「布赫鉤斯小姐，我並不是要評斷妳父親。我同事洛伊小姐借助照片及警方偵查紀錄分析了犯罪現場，並且建立起受害者——也就是妳父親——的側寫。側寫能幫助我們了解犯罪的起始與過程，掌握了這些也等同描繪出凶手的輪廓。」

聽到這裡，芙朗希斯卡的臉部表情放鬆許多。她鬆開了緊握扶手的雙手，雙掌朝上放在大腿上。

艾蕾克希鬆了一口氣。將布赫鉤斯醫生描述為受害者使氣氛緩和下來，也給了她發揮的空間。

「總結洛伊小姐的分析，若妳父親習慣深夜出門，起初應該是為了遛狗，後來就算狗不在，也需要出門透透氣……」

「十四年了！」芙朗希斯卡打斷艾蕾克希，尋思著。「他十四年來風雨無阻，每晚都帶阿朵斯出門……」

芙朗希斯卡從外套口袋裡掏出菸盒與打火機，一手開盒子，另一手拿出香菸，接著又流暢地闔上菸盒。

「母親也許是因為這樣才得了阿茲海默症……如此一來她就不用看著他……看著她丈夫名聲敗壞，也不用知道他死的那麼慘……那麼難堪。」

芙朗希斯卡點燃手中的香菸，深深吸了一口，含住香菸濾嘴的脣邊皺起。

「發現屍體的是妳父親的傭人吧？」

「是的。」

「她在報警前先打給妳，所以妳比警方提早兩分鐘趕到父親家。」

「妳們希望我和妳們一起回到犯罪現場，是嗎？看我能不能想起更多線索？好比他西裝上的某道血跡？」

芙朗希斯卡伸手到面前，在空中輕撫菸霧，試著畫出一道拱形。

「……還是妳們要我回憶他那張被割爛的嘴？從一邊臉頰裂到另一邊？或是那像狗一樣垂到下巴的舌頭？」

「都不是，布赫鉤斯小姐，我們想知道警察進門前，妳是否曾觸摸或移動過妳父親的屍體？」

芙朗希斯卡拿起茶几上裝飾的碗，清空碗裡的乾燥花後熄掉香菸。

「我只是……幫他穿好衣服。」

芙朗希斯卡捏著菸頭在碗裡畫圈，直到只剩菸灰便將菸蒂扔在碗中央。

「他的長褲和內褲被拉到了膝上。」

**二〇二二年五月十七日，星期四**

最讓我痛苦的，是尼諾看我的眼神。

我通常能從他身上看見自己的痛苦，但今晚，他的眼神裡空無一物。

我既不沮喪也不害怕，但我應該要有這些感受，因為卡洛斯．布赫鉤斯死了。

在夜間例行散步回程，他邀請我到他家喝一杯，就像兩個老朋友那樣，你們能想像嗎？

我看著他倒在玄關的屍體，一點也不感到驚慌失措，卻也不覺得滿足；我只想到從今以後，他再也不會和我聊他的狗了，也不會聊他的妻子和女兒。他不會再湊到我耳邊低語，畢竟少了舌頭，說起話困難多了。

我到廚房裡替自己開了一瓶啤酒，我感覺到尼諾在背後盯著我。

我親愛的尼諾，我們不可能分享一切。

像是我說不出口，其實我很想切掉卡洛斯．布赫鉤斯的陰莖。但當我褪下他的長褲和內褲之後卻下不了手，我無法去碰觸。我認不得他的陰莖了。也許這就是理由。那沒勁的小玩意兒看來疲軟無力，上頭覆蓋著變白的陰毛。而那道傷疤還在。

我喝下一大口浮滿了泡沫的啤酒。

我沒辦法不去想陰莖這東西，這塊軟趴趴的肉摧毀了多少女人，還有她們的人生。

然而，有件事想起來仍教人匪夷所思，在奪走某個人的生命時，居然會產生快感，甚至達到高潮。你不覺得這很奇怪嗎？

## 西班牙馬德里，麗池公園

### 二〇一六年十二月十二日，星期一，凌晨五點

愛蜜莉將一只小黑盒放在外套內裡的口袋，加快步伐時，她感覺到盒子隨之躍動。肺被冷空氣灼燒，肌肉因用力而繃緊。她的膝蓋抬得更高，加大步伐，讓痛楚變得更鮮明。

埃麗耶諾依照愛蜜莉的要求，在一個小時前寄了全家福的照片給她，同時告知家人的葬禮在十二月二十二日舉行——也就是他們遇害後第二十天，在聖誕節前三天下葬。

瑞典人並不急著埋葬逝去的親人，他們會花時間哀悼所愛之人的死與伴隨而來的空虛，回憶喪親之痛並沉浸在痛苦的迴圈之中；他們會給自己足夠的時間，不會太久，但足以接受所愛之人離世的事實，同時學會珍惜過往的回憶。

飯店就在街尾，愛蜜莉慢下步伐，控制呼吸，徒步完成最後一公尺的路程。

一進房，愛蜜莉便從口袋裡掏出小黑盒，打開後盯著並想著埃麗耶諾的家人，尤其是露薏絲，接著又想到卡洛斯．布赫鉤斯。

愛蜜莉褪下衣物，汗水沿著她健美的身軀滴落在黑色地板上。她走進浴室。

拜訪芙朗希斯卡．布赫鉤斯後，比森特．瓜迪歐拉到飯店與愛蜜莉和艾蕾克希會合，協助篩選前一晚在警察局挑出的二十六份文件。他們最後留下六份資料，聯絡了受害者親

友，目前已和三人談過話。

愛蜜莉以冰水沖小腿肚，水柱逐漸往大腿移動。

若堅持她最初根據林德柏格一案犯罪現場的分析，雀絲汀是凶手的主要目標。但卡洛斯・布赫鉤斯的謀殺案又該如何解釋？卡洛斯・布赫鉤斯與宥讓・林德柏格的背景幾乎如出一轍：兩人皆為醫學輔助生育中心的負責人，然而凶手在宥讓身上花的力氣最少。難道凶手以為雀絲汀才是診所負責人？和凶手有過節的人是雀絲汀而不是宥讓？想到這裡，還得考慮露薏絲所扮演的角色，她是連結兩間診所的橋梁。她選擇保護家人而非告發父母，是否因此慘遭毒手？也許她無意間得知殺害卡洛斯・布赫鉤斯的凶手？或者，露薏絲才是凶手真正的目標？從屍體的受損狀態看來也不無可能。

愛蜜莉走出浴室，沒擦乾的身體才往床上一躺，比森特的手便滑進她的雙腿間，那隻手滾燙而熱切，另一手握住愛蜜莉濕漉漉的長髮，扭轉整束髮到枕頭上，露出了她的脖子，比森特舔舐愛蜜莉後頸上的水珠。這時他停下動作微笑，心想愛蜜莉做愛中呻吟的時間比共事時的交談還要多。她以眼神示意他繼續，電話聲卻響起，愛蜜莉轉頭看床頭櫃。六點都還不到。她離開比森特的懷抱去接電話，他讓她去，展示著強烈而堅挺的慾望等愛蜜莉回到床上。

是黎納。愛蜜莉盤腿坐在床上，靜靜聽著黎納說話；情況緊急，但黎納的聲音依舊沉穩，愛蜜莉沒說什麼便掛上電話。

她起身著裝，連看都沒看比森特一眼便走出房門。

## 西班牙馬德里，無助者之聖母孤兒院

**一九五三年三月四日，星期三**

春天不遠了，空氣中瀰漫著花香，女孩們高唱〈面向太陽〉前也不再需要做晨操來暖身。穆利歐神父自去年冬天起規定早晨做操，起因是幾個女孩受不了嚴寒接連暈倒，他後來變本加厲，要求女孩們又跑又跳，直到她們筋疲力盡。即使所有人都要喘不過氣了，還是得撐著唱完讚頌佛朗哥的歌曲。

一群較年長的女孩會去工廠工作，有次她們出發前，歌蒂無意間聽到「學姊們」的對話。她們討論著被處死刑的父母，指控教堂是為了惡魔而存在。歌蒂與拉烏娜則有不同的論點：教堂即是惡魔。十字架上的男人並不知情，祂不知道假裝神僕的那群人早已換邊站了；那群人虔誠而熱切地殺人、施暴，這甚至成了他們的信念。

每當跑到院子另一頭，穆利歐神父和費南達修女看不見的地方，喘不過氣的歌蒂會慢下腳步，混在同伴間舒緩側身的疼痛，這時拉烏娜與拉朵思會跑在她前面，蕾咪與杜勒絲則是刻意跑在她後方不遠處。

歌蒂想到自己總是一個人，永遠都是兩對姊妹間多出來的人。話雖如此，她倒也比較喜歡這樣，因為被迫和穆利歐神父或喀喀嗽獨處時，她不會像拉烏娜與拉朵思那樣聯想到姊妹相同的境遇。歌蒂甚至希望一死了之。拉朵思也提過這個心願，她曾守在一個重病女孩的床前，在醫護室待一整晚，就是希望死神把她一起帶走。

突然間，前方的拉朵思癱倒在地。歌蒂趕緊上前，拉朵思的雙手仍抱著腹部。拉烏娜鬆開妹妹的雙臂，試圖找出她昏倒的原因。

「好了，夠了，快起來！」穆利歐神父也趕過來，掛在法衣腰間的編織皮鞭擺盪著。

穆利歐神父拉住拉朵思的手臂，想讓她站起來，但癱倒的拉朵思只是縮起身子，全身顫抖得更厲害。

「我說，夠了！別裝了！」

拉朵思緩緩挺直弓起的背脊，吃力地起身，側腿和肩膀重重刮過地上的碎石礫。這時，穆利歐神父朝她的腰間和大腿揮起了皮鞭，她一緊張，重心不穩又倒在地上，身體再度蜷成一團，一如那晚歌蒂在淋浴間看見的拉烏娜。

費南達修女聚集其他女孩，她們下意識地緊靠彼此，除了拉烏娜。費南達修女拉著她，讓她站在第一排看妹妹的「演出」。穆利歐神父再次高舉皮鞭，揮落在拉朵思的背上，沉重的鞭打聲蓋過了拉朵思的哀號。

拉烏娜忽地衝向前，一把抓住神父的皮鞭並以驚人的力道朝自己的方向拉。神父失去平衡雙膝跪地，膝蓋撞上石礫時痛得大叫，忍不住咒罵了一聲。拉烏娜的眼神閃過一絲勝利的光芒，就算僅短短一秒鐘，拉烏娜仍釋放了女孩們內心嚮往的自由。

費南達修女離拉烏娜不過兩步遠，她趕緊衝上前搶過拉烏娜手中的皮鞭，在穆利歐神父掙扎起身的同時，朝拉烏娜後頸揮鞭，鞭子重重落在拉烏娜的肩胛骨。拉烏娜踉蹌倒地又立刻起身，轉身面對修女，張開雙臂整個人恍如一道十字。拉烏娜張大了嘴如動物般發出原始的狂嚎，挺著胸膛迎向修女不住揮落的皮鞭。

受到挑釁的費南達修女發了狂似地鞭打拉烏娜的胸腹與大腿，修女在盛怒下不斷揮鞭，一下又一下，毫不停歇。拉烏娜終於不支倒地，倒在修女腳邊。

拉烏娜一雙眼睜得大大的，咬緊牙承受鞭打，鞭子每次落下，她忍著痛的悶哼與拉朵思的哭喊形成回聲。鞭子揮過空氣落在拉烏娜身上的劈啪聲，與揚起的痛楚呻吟及哭喊，共鳴出一首怪誕的交響曲。

歌蒂發現杜勒絲站在面前，拉著蕾咪的手，尿液沿著大腿流下，濺溼了鞋面。

終於，拉烏娜不再出聲，交響曲的副歌變了調，只剩皮鞭在空氣中揮舞與打在肉上的可怕聲響。拉烏娜動也不動倒在石礫上。

**西班牙馬德里，首級飯店**

**二〇一六年十二月十二日，星期一，早上七點**

在艾蕾克希房裡，愛蜜莉與艾蕾克希並肩坐在飯店的窄書桌前，目光緊盯電腦螢幕。眼前是法爾肯貝里警察局的偵訊室，攝影機正聚焦在一張空椅子上。艾蕾克希和愛蜜莉先聽到開門聲，然後是椅腳刮過地板的聲音，接著畫面上出現人影。是一名穿著厚棉運動服、頭戴羊毛帽的女人，女人坐下，兩人花了幾分鐘才認出她。

「由黎納．貝斯壯局長開始偵訊席格娜．斯卡。經斯卡女士同意，本次偵訊將以英語進行，現在時間是二〇一六年十二月十二日星期一，早上七點零二分。」

林德柏格診所的暫時代理人此時失去了威信與風采。

她的目光閃爍，張望著四周，最後才落在黎納身上。

「斯卡小姐，你認得0047-452-34-777這個挪威的電話號碼嗎？」

「認得，這是我的電話號碼。」席格娜摘下毛帽，手指梳過短髮。

「妳為什麼有挪威的電話號碼？」

「我在二〇一二年去奧勒孫探望家人時買的。」

席格娜說完，偵訊室裡一片沉默。黎納並不急著接話。

「查閱雷歐波．林德柏格的通話紀錄後，我們發現他二〇一二年每天都會撥打這個號碼六、七次。」

席格娜垂下眼簾，點點頭。

「雷歐波的說法是，你們就是從這時候開始約會。」

「是……」席格娜低聲回應，猶豫地看了黎納一眼。

「你們現在還是男女朋友？」

「是的。」席格娜沉重而急促地嘆著氣。

「我們不想讓他的家人知道。宥讓和雀絲汀絕對……絕對不會同意我們在一起。」

「妳丈夫知情嗎？」

「我們分居一年多了，他不曉得。」

「露薏絲呢？」

席格娜緊閉雙眼，彷彿一股痛楚穿過體內，她堅定地搖頭。

「應該沒有任何人知道這件事。」

「妳也曾經使用這支號碼聯絡露薏絲。」

席格娜僵硬地挺起身子，張大了嘴。

「妳打給她的號碼也是預付卡。」

席格娜再次閉上眼，足足沉默了一分鐘，她的嘴抿成一直線，彷彿在克制自己開口。

忽然間，她睜開眼盯著桌面。

「那一年——二〇一二年，露薏絲來辦公室找我，當時她在準備春季參展的行銷資料，要以前一年診所的成功率作為基礎。但她不明白為什麼部分病人的卵母細胞和胚胎品質居然取得如此大幅的改善，於是拿了六份病歷給我，我們同意隔天討論。」

席格娜停頓，眼神在桌上畫著一道不存在的直線。

「我身為診所經理，」席格娜再度開口：「病人初次看診時，我會先和他們面談，依病人情況確立流程，並確認各項檢測來安排療程。後續若有需要，我也會監督診所的決策，但不會單獨追蹤個案。」

席格娜潤了潤嘴脣。

「答應了露薏絲後，我當晚就認真研究她交給我的病歷，也察覺到光從診所的流程的確無法解釋品質何以會大幅提升，這點無庸置疑，也找不出可能的誤差因素。」

席格娜深吸一口氣，屏息幾秒才慢慢吐氣。

「簡單來說，我們仔細記錄並標示出所有資訊，診所絕不可能使用錯誤的卵子受精，也不可能植錯胚胎；要是真的出錯，那得是好幾個經手人連續犯下相同錯誤，但發生這種情況的機率幾乎為零。所以必定是有人蓄意欺騙患者。這就表示患者所懷的或生下的並不是她們的孩子，而是別人的孩子。」

「妳曾當面質問雷歐波嗎？」

「沒有，我不曉得他是否參與其中……我不能冒這個險。」

席格娜交纏雙手手指。

「後來妳見了露薏絲？」黎納鼓勵她說下去。

「我對她說了實話，我認為診所裡存在非法交易。於是我們決定追查卵母細胞和胚胎的來源，也是從這時起，我們買了預付卡的號碼，方便祕密聯絡。」

席格娜咂了一下舌頭，也許是渴了，但黎納不想中斷偵訊。

「調查很枯燥，需要長時間進行。但我們一直很小心，不管是調閱病人資料或追蹤卵母細胞與胚胎來源等相關資訊，都盡可能避免引起懷疑。」

席格娜短暫地看了黎納，又低頭看桌面。

「最後我們發現，林德柏格診所和另一間診所是合作夥伴。要是可以這麼說的話……另一間診所就是馬德里的畢拉爾診所。」

席格娜嚥了一口口水。

「我舉實例比較容易理解：一名患者第四次嘗試做試管嬰兒，最後還是失敗了。她暫停三個週期，差不多三個月後才回來找我們；患者很少會換診所，因為他們都不想再從頭做檢測，也不願再花錢在這些煩人的流程上。於是林德柏格診所聯絡畢拉爾診所，下訂患者需要的精子基因——金髮、藍眼，因為患者本身就是金髮藍眼，先生或捐精者也是，而且雙方血型皆為A型陽性，所以需要與父母基因相同的胚胎。畢拉爾診所會在遺棄的胚胎庫裡找出兩個高品質胚胎，這些胚胎可能已經儲存多年，或是患者雖要求摧毀、診所卻暗地保留下來。畢拉爾診所找到適合的胚胎後會運送到林德柏格診所，然後將胚胎植入患者子宮，同時向患者保證懷孕機率更高。這類非法交易會反向進行，林德柏格診所也接受畢拉爾診所的訂單。」

席格娜伸手揉了揉眼睛。

「我和露薏絲一起到林德柏格位於法爾肯貝里的住處去見宥讓，向他攤牌我們發現的一切。」

席格娜嘆了口氣。

「宥讓立刻承認他在診所裡進行的勾當。他告訴我們是他發起了『交換』——這是他的原話——不能說『交易』，聽起來太粗俗了。但他解釋，『交換』並不是為了提升成功率或診所名譽，甚至也不是為了讓診所名利雙收，純粹只是幫助病人，帶給他們完整的父性與母性。」

席格娜閉上雙眼，甩著頭。

「露薏絲聽了完全失控，對著父親大吼大叫……她先抓住宥讓的手腕，後來又掐住他的脖子……」

席格娜屈起手指模仿動物的爪子，在黎納面前揮舞。

「宥讓沒有還手……他等露薏絲冷靜下來才開口。他表示自己能理解她的憤怒，但她並不理解他的立場，也不同意他的看法，並對此感到遺憾。最後，露薏絲終於冷靜下來，我們三人沉默不語……就像災難後的死寂……你明白嗎？」

艾蕾克希的確經歷過，那是必然的沉默，驚嚇與痛苦占據了一切，看著災難後留下的廢墟，話語已不再有一席之地。

席格娜伸出舌頭舔了舔乾裂的嘴脣，她口乾舌燥，但黎納仍不願中斷偵訊。

「露薏絲提出辭呈，她離開瑞典到丹麥的ＳＫＦ工作，並且完全斷了與父母的聯繫。她還是會出席家庭聚會，但純粹是為了埃麗耶諾。」

「雀絲汀知情嗎？」

「她當然知情，那對夫妻關係相當緊密，沒先和雀絲汀討論過，宥讓絕對不可能獨自執行這麼……『大規模』的計畫。況且，就算他不說，她也必定會猜到。」

「妳呢？妳對此做何反應？」

「你問我？」

席格娜露出似笑非笑的表情。

「我只關心雷歐波，想到他的名譽可能因此染上汙點，而他明明對診所如此盡心盡力。我也想到那些幸福的家庭，那些夫妻如此珍視得來不易的孩子，卻在孩子出生幾個月甚至幾年後，被告知並非他們的親生骨肉……想到這些，我決定閉上嘴巴，但我要求宥讓停止非法交易。我在事後發現是一回事，但發現了仍姑息這些行徑又是另一回事。後來畢拉爾診所關閉了，很多事也就此解決了。」

「畢拉爾診所關閉的醜聞……」

「我知道，」席格娜打斷黎納的話。「布赫鉤斯醫師暗地使用自己的精子讓患者的卵母細胞受孕。這我曉得……我知道你想問什麼，但是我沒有答案。我不清楚宥讓是否也這麼做……他向我保證沒有，但我有的也只是他口頭上的保證。」

「林德柏格診所的非法交易牽涉多少患者？」

席格娜摳著嘴脣上乾裂的泛白死皮。

「一百八十七個。從二〇〇一年起，一共涉及一百八十七個家庭。」

## 西班牙科卡

**二〇一六年十二月十二日，星期一，正午**

「所以這位席格娜．斯柯……斯郭……Joder！斯堪地那維亞的名字也太難發音了！」比森特喊著，他坐在汽車後座，車子是租來的。

「你這不是五十步笑百步嗎？」艾蕾克希嘲弄著說：「在西班牙還有人叫『聖柱』、『良藥』和『孤寂』，這種名字有比較好？」

「西班牙的名字至少還唸得出來！總之，那位席格娜女士什麼都沒做？她沒向有關當局舉報？還繼續替那男人工作……Joder！我猜警察正在診所裡搜個天翻地覆，由妳們局長負責嗎？」

「由哥特堡警局負責，診所在他們的管轄範圍。」

愛蜜莉將車子開上鋪滿石礫的車道，輪胎輾過小石子吱嘎作響，然後在一棟別致的房子前停下。屋子的外牆漆成白色，鑲著紅磚砌成的窗戶。

佩德羅．桑托斯的妻子貝雅特莉姿在兩年前去世，她被發現陳屍家中，遭人刺殺及割喉。三人先前在警局的中央資料庫中挑出六個類似案件，這樁尚未偵破的謀殺案是其中一件。貝雅特莉姿．奴內茲[10]、卡洛斯．布赫鉤斯與林德柏格一家三起案件很可能都是出自同一名凶手之手。

一名年邁的男人開門，一頭細心向後梳整的花白頭髮，神情顯得高傲肅穆。

「¿Sí?（你們是？）」

「Buenos días. ¿Señor Santos?（你好，請問是桑托斯先生嗎？）」艾蕾克希開口。

「Buenos días.（嗯，你好）。」

「我是艾蕾克希・卡斯泰勒，」艾蕾克希以西班牙語接著說：「他們是我同事，愛蜜莉・洛伊與比森特・瓜迪歐拉，謝謝你願意接待我們。不好意思，我們提早過來了。」

老人皺眉。

「我們昨天在電話中向你請教了你妻子的案子，」艾蕾克希繼續說著，努力露出甜美的笑容。「你提議我們今天過來當面聊。我們約了十二點半，要討論貝雅特莉姿女士的事。」

「我曉得我太太叫什麼名字！」

老人的眼神變得強硬，向後退了一步。

「瓦雷茲！」他朝屋裡大喊一聲。

「Sí，佩德羅！」一個女聲回應，但因門的開關聲聽起來模糊難辨。

10 西班牙的已婚女子不冠夫姓，維持原姓；原姓由父親的第一個姓氏加上母親的第一個姓氏組成。

「過來，順便拿上記事本，快點！」

「Sí，佩德羅！」

堅定的腳步聲踏過磁磚地，預告眾人『瓦雷茲』的到來。出乎意料的是她身材嬌小，一身黑衣，圍裙還沾滿麵粉。

「妳就是瓦雷茲？」艾蕾克希遲疑地問。

「Sí，沒錯，我就是瓦雷茲。佩德羅喜歡以姓氏稱呼我。」

「我昨天和奴內茲先生通過電話，我們在瑞典警察局工作，目前也和西班牙警察合作……」

「對，對，我記得。」

她打開小記事本翻了幾頁。

「喏，佩德羅，你看，就在這裡，」她指著其中一行字說：「你寫了『十二號星期一十二點半與卡斯泰勒有約』。」

老人注視著她，臉上露出了驚訝又透著迷惘的神情。

「Sí，你自己記下來了，看啊！」

佩德羅傾身看記事本。

「哦，對了，真不好意思，我要去看電視了。」

「請進，快進來吧。」瓦雷茲對三人說：「佩德羅，你要喝咖啡了嗎？」

「要！快煮吧！」

「好，我待會端給你。你先坐好，我馬上端咖啡給你喝。」

佩德羅踩著沉重的腳步越過走廊上了樓。

瓦雷茲領著一行人來到小房間，裡頭擺著桌子和三人座沙發，桌上鋪著垂到地板的長桌巾。

「請坐。」瓦雷茲伸手指了指沙發，示意三人坐下。「我個人還是比較喜歡扶手椅。喝咖啡嗎？我剛做好恩潘納達餡餅，等等一起端過來給你們。」她自顧自說著，不待回應便又匆匆離開。

比森特與艾蕾克希一坐下就拉過桌巾蓋住腿。愛蜜莉在艾蕾克希身旁坐下，斜睨了一眼艾蕾克希的腿。

「這叫做『Camille』。」比森特開口，似乎看穿了愛蜜莉的心思。「桌下有暖爐，拉起桌巾蓋腳，吃飯時就會很暖和，腳才不會凍僵。」

愛蜜莉聽完竟出乎意料地溫順，模仿兩人拉過桌巾蓋在腿上。

瓦雷茲帶著托盤回來，盛裝著咖啡壺、咖啡杯和滿滿的餡餅，四溢的香氣喚醒了艾蕾克希的食欲。

「她不會說西班牙語，sí？」瓦雷茲抬起下巴朝愛蜜莉努了努。

「不會，但是我大概聽得懂。」愛蜜莉以蹩腳的西班牙語回答。

「那好，妳的眼神非常……緊迫盯人，所以我才想問妳知不知道我在說什麼。」

愛蜜莉對瓦雷茲微笑。

「你們是從馬德里過來的？開了多久才到？」瓦雷茲邊倒咖啡邊問。

「一個多小時。」比森特說完，伸手去拿餡餅。

瓦雷茲拿起咖啡杯，加入牛奶和兩塊糖後以湯匙攪拌。

「¡Dios, señora Vallez, divina!（老天，真是太好吃了！）」比森特不顧滿嘴食物大喊。

「¿A que sí?（可不是嗎？）」瓦雷茲驕傲地說，一手端著咖啡在扶手椅坐下。

「好了，說說是怎麼一回事吧。你們抓到對貝雅特莉姿下毒手的犯人了？」

「瓦雷茲女士，不好意思，請問妳是佩德羅還是貝雅特莉姿的親人？」

瓦雷茲放聲大笑，一手用力拍打大腿。

「說出來你們可能會以為我瘋了！」

「看在妳做的餡餅這麼好吃的份上，我絕對不會這麼想。」比森特說。

「這傢伙很會說話啊，妳們兩個可得小心點！」瓦雷茲假裝警告般搖晃著食指，又伸手拿起餡餅，咬下一大口。

「太遲了，」艾蕾克希心想。「愛蜜莉已經臣服在這男人的魅力之下。」

愛蜜莉當然什麼也沒說，卻也毫不避諱，比森特就直接從她房裡走出來，一副剛沐浴完的樣子。也許愛蜜莉和傑克分手了？可是，他們卻要一起出席她的婚禮？

「自從佩德羅的妻子去世之後，我就負責照顧他，」瓦雷茲解釋，吃下最後一口餡餅後接著說：「醫生說他得了阿茲海默症。」

瓦雷茲聳聳肩，一臉懷疑地噘了噘嘴。

「要是問我……我認為佩德羅在失去貝雅特莉姿之後心都碎了。沒了心，腦子自然也荒廢了。佩德羅很愛貝雅特莉姿，開口閉口都是她……雖然他是男人，我的意思是男人照理說最愛的都是自己。但佩德羅真的非常愛他的妻子，這點無庸置疑。」

瓦雷茲喝下一口咖啡。

「貝雅特莉姿是我的姊妹……不是親姊妹，但我們從小一起長大，親如姊妹。」

瓦雷茲眉頭深鎖，伸手拉過桌巾，將散落在桌上的餡餅屑全撥到桌子中央。

「是佩德羅發現她的，就在樓上，在他們的房門口，她一手掛在樓梯扶欄上，彷彿不願離開。後來，我們擔心佩德羅為此喪失心智……你們應該知道她的死狀吧？你們當然知道……凶手要多壞才下得了手，讓活著的人承受這種痛苦。你們能想像嗎？犯人真的花了很多時間殘害她。」

瓦雷茲搖搖頭，手背仍不斷掃著桌面的餡餅屑。

「貝雅特莉姿很溫柔，我不明白她到底做了什麼能招來這麼大的仇恨？她就是個與世無爭的老太太啊。你們應該都見過，坐在搖椅上，孫子和曾孫圍繞，只要看著家人好好生活也就心滿意足了。貝雅特莉姿就是這種人。」

愛蜜莉看了艾蕾克希一眼。

艾蕾克希吞著口水說：「瓦雷茲女士，我得問妳一件事，但可能會讓妳感到不愉快。」

「Sí，guapa，我想也是，否則你們不會千里迢迢來到這裡，對吧？」

「妳曉不曉得……桑托斯先生發現妻子的屍體時，是否曾幫她……穿上衣服？」

「Dios mío！她該不會被……不會吧？她應該沒有被……」

「沒有、沒有，她沒有被性侵。」艾蕾克希急忙解釋。「但她的臀部和私處有燙傷的痕跡。」

瓦雷茲聽到這裡，雙脣不住顫動，手臂撐在桌上，雙手緊緊握成拳頭，指甲陷進了肉裡。

「是蠟燭吧……兇手用蠟燭燒她，對嗎？」瓦雷茲結結巴巴地說。

## 西班牙馬德里，無助者之聖母孤兒院

### 一九五三年三月三十日，星期一

拉烏娜死後，再也沒人見過穆利歐神父和費南達修女。一個叫妮耶芙的修女來孤兒院取代了他們，她年紀較大，也不像他們那麼殘忍。

也沒人再見到拉朵思。她還留在孤兒院，但整個人彷彿失了魂。自從姊姊拉烏娜了無生氣的屍體被拖走後，拉朵思再也沒開口說過一個字。

拉朵思在醫護室住了三個禮拜，後來被帶回宿舍，因為有人生病了，得將床位讓出來。拉朵思會暫時留在孤兒院，等到精神病院有空床就會被送去治療。至少妮耶芙修女是這麼告訴女孩們的。

杜勒絲問幾個年紀較長的女孩「精神病院」是什麼。她們告訴她，拉朵思進去就再也出不來了；就算出得來，也一定是躺著被抬出來。她們還說，在這種醫院裡，醫生會在病人身上注射鎮靜劑——馬用的鎮靜劑——使病人變得昏沉。

「我覺得她不需要鎮靜劑，」杜勒絲說，一手拉著拉朵思，「她現在就和植物沒兩樣。」

「別這麼說她。」歌蒂插話。

「反正她又聽不見，妳也看到了，她根本不在這裡，像行屍走肉；不然她一定會回我的。就算她誰也不理，至少會和我們說話……」

杜勒絲舉起拉朵思的手，親了一下她的掌心。

「另一個長得很高的姊姊，我忘記她的編號了，她還說在精神病院裡，醫生會在病人頭上通電。」

「通電？」

「嗯，她說他們會替病人穿拘束衣，這種衣服會讓人動彈不得，然後要病人躺在床上，在頭上放儀器，接著打開電流通電。」

「他們為什麼要這樣？」蕾咪忍不住插嘴。

「當然是要讓病人有反應嘍。但聽說效果恰巧相反，通電只會燒壞病人的腦袋。」

「在頭上通電本來就會燒壞腦袋和頭髮吧。」

「說得沒錯。」

歌蒂將拉朵思的頭髮全撥到一邊，以手指替她梳整，然後靠攏在她耳邊。

「嘿，拉朵思，快醒來，妳得回到我們身邊，這樣拉烏娜的死才有意義。」

## 西班牙科卡，佩德羅．桑托斯家

## 二〇一六年十二月十二日，星期一，下午一點半

瓦雷茲盯著對面的牆，眼神漂浮在三名訪客的頭頂上。

「尿床鬼的閣樓。」瓦雷茲沒來由冒出這麼一句。「貝雅特莉姿就是被關在那裡受處罰，他們來房裡帶走她的時候，就是帶她到尿床鬼的閣樓，她會被關上好幾個小時……」

瓦雷茲低下頭看桌子，一手不自覺輕撫桌巾。

「貝雅特莉姿小時候經常尿床，只要她夢到母親就會失禁……她總是做同一個噩夢，夢境很真實；她母親苦苦哀求，兩個男人大笑著羞辱她，悶哼的驚叫聲，接著是槍響，伴隨恐怖的爆裂聲，那是她母親倒在地上的聲音……費南達修女每天清晨都會帶鞭子來檢查床鋪，那是她用好幾條皮帶編成的鞭子，是穆利歐神父教她的。每次靠近貝雅特莉姿的床，她都會擺出『預備姿勢』，手放在鞭子上，就像正要拔槍的軍人一樣。只要發現床單溼透，她就會拿皮鞭抽打貝雅特莉姿的大腿，神情相當愉悅。我想是因為她無法從肉體上獲得滿足，才老是虐待我們來獲得快感。在這之後，費南達修女還會要求我們羞辱貝雅特莉姿，朝她大喊『尿床鬼！骯髒鬼！』，喊到她受不了為止，那些侮辱的字眼就像一把把刀，造成的傷害不亞於落在身上的鞭子。那個變態的女人最後會帶貝雅特莉姿上閣樓，將

她和其他尿床的女孩關在一起。

閣樓旁有間儲物室，這群人面獸心的修女會在那裡用蕁麻燒女孩們的私密處，再拿蠟燭燒屁股。懲罰完了才將她們關進閣樓裡，不給水和食物。閣樓裡當然沒有燈光，也沒有廁所。」

瓦雷茲再度沉默，她需要花點時間調整呼吸。

「妳說的是寄宿學校裡發生的事嗎？」比森特問。

「是孤兒院——無助者之聖母孤兒院，在馬德里。我們五個女孩形影不離，就像五隻手指頭。」

瓦雷茲的嘴角彎成淺淺的新月形狀。

「我們五個——杜勒絲、歌蒂，一對相差十個月的姊妹，但她們看起來就像雙胞胎，還有蕾咪，也就是我。」

「貝雅特莉姿呢？」

「我們都叫她杜勒絲。」

「妳們還保持聯絡嗎？」

「我不知道歌蒂後來去了哪裡……只知道拉烏娜被神父殺死，拉朵思進了精神病院。」

蕾咪，瓦雷茲閉上雙眼。

「童年的記憶都是痛苦，只有痛苦……」

「瓦雷茲女士，妳聽過這幾個名字或姓氏嗎？雀絲汀、宥讓、露薏絲、林德柏格。」

愛蜜莉以不太標準的西班牙語插話：「雀絲汀婚前姓佩爾森，也許妳聽過雀絲汀，佩爾森這個名字？」

蕾咪搖搖頭。

「這是哪個國家的姓氏？」

「瑞典。」

「瑞典？我沒有認識的瑞典人。」

愛蜜莉起身走到蕾咪身邊，在扶手椅旁蹲下。她將手機放在桌上，接著向蕾咪展示了三張照片，也就是林德柏格家的三名死者。

「都不認識。」蕾咪看完後說。

「那麼，妳聽過卡洛斯．布赫鉤斯這個名字嗎？」愛蜜莉又問。

「沒聽過。」

愛蜜莉也讓她看了布赫鉤斯的照片。

「我不認識這男人。」

愛蜜莉按了幾下手機，再次將手機拿到蕾咪面前。她低下頭仔細端詳螢幕。

「妳認得他嗎？」愛蜜莉問。

只見蕾咪雙手緊握椅子扶手，用力吞著口水。

「認得，這個人啊，我認得他……」

**二〇一二年六月一日，星期五**

我和尼諾之間有些不同了。

我們的合作關係改變了。

他再也不必替我們兩個選擇、思考、計畫。

早上我榨柳橙汁、烤麵包的時候，他會微笑。他坐在桌邊看著我，眼神裡滿是驕傲，有如父母看著孩子邁出人生的第一步。

現在無論我做什麼，尼諾都會慶祝，慶祝我重新找回自由。不是他自由了，被釋放的人是我。這就是他愛我的方式，我親愛的尼諾，他愛我比愛自己多。

然而，即使重獲平靜的生活，尼諾仍時刻保持警惕，我感覺得出來，我看得出他微笑背後的擔憂。畢竟這些年來他每天早上都得想辦法讓我起床，彷彿一次又一次將我從墳墓裡拉出來，這樣的經驗自然無法馬上忘懷。

卡洛斯．布赫鉤斯的死結束了我的頹靡，事實令人悲傷卻極富邏輯，一如人們如此比喻壞疽：「想要自救，就得截肢。」布赫鉤斯始終是住在我心底的惡魔，他是啃食我理智的寄生蟲，假扮著天使來到面前，骨子裡卻是魔鬼。

我今天早上邊煮咖啡邊想：「我得告訴其他人。」

那些和我一樣慘遭他毒手，人生因此支離破碎的人。

如此一來她們就能獲得新生，再次快樂起來……這絕對無庸置疑……

她們能活過來……或單純地，好好活下去。

## 西班牙科卡，佩德羅．桑托斯家

## 二〇一六年十二月十二日，星期一，下午兩點

蕾咪．瓦雷茲的食指就按在愛蜜莉的手機螢幕上。

「這是『喀喀嗽』……對，是他沒錯。」蕾咪以沙啞的嗓音喃喃地說。

艾蕾克希與比森特湊上前，在蕾咪的腳邊盯著手機，螢幕上是一張黑白照片，照片中的男人約二十歲，站在一部賽車旁。

「瓦雷茲女士，『喀喀嗽』是誰？」艾蕾克希問，眼睛始終盯著照片。
「無助者之聖母孤兒院的醫護士，就是我們待的孤兒院。」
「妳怎麼會有這張照片？」比森特轉頭問愛蜜莉。
「我在芙朗希斯卡．布赫鉤斯家拍的。」
「這是掛在玄關的其中一張照片。」艾蕾克希說，身體向手機挪近。
「這男人就是……卡洛斯．布赫鉤斯？」比森特瞪大眼睛。
「正是他本人。」愛蜜莉將照片縮放成原本的尺寸，相框上的金色牌匾寫著：「卡洛斯，一九五三年攝於摩納哥」。
「Joder！這到底是怎麼一回事？」比森特驚訝地問，眼神在艾蕾克希與愛蜜莉之間來回。
愛蜜莉再次拿起手機，選了另一張照片後又將手機擺在桌上。這次照片裡的主角是個約八、九歲的小女孩，穿著白色羊毛毛衣及綠色百褶裙站在聖誕樹前。
「蕾咪，妳知道她是誰嗎？」
瓦雷茲不覺露出微笑，笑容既溫柔又充滿感傷。
「Sí……sí……」
蕾咪抹去眼角的淚珠，又抬起手背擦著臉頰。
「她是拉烏娜。剛剛提到一對姊妹，她就是姊姊，你們記得嗎？我說在孤兒院裡被神父殺害的就是她。我親愛的拉烏娜，願妳安息。」

「愛蜜莉，這又是誰？」艾蕾克希皺起眉頭。

「雀絲汀．林德柏格。」愛蜜莉說完，便收起手機。

## 西班牙馬德里，寇雷拉廣場

### 二〇一六年十二月十二日，星期一，晚上七點

比森特．瓜迪歐拉按下門鈴。

孩童的笑聲與大人的喊叫聲在門後迴盪，一陣急促的腳步聲啪嗒啪嗒向門外的三人靠近。門只開了一道小縫，一個頂著棕色鬈髮的小男孩探出頭來，睜著黑色的大眼睛看著三名訪客。

「媽！」小男孩轉身對著屋內大叫：「門口有三個人，但不是東方三王！」

「你確定嗎？」

「很確定，因為有兩個女生，而且沒有黑人，妳看！」

這時大門敞開，一名年約四十歲的女子推著輪椅過來，比森特彎下腰擁抱她。

「阿德麗！」屋內又傳出一名男子的聲音，他扯著嗓子問：「兒子的聖誕音樂會是什麼時候？」

「二十號啦！快進來吧，請進！」阿德麗後退，邀請客人進屋。

比森特最後進入公寓並順手關上門。

「你們叫什麼名字？」小男孩爬上母親的雙膝，一臉好奇。

「我叫比森特，我們見過面，但你那時候年紀還太小不記得了。這兩位是愛蜜莉和艾蕾克希。你呢？你叫什麼名字？」

「如果我們見過面，那你應該知道我的名字。」

「我知道，但我朋友不知道。」

「媽媽，我可以告訴他們嗎？」

「可以，媽媽和比森特是老朋友了。」

「我叫巴伯羅。你是做什麼工作的？」

「我是記者，愛蜜莉是警察，艾蕾克希是作家。」

巴伯羅一聽，驚嘆地瞪大了眼看著艾蕾克希。

「哇，妳寫書嗎？像《小王子》那種書？」

艾蕾克希不禁微笑。

「我寫的書和小王子完全不同類型。」

「所以妳的書裡沒有飛機？也沒有行星？」

「沒有吔。」

「妳的書只有大人能看嗎？」

「可以這麼說。」

「因為書裡的人都沒有穿衣服？」

艾蕾克希以眼神向男孩的母親求救。但從她幸災樂禍的神情看來，似乎不打算拯救艾蕾克希。

「不是的，我的書只給大人看是因為書裡沒有巴歐巴，也沒有行星。」

「也沒有吞了大象的蛇嗎？」

「好了，我的小王子，」阿德麗終於插話：「去叫爸爸幫你放水洗澡。」

巴伯羅一躍跳下輪椅，親了一下母親的掌心便跑走了。

「來吧，到我辦公室。」阿德麗提議，推著輪椅轉向並打開一扇滑門。

阿德麗等眾人都進來後便關上門。

「你們走動時小心一點，」阿德麗提醒三人，繞過書桌，「別踩到樂高，我聽說痛不欲生。好了，說吧，你們要找什麼？」她打開電腦。

的《沉默公約》……左派右派都一樣，他們只想倒水泥趕快掩埋屍體，然後忘掉戰犯。我認為應該統統挖出來，該懲罰的懲罰，該修復的修復，我說的不只是國家，需要修復的還有我們的歷史與遺跡。西班牙沒能得到紐倫堡審判，佛朗哥還和繼承者胡安．卡洛斯握了手才死。『國王駕崩，萬歲萬萬歲。』」

阿德麗不再說話，眼神緊盯螢幕專注工作，手指時不時敲打鍵盤。

「對了，比森特是怎麼向妳們介紹我的？」幾分鐘後，阿德麗又開口，眼睛始終盯著電腦。

「他沒說什麼，」愛蜜莉率先回答，她就站在阿德麗身旁，「只是給了很多暗示。」

「讓我先澄清第一個謠言：我不是駭客。」

「妳明明就是！」比森特反駁：「妳是駭客公務員。」

「我的職稱是資料建檔人員，好嗎？我已經替國家檔案館工作了十二年，所以知道要去哪裡找資料。」

「但妳私下接案只需要在家輸入資料，待在電腦前不動就什麼都找得到，這就叫駭客。」

「比森特，我也很想『動』起來，好嗎？」阿德麗瞪了比森特一眼。

「好了、好了，再說下去，在場的兩位女強人可要賞我一頓苦頭吃，她們不知道妳在開玩笑。」

「我可沒開玩笑。我的確想騎腳踏車載巴伯羅去上學，或在舞池裡扭腰擺臀。」

「現在沒人說舞池了啦，況且妳一直很討厭騎腳踏車。」

「還有什麼？」

「我不知道妳還想說什麼……」

「我是在問你朋友愛蜜莉啦。」

愛蜜莉對阿德麗會心一笑。阿德麗也投以同樣的微笑。

「妳的觀察力很強吧？我先生並不知道，也是很久以前的事了，我就和比森特做了這麼一次，一次也就夠了……啊！」阿德麗忽然驚呼失聲，高舉雙臂顯得十分得意，「我找到姊妹了……姊姊叫做克莉絲汀娜……克莉絲汀娜・拉芭玖斯・瑪希亞斯，檔案上記錄她在一九五三年三月六日離開孤兒院，當時她長這樣……」阿德麗點擊滑鼠，愛蜜莉三人湊近電腦，盯著螢幕上的黑白照片：一個小女孩穿著淺色洋裝與短襪站在壁爐旁，淡褐色的頭髮向後梳成馬尾。

愛蜜莉掏出手機，找出埃麗耶諾母親兒時的照片，將手機擺在電腦旁邊，看起來是同一人沒錯——雀絲汀・林德柏格。

「Genial！太棒了！」阿德麗一臉興奮。她點擊滑鼠來到第二張照片，「再來看看拉朵思吧！會取這個小名應該是因為她是第二個小孩[11]。本名叫做恩麗葵塔・拉芭玖斯・瑪希亞斯。」

照片中的小女孩穿著暗色襯衣與百褶裙。

「哇，這小女孩真漂亮，比她姊姊還漂亮。但她姊姊已經夠標緻了！你們知道她是誰嗎？」

「不知道。」愛蜜莉與艾蕾克希異口同聲回答。

「這下有得查了，檔案上沒有她入院、離開或死亡的紀錄。蕾咪迪歐思・瓦雷茲・貝利斯與貝雅特莉姿・奴內茲・芭多羅美烏在這裡，」阿德麗指著螢幕上的兩行文字紀錄。「至於歌蒂……我想應該也是小名，照理說是個胖嘟嘟的小女孩，我們得從名單上一個一個找了。總共一百多個名字……我來印出名單，我們四個一起找吧。除了她在一九五一年進入孤兒院，沒有其他資訊了嗎？」

「沒有，完全沒有。」比森特說完，順手拿起印表機吐出的幾張紙。

愛蜜莉指著掛在牆上供兒童使用的黑板問：「能借用一下嗎？」

「當然可以，請！」阿德麗立刻回答。

愛蜜莉蹲下，在黑板上寫下幾個人的出生日期：格爾妲・馮卡爾（林德柏格家的清潔婦）、席格娜・斯卡（林德柏格生育診所經理）、埃絲特・曼森（露薏絲男友阿爾賓之母）、芙朗希斯卡・布赫鉤斯（卡洛斯・布赫鉤斯之女），以及卡麗娜・伊薩克森（林德柏格家的鄰居，宥讓・林德柏格的情婦）。

艾蕾克希驚訝地看了黑板一眼。

「妳該不會覺得……」

「我不知道。」

「所以妳擴大範圍搜索。」

愛蜜莉點了點頭，伸手接過比森特遞來的清單。

「這些人是誰？」比森特問。

「在這起案件中出現過的女人，她們……」

「要是我沒猜錯，她們的年紀都符合我們要找的人。」比森特喃喃自語。「運氣好一點，也許……」

愛蜜莉也加入檢查名單的工作，背靠著沙發席地而坐。

接下來的一個小時沒人開口，只有小巴伯羅進來給了媽媽一個睡前吻，還貼心地帶來一瓶汽水與四只杯子。

11「la dos」在西班牙語中有「第二」的意思。拉烏娜（la una）在西班牙語則是「第一」的意思。

愛蜜莉喝下一口汽水，就在這時，一個名字吸引了她的目光。

她微微皺眉，輕巧地難以察覺。

她記得自己看過這個姓氏，是在哪裡呢？愛蜜莉閉上雙眼，腦海中反覆默唸這個姓氏幫助回憶，資訊如碎片般出現，終於拼湊成型。

「有發現了。」愛蜜莉平靜地起身。

艾蕾克希與比森特幾乎同時從沙發上跳起來。

「已經找到了嗎？我們才看不到兩小時……」阿德麗說：「我希望妳對待比森特不會像這樣速戰速決。」

**瑞典法爾肯貝里，施泰倫·埃克倫家**

**二〇一六年十二月十三日，星期二，正午**

艾蕾克希、黎納與愛蜜莉抵達的時候，艾蕾克希的母親瑪杜在門口等著。她熱情地擁抱所有人，連愛蜜莉也沒能倖免。

瑪杜身旁站著一名約四十歲的圓臉女子，她和艾蕾克希同樣有著湛藍的眼睛，正張開雙臂等著輪她擁抱大家。

艾蕾克希快樂地投進女子的懷抱，深深嘆了口氣就像貓感到滿足時的呼嚕聲。

「她是我姊姊伊內絲。」艾蕾克希向黎納與愛蜜莉介紹，不情願地離開姊姊的懷抱。

伊內絲靦腆地與愛蜜莉握手，又以同樣害羞的姿態接受黎納的擁抱。

「你們應該都累壞了，快進來吃點東西。」瑪杜說。

一行人進屋後，在玄關脫了鞋、掛好大衣才走進廚房。

艾蕾克希不禁微笑，母親已接管了施泰倫的家，她遊走其中彷彿一輩子生活在這裡：以擁抱迎接，邀請客人進門，親自烹調豐盛的餐點填飽眾人的胃。

「我在煮咖啡了。」艾蕾克希的父親諾伯赫說。

「我去端一點費南雪出來？」瑪杜熱切地問，沒等眾人回答便匆匆走到吧檯後。瑪杜和諾伯赫就像殷勤的服務生忙進忙出，活力猶如二十來歲的年輕人。

「我做的費南雪可美味了，諾伯赫，你說是不是？」瑪杜將糕點裝進盤中。「你們去客廳坐吧，在那裡吃比較舒服。寶貝女兒，我和妳爸要趕在天黑前出門走走。我昨天又錯過了，覺得自己像被困在山洞裡一整天，無止盡的黑夜真糟糕，根本搞不清楚什麼時間該吃飯睡覺，我的生理時鐘都被打亂了。諾伯赫，你說是不是？」

瑪杜與愛蜜莉交換了微笑，又伸手清理流理臺上的糕點碎屑。

「瑪杜，妳小時候是否曾在馬德里的無助者之聖母孤兒院待過一段時間？」愛蜜莉出其不意地問。

瑪杜眼神閃爍，彷彿為了躲避愛蜜莉的問題而潛入一片灰色的汪洋。艾蕾克希能感受到母親的痛苦，如餘波般在她體內共鳴著。

愛蜜莉原本建議艾蕾克希留在警局或飯店，等她問完話再過來會合。在阿德麗家，愛蜜莉從名單上認出了瑪杜的姓氏，她在幾個月前收到的婚禮邀請函上看過：

**瑪格達蓮娜・莫拉勒斯・拉莫斯與諾伯赫，卡斯泰勒，阿帕利希暨漢寧・埃克倫邀請您參加長子施泰倫與次女艾蕾克希的婚禮**

諾伯赫輕撫瑪杜的背。她顫抖著轉身，盯著丈夫好一會，試圖讀出他的情緒，隨後垂下眼簾，茫然注視著沾滿糕餅碎屑的手指。

「對，」諾伯赫緊握瑪杜的手，代妻子回答了這個問題。「瑪杜童年在這間孤兒院裡待過一段時間。」

「她的小名是歌蒂，對嗎？」

瑪杜緊緊閉上眼轉身，彷彿要避開刺眼的豔陽。諾伯赫點點頭，以身體護住瑪杜。

「妳想坐下來嗎，瑪杜？」愛蜜莉問。

諾伯赫替她搖搖頭。

艾蕾克希以眼神安撫母親，她從未見過瑪杜如此脆弱的模樣，她看起來就像微弱的燭火，被風吹得閃滅不定。艾蕾克希對於母親那恐懼空洞的雙眼感到陌生，對她的童年往事也一無所知，瑪杜從未在她面前提過「歌蒂」兩個字。一向好強的瑪杜這時緊抓著丈夫，好似拄著拐杖的老婦人；她讓他為自己開口，卻一個勁將身子縮進丈夫懷裡，彷彿想就此消失。

艾蕾克希湧上一股衝動，想上前緊緊擁抱父母。她想將母親擁入懷中，陪伴她熬過痛苦，又明顯感受到自己難以介入這一刻，父母因彼此的過去及痛苦結合而互相扶持，她對此一無所知。而無力追憶過去的瑪杜，更不希望女兒在場看著這一切。

淚珠掛在瑪杜的眼睫上，她眨了眨眼，淚水如珍珠般滾滾滑落臉頰。艾蕾克希驚覺自己雖看過母親流淚不少次，但那都是喜悅的眼淚。

「真的很抱歉，我的寶貝女兒，對不起……」瑪杜抽噎著轉向兩個女兒。

「媽，別這樣……」

「天啊，就在妳婚禮前夕……親愛的，要是我知道就不會……我真的很抱歉……」

「媽，別說了！別再替我們想、替別人想或替我想，已經夠了，媽……」

艾蕾克希將手心朝上放在吧檯上，等著接住母親的手。

但瑪杜因傷痛保持距離。她對於那段過去感到羞恥，也對於長年瞞著家人感到內疚。

父親輕輕捏著艾蕾克希的手。艾蕾克希小時候，父親總會這樣捏她的手。諾伯赫同時以嘴型無聲地對艾蕾克希說「我愛妳」，接著又攬住瑪杜。

「瑪杜，妳真的不坐下來？」愛蜜莉堅持。

「不用。」瑪杜的聲音細不可聞，但語氣堅定。

諾伯赫稍微移開了身體，但眼神始終在妻子身上，只要有任何風吹草動，他隨時準備好拯救她。

「當年在孤兒院有五名少女：蕾咪、杜勒絲、拉烏娜與拉朵思姊妹，還有妳。妳的小名叫做歌蒂。」愛蜜莉謹慎地開口。

瑪杜點了點頭。

「艾蕾克希向妳提過雀絲汀．林德柏格吧？她和先生與女兒在法爾肯貝里遭到謀殺。」

瑪杜抬起頭盯著愛蜜莉，微微皺起眉頭，一手往前伸懸在空中，就像木偶等著傀儡師操控下一個動作。

「她的確提過，沒錯，就是埃麗耶諾的家人……為什麼……？」

「雀絲汀．林德柏格就是拉烏娜。」

瑪杜一聽張大了嘴，不由自主後退了一步。

「不對，不可能……拉烏娜已經死了，她死在孤兒院，就在我們面前。」

「她沒死，瑪杜，她後來被轉到另一間孤兒院。妳還記得杜勒絲嗎？」

「記得。」瑪杜輕聲說。

「她在三年前和雀絲汀以相同手法遭到殺害，只不過遇害的地點在西班牙。」

瑪杜的眼珠子不住轉動，似乎在回憶裡思索，試圖想起些什麼。

「妳聽過卡洛斯·布赫鉤斯這個名字嗎？」

「沒聽過。」瑪杜回答。

「妳們當年叫他『喀喀嗽』。」愛蜜莉解釋，拿出手機讓瑪杜看卡洛斯·布赫鉤斯年輕時的照片。

瑪杜頓時臉色發白。她咬緊牙根，神情變得僵硬，雙臂不覺抱住腹部。她的目光慢慢從照片上移開，沉重地點頭。

「他是孤兒院的醫護士。」愛蜜莉說。

「我女兒一定得在場嗎？」

瑪杜雙眼含淚懇求著愛蜜莉，驀地又轉向黎納，彷彿剛剛完全忘了他在場。

「當然不是絕對必要。」黎納開口。

愛蜜莉沒有接話，只向瑪杜露出極為溫柔的微笑。一旁的艾蕾克希也感受到這股溫情，和母親一樣默默流下淚。艾蕾克希感受到姊姊伊內絲的指尖撫過髮絲，肩膀緊靠著艾蕾克希。

「我想艾蕾克希和伊內絲需要待在這裡，陪在她們母親身旁，瑪杜。妳們得跨過這道鴻溝。她們已經知道發生了什麼事，妳可以對她們傾訴，因為她們能理解妳。」

瑪杜點點頭。

愛蜜莉再次露出相同的微笑，那笑容猶如夏末的天空，綻放出療癒而令人安心的光芒，同時透著幾分感傷。

「瑪杜，『喀喀嗽』當年對妳做了不好的事嗎？」

瑪杜抿緊了嘴，用力吞了幾次口水，心臟就像要從嘴裡蹦出來似地。

「對。」瑪杜終於開口，單手撐住吧檯穩住身子。「不光是我，包含我們五個人，還有其他女孩。但他最喜歡拉烏娜和拉朵思，他喜歡三個人一起。」瑪杜話聲剛落便重重嘆了一口氣。

「瑪杜，還有其他男人或女人對妳做出不好的事嗎？」

「穆利歐神父……」

瑪杜的嘴脣不住顫抖。

「我們常常祈求死神來帶走我們。有一晚，拉朵思還溜進醫護室，當時那裡躺著一個垂死的女孩，她靠在那女孩身旁整晚，希望死神帶她一起走。」

艾蕾克希不禁尋思，這麼多年來母親將可怕的侵犯與痛苦都深藏在心底，她的笑容背後藏著不堪回首的記憶。她早該看出來才對。在母親展現出焦慮、不講理的態度時，在她強硬地要求她們時，在她流露出極富侵略性的母愛時，艾蕾克希都應該看出端倪，並且去理解母親內心的真正需求。

「瑪杜，妳們五個人有沒有共同的祕密？也許一起見證過某件慘痛的事？我說的不是受虐或性侵，而是某個特定而獨立的事件。」

「我能想到的只有拉烏娜的死……至少當時我們都以為她死了。」

「瑪杜，能不能告訴我事情的經過？」

瑪杜舔著乾燥的嘴脣。

「那天早上，我們原本要唱誦〈面向太陽〉向佛朗哥致敬。我們通常會先做早操才唱歌。但當時拉朵思跑不動，說是肚子疼得厲害，血一直流，流個不停……都是『喀喀嗽』和穆利歐神父害的，他們讓她受了很多罪。」

瑪杜從喉間深深嘆息，聽來幾乎像在咳嗽，彷彿一陣嚴寒忽然竄入她體內。

「於是穆利歐神父動手打她。他都把三條皮帶編成一束皮鞭，還故意用扣環處朝我們身上打，老渾球！拉烏娜一如往常挺身而出，擋在拉朵思和其他人之間。她從穆利歐神父手中搶過鞭子，神父重心不穩倒地，那一刻啊……那一刻真的是我們在孤兒院經歷過最偉大的勝利時刻，雖然才短短一瞬間，那份喜悅卻強烈無比。」

瑪杜一邊訴說，嘴脣因憎惡不自覺變得扭曲。

「後來巫婆費南達修女接手，不曉得帶著多大的恨意瘋狂鞭打拉烏娜，她的眼神裡燃燒著熊熊烈火……我總說她體內住了惡魔。她很年輕，還不到二十歲吧，但那副眼神尖酸又殘暴。」瑪杜閉上雙眼。

「她不斷揮動鞭子，直到拉烏娜停止哀號——她的聲音就像被奪走了一樣，那一聲聲尖叫戛然而止，剩下一片死寂。最後只聽見皮帶打在肉上的聲音，以及眼前那隨著鞭打顫動的身體。」

瑪杜發出連聲驚呼，介於嘆息與喘氣之間，劃破了緊繃的氣氛。她的眼神再度望向了那片灰色的汪洋。

愛蜜莉並不急著追問，幾秒後才將瑪杜拉回現實。

「是誰宣告拉烏娜的死訊？穆利歐神父？還是費南達修女？」

「沒有人宣告什麼，也沒人對我們說任何事。隔天，我們看見有副棺材被抬了出去，於是女孩們都認定『箱子』裡裝的就是拉烏娜……拉朵思當年一直說是『箱子』。在那之後，我們再也沒看過穆利歐神父和費南達修女。」

「沒有人知道他們的下落嗎？」

瑪杜搖頭。

「拉朵思後來怎麼樣？」

「她瘋了。姊妹倆相差不到一歲，但拉烏娜是她的心靈支柱。幾個禮拜後，拉朵思就被送進精神病院，從此以後我再也沒見過她。」

「蕾咪和杜勒絲呢？」

「又過了幾個月，我就離開孤兒院去和阿姨住，再也沒見過她們。當年內戰剛開打，我阿姨就逃到了比利時，直到一九五三年才回到西班牙。她花了好幾個月找到我……其實她在找我父母，沒想到全家只剩下我一個……妳也知道蕾咪和拉朵思的下落嗎？」

「還不清楚拉朵思的去向。但蕾咪就住在馬德里近郊。」

瑪杜點頭，眼神顯得疲憊渙散。

愛蜜莉對黎納示意，該問的都問完了。

「諾伯赫，」黎納接著說：「我們派了員警在門口保護，施泰倫馬上要到家了。但無論發生什麼事，你們隨時可以打電話給我，好嗎？」

諾伯赫點頭。

「『喀喀嗽』呢？」瑪杜出其不意開口：「他還活著嗎？」

「他死了，也被謀殺了。」

「和拉烏娜一樣？」

「對。」

瑪杜露出微笑，苦澀卻開懷，與臉上的淚水形成對比。諾伯赫將妻子擁入懷中。

「瑪杜，妳有開心的權利，妳應該要開心。mi cielo（我的摯愛），享受這一刻。」

**瑞典法爾肯貝里警局**

**二〇一六年十二月十三日，星期二，下午三點**

克里斯蒂昂走進會議室，將三瓶啤酒放在辦公桌桌角。他舉起手中已開啟的酒瓶，喝了一口才坐下。

在警局裡喝啤酒總教他無比暢快，尤其在會議室，那裡的牆上老是貼滿死者照片，整個房間就像是血淚粉刷而成，於是這灌入口中的第一口啤酒更顯美味，比香檳還來得可口。克里斯蒂昂並不喜歡香檳，明明是時尚又富品味的飲品，他卻對那幾近透明的酒液、除了氣泡毫無特色的口感都絲毫提不起勁；他也不愛氣泡，尖刺地在舌上彈跳像極了興奮發騷的女孩。但啤酒就不同了！啊，啤酒啊……開門見山，毫不做作，直爽的口感帶來純粹的快樂，光是拿著啤酒瓶就教他滿足。

愛蜜莉與黎納靜靜地喝著啤酒，動也不動，像兩尊雕像似的。夢娜沒拿她的那一瓶，只是聽著同事的啜飲聲。

克里斯蒂昂翹起椅子，繃緊肌肉取得平衡。這是他最喜歡的坐姿。

他和夢娜一踏進警局大門，她就再也不屬於他；夢娜的目光不再充滿慾望，也不再持續表達出渴望及請求——這往往讓克里斯蒂昂興奮不已。

克里斯蒂昂想著前一晚，夢娜躺在床上，純白床單裹住她的裸體，她閉上雙眼，眉頭因歡愉蹙起。

克里斯蒂昂站在床邊，夢娜的雙腿掛在他肩頭，他扶著她的髖部，眼看高潮隨著她玲瓏有緻的身體曲線起伏擴散，她肌膚的觸感出現變化，細小的毛髮因快感豎起，乳頭挺立，胸部也變得圓潤。他仔細感受兩人身體間的震動與緊繃，猶如緊勾在弦上的弓，彈射後便鬆弛下來。他聽著兩人創造出的音樂，那是一首交響樂，由一聲聲的嘆息、床單的摩擦聲與床墊的撞擊聲，以及誘人的呻吟所譜成。

天殺的，夢娜應該是對他施了魔法。

克里斯蒂昂盡可能輕柔地放下雙腳，吞下一口金黃的啤酒後，轉向愛蜜莉與黎納。兩人彷彿正陷入各自的思緒中。

「艾蕾克希對此作何反應？」克里斯蒂昂問。

「她還在調適。」黎納說完，仍在思緒中擺盪。

「我想也是，忽然得知自己的母親童年時期曾被施暴，肯定讓她晴天霹靂。可憐的艾蕾克希。家族的祕密就像一顆不定時炸彈，一旦引爆足以讓人粉碎。所以婚禮取消了嗎？」

「為什麼要取消？反而因為這件事，施泰倫與艾蕾克希更應該如期成婚，甩開過去的陰霾。就算瑪杜曾經遍體鱗傷，這也是她歡慶成功的好時機。」

「成功？」

「她成功建立了一個美滿的家庭，克里斯蒂昂。」

黎納將啤酒放在牛仔褲上，膝頭上滲出潮溼的印子。

「我們已經知道三樁謀殺案與無助者之聖母孤兒院有關，」黎納冷不防開口：「其中兩名死者曾是院童，也就是小名杜勒絲的貝雅特莉姿．奴內茲，以及小名拉烏娜，本名克莉絲汀娜．拉芭玖斯．瑪希亞斯的雀絲汀．林德柏格；第三名死者是卡洛斯．布赫鉤斯，院內的醫護士。兩名受害者與一名施暴者，實在很難找出殺人動機。我能理解對戀童癖者的憎恨，但為什麼要殺害受害者？更別提連宥讓與露薏絲都被殺害。看來兩人的死因還是與林德柏格診所的胚胎非法交易有關。」

「布赫鉤斯醫生策畫並參與了非法交易，」克里斯蒂昂附和。「老天，宥讓．林德柏格居然在不知情的狀況下，與侵犯他妻子的戀童癖做生意，這真是太瘋狂了！」

愛蜜莉的目光緊盯白板。

「一共五樁謀殺案，」愛蜜莉開口：「兩起謀殺案發生在馬德里：卡洛斯・布赫鉤斯在二〇一二年遇害，貝雅特莉姿・奴內茲在二〇一三年遇害；接著是今年法爾肯貝里的三起謀殺案：雀絲汀、宥讓與露薏絲・林德柏格。而一切都要追溯至二〇一二年布赫鉤斯的診所爆發醜聞，醜聞案正是這宗連環殺人案的導火線……」

愛蜜莉的話語懸在半空中，她又陷入沉默，腦中似乎浮上了新想法。她拿起啤酒，起身走到白板前，仔細打量卡洛斯・布赫鉤斯的照片，接著目光移到雀絲汀・林德柏格（克莉絲汀娜・拉芭玖斯・瑪希亞斯，拉烏娜）的童年照片。

「應該是六樁謀殺案，」愛蜜莉終於開口，眼睛仍盯著照片。「雀絲汀・林德柏格可說被殺害了兩次。」

愛蜜莉又陷入沉默，凝視著「拉朵思」的照片——雀絲汀的親妹妹，本名恩麗葵塔。照片裡姊妹倆擺出相同姿勢：雙臂交叉環繞腹部，彷彿試圖搭起隔離自身與這世界的護欄，雙手拉緊腰間兩側衣角，捏得衣服發皺。

「導火線應該是一九五三年雀絲汀的第一次死亡——所有人都以為她死去的那起事件。」

會議室裡每個人聽了都不安地扭動身體，椅子摩擦地板嘎吱作響。

「那幾乎是在卡洛斯．布赫鉤斯遇害的六十年前……」克里斯蒂昂接話：「妳這麼一說，一切就變得不一樣了……」

「要是……」夢娜怯怯地發表意見，往前坐在椅子邊緣。「要是謀殺與政治犯罪有關呢？我想說的是整起事件是否可能和佛朗哥有關？」

「我明白妳的意思，但為什麼在佛朗哥死後四十年才犯案？」黎納回應。

「況且，為什麼同時殺害施暴者與受害者？」克里斯蒂昂附和。「這看來不合理。」

夢娜垂下頭縮回椅子深處。

「這在凶手眼中很合理，」愛蜜莉糾正，舉起酒瓶喝下一口啤酒。

「凶手也可能是女人。」克里斯蒂昂糾正愛蜜莉。

「這在女性凶手眼中也很合理。」愛蜜莉糾正自己的說法，再次望著白板上交錯的照片。

「案子愈來愈複雜了！」克里斯蒂昂嚷嚷著，拿起桌上最後一瓶啤酒。「到底是要報復？還是只想收集舌頭？」

愛蜜莉沉默不語。

「對了，雀絲汀的妹妹拉朵思後來怎麼樣了？」克里斯蒂昂一邊打開啤酒瓶蓋。

「她在一九五五年死於精神病院。」

克里斯蒂昂吹了一聲口哨，身體往後一倒，只用兩支椅腳平衡椅子。

「他媽的，真是太糟了……剩下的嫌犯還有誰？」

「考慮是『誰』之前，先思考動機，」愛蜜莉一針見血。「循著動機就能找出凶手。」

**瑞典法爾肯貝里，斯柯雷亞海灘，林德柏格家**

**二〇一六年十二月十三日，星期二，晚上八點**

愛蜜莉以穩定的步伐沿著海岸線奔跑，頭燈劃破夜晚的黑暗，均勻的呼吸聲伴隨沉靜的雪夜起伏；雪無聲飄落，抹不去生命的痕跡，仍使萬物噤聲。

愛蜜莉與艾蕾克希的飛機降落在哥特堡時，早晨呼嘯的風已平息，然而凜冽的空氣讓肌肉變得麻木，也凍僵了臉龐，就像戴著一副生硬的面具。

她遺漏了什麼？

愛蜜莉追查反社會人格殺手已有多年經驗。他們藉由犯罪實現腦中的幻想，愛蜜莉則去破解隱藏在做案手法背後的意涵，並且完美運用手中的工具，根據犯罪現場、屍體與受害者死前經歷等收集而來的資訊，側寫出凶手的長相與性格，直到在眾人面前完整描繪出凶手為止。

在這起案件中，愛蜜莉逐漸發現自己面對的是連環殺人犯，而且凶手首次做案便帶有動機，而非激情犯罪。從卡洛斯・布赫鉤斯命案中即可明顯發現凶手的報復心理，愛蜜莉非常確定這一點。對布赫鉤斯的報復使凶手變得緊繃，殺死布赫鉤斯反而成了壓力源，這層心理創傷進一步誘發凶手內心的病態，並且引起殺人動機。但這都只是將心理因素當作託詞的說法——凶手本身就是社會病態者，無論是否為了報復，遲早會動手殺人；過往的創傷與經歷不過是犯案的表徵與催化劑。

凶手自有一套邏輯，一條路徑，愛蜜莉可以循線追溯找出凶手，這應該要簡單得多，畢竟他們已經確定這起案件中的導火線事件了。然而，凶手與埃麗耶諾的關係卻又讓案情蒙上迷霧。

愛蜜莉必須拋開私人情感，這會阻礙她思考與組織腦中想法。她不停打開小黑盒，將埃麗耶諾放進去，她盯著小盒子的時間一次比一次來得久，才有辦法關上盒子，集中精力在案件上。埃麗耶諾的年紀幾乎能當她的孩子，或許因為如此才難以理清思緒。埃麗耶諾觸動了愛蜜莉的母性，以及母性中受挫與失敗的那一面。

不久前，埃麗耶諾打了一通電話給愛蜜莉，當時她正在替死去的家人挑選葬禮服飾。話筒另一頭傳來的聲音緊張高亢，但並未對愛蜜莉訴說她內心的痛苦與掙扎。兩人短暫沉默時，愛蜜莉在電話中聽見遠處嘈雜的對話聲，伴隨著瑞典風格的樂曲，句子如波浪般起伏。「雷歐波、阿爾賓、格爾妲與卡麗娜差不多要離開了，」埃麗耶諾說：「格爾妲要到瓦爾貝里找女友，提前幫我準備好晚餐。」

愛蜜莉加快腳步。刺骨的寒冷與加速的努力交織，她仔細感受身體因此產生的痛楚，好一會兒才再次專注在呼吸上。

雀絲汀．林德柏格，也就是拉烏娜在一九五三年被誤以為死去，應該就是凶手痛苦起始的時間，這起事件肯定在他內心造成極大的創傷，以至於影響後來採取的行動。然而站在側寫的角度，唯一可能因此遭受身心折磨的只有拉朵思——拉烏娜的妹妹。假使她發現拉烏娜其實還活著，並且安逸地定居瑞典，這或許會令她憤怒至極，甚而導致她殺人。但拉朵思當年在姊姊死後受到莫大的刺激，被送進了精神病院。在那個年代，常用電療來治療精神疾病，比森特與阿德麗也解釋過，常有病患在電療過程中死去。拉朵思也不例外，她於一九五五年去世，死後葬在馬德里的公墓。

愛蜜莉伸手拭去眼瞼上的汗珠。

她到底忽略了什麼？

也許她審視這一連串命案的角度錯了，也許犯罪的導火線並不是拉烏娜的死，而是穆利歐神父與費南達修女兩名加害者憑空消失……

愛蜜莉慢下步伐。林德柏格一家的房子佇立在曠野中，距離海灘僅幾公尺。她沒想到自己跑了這麼遠，腳步下意識將她帶到埃麗耶諾身邊。

愛蜜莉從口袋裡掏出電話準備打給埃麗耶諾。

手機螢幕上顯示多則未接來電通知。愛蜜莉在慢跑時沉重的喘氣聲與腦中思緒切斷了她與世界的連結，她既沒聽到鈴響也沒感受到震動。愛蜜莉猛然停下腳步，胸口仍因方才一度衝刺而劇烈起伏著。

是比森特．瓜迪歐拉。他在兩分鐘內打了十二通電話，又傳訊息要求愛蜜莉立刻回電，用上了全形字母與無數驚嘆號。

手機再度響起，比森特的名字出現在螢幕上。愛蜜莉立刻接起。

才聽比森特說完頭兩句話，愛蜜莉便再度奔跑起來。這次朝林德柏格家跑去，手機仍貼在耳邊。比森特稍早也撥打到警局留言給黎納，又留言給艾蕾克希。

為了爭取時間，愛蜜莉跳過一條鵝卵石徑，不料一個打滑，她聽見手機撞上石頭螢幕碎裂的聲音。她猛力蹬腿，雙腿在空中擺盪，終於在兩塊卵石間找到施力點後起身，手中仍握著螢幕裂開的手機。愛蜜莉再度起跑並劇烈地咳嗽，試圖咳出在肺裡燃燒的烈焰。

愛蜜莉來到林德柏格家的花園，積雪逼得她抬高了腿前進，內心的焦慮刺激膽汁湧上喉頭，她吐了一口口水後並未停下腳步，沉重的呼吸在胸口燃燒。

終於來到前院，愛蜜莉加快腳步。一樓的燈亮著，他們應該已經發現了她，聽見她來了。她沒來遲。

她絕對不能來遲。

愛蜜莉繞到房子右側，避開左側的螺旋梯。她在最後幾公尺快步跑上門前臺階。

她認得停在車道上的車子。

愛蜜莉穩住呼吸，轉開了大門的門把，一邊尋思進了屋子之後的最佳行動策略。門開了一條小縫，愛蜜莉感覺門後有阻礙，似乎有重物擋在門後。她吞嚥著口水，溼潤因寒冷而龜裂的嘴脣，然後快速以肩膀頂門，進到屋內。

愛蜜莉立刻發現她了。首先是她的腳，接著是她靠著門的身體。她張開雙腿，手臂下垂，雙手無力地攤在地板上，呈現不自然的姿勢。她的頭歪向愛蜜莉的方向，就像轉過頭向愛蜜莉打招呼，然而她孩童般的雙眼瞪得老大，彷彿受到極大的驚嚇。愛蜜莉強迫自己緊盯著最不願看見的一幕：她脖子上那道血痕，宛如一條鮮紅色的圍巾垂至腰間。

「埃麗耶諾！」愛蜜莉無法克制地大叫：「埃麗耶諾！」

## 瑞典法爾肯貝里，斯柯雷亞海灘，林德柏格家

### 二〇一六年十二月二日，星期五，晚上九點

雀絲汀．林德柏格坐在地下室的地板，如冰塊般寒冷。

她需要宣洩，需要哭泣，就算只是嗚咽也好，還需要放聲大喊。躲到地下室之前，她將吃下去的食物全吐了出來。

她不知該怎麼面對，也不曉得如何解決，要從何著手……她不想談論，也不願再聽見無助者之聖母孤兒院的任何消息。她躺在擔架上被抬出了那個地獄，拋下了拉朵思，但她居然沒有為此落淚；彷彿想要關上地獄之門，就得先封閉自己的心，切斷與妹妹的連結。她為了拯救妹妹差點喪命，沒想到卻救了自己。妹妹仍在惡魔手裡。

雀絲汀聽見宥讓的腳步聲越過廚房與地下室的門，匆忙下樓。

他在雀絲汀面前蹲下，將手放在她膝上。

她不願抬頭，不願直視宥讓的雙眼。雀絲汀覺得可恥，因謊言感到羞愧，她背叛了他，她害怕，怕得要死，怕他因此離她而去，怕他留下她獨自一人與心中的惡魔獨處。

「妳嚇到我了，我親愛的雀絲汀……」宥讓像是感應到她內心的恐懼，低聲說：「老天，到底發生了什麼事？」

雀絲汀閉上雙眼。她不知道如何對宥讓開口，該怎麼對他訴說那段痛苦的經歷，過了六十多年，還能怎麼啟齒？宥讓並不認識那樣的雀絲汀——應該說「克莉絲汀娜」。但正是當年的痛苦遭遇形塑出今天的她，以及如今身為妻子與母親的模樣。

雀絲汀抿著雙唇、咬緊牙根，臉頰與下巴繃得發酸。

她根本不該有孩子的，她害怕的事遲早會發生在他們身上，他們踏出的每一步都能看到雀絲汀的足跡，不只是雷歐波，在兩個女兒身上更是如此。她不想將恐懼傳遞給他們，讓他們因自己的恐懼而窒息、受傷；她強迫自己與孩子們保持距離，卻成了現在的局面：她離得太遠，緊緊抓著宥讓不放，一如妹妹直到今天仍抓著自己不放。

雀絲汀在夫妻的床第生活上給予宥讓空間，因為她無法滿足他。她這輩子時時刻刻都看見穆利歐神父和「喀喀嗽」在她的雙腿之間，就連懷孕時也想起他們；她忘不了他們曾進入她體內，也忘不了他們害得她整個人支離破碎。雀絲汀唯一能做的是，將回憶推至腦中最深的角落。

「我很抱歉……非常、非常抱歉。」雀絲汀喃喃自語，目光緊盯地板。

她的臉因哭泣皺起。她牽起丈夫的手親吻，淚水滴在手心。宥讓曲起的手掌猶如聖杯。

「雀絲汀，妳到底怎麼了？」

雀絲汀因恐懼而眉頭深鎖，宥讓求她開口解釋。

她只是一個勁吸著鼻子，嘴脣貼在宥讓的掌心久久不發一語。

宥讓，她的丈夫，生活在他背後、他的影子下是多麼甜蜜。可是她已走投無路，不得不對宥讓坦承，她的人生並不是從丹麥開始；她得讓他知道那間孤兒院——無助者之聖母孤兒院，院內的女孩們、可怕的神父與修女、她曾遭受的暴力與侵犯，以及那起成為解救她離開地獄的意外。她得告訴宥讓，自己是後來才被其他人家收養。最後，她得和他談一談拉朵思。

「雀絲汀，妳說話啊！我就在這裡，拜託妳開口說話！」

同樣的回聲飄盪在兩人之間，說不出口的話在空氣中轉為沉默。

「妳嚇到我了，雀絲汀……妳不曉得妳這樣讓我多害怕，我的摯愛……」

雀絲汀真希望時間停止走動，再拖延幾秒，讓她能控制心中的野獸，藏起牠，馴服牠。

她抬起頭，沉默地點著頭。

是時候對宥讓敞開她心中的地獄之門了。

走到了這一步，她已無法回頭。

## 瑞典法爾肯貝里，斯柯雷亞海灘，林德柏格家

**二〇一六年十二月十三日，星期二，晚上八點三十分**

愛蜜莉聽見自己大吼了一聲「埃麗耶諾」。

一陣沉悶聲由廚房左側傳來。

愛蜜莉暫時放下夢娜失去了生氣的身體，跑過玄關。

心臟急促跳動，太陽穴彷彿也為此而震動，胸口像要撕裂般，一下接一下重重擊打在肌膚上。

廚房裡空無一人，桌上擺了六人份餐具。

愛蜜莉再次聽見沉悶的交談聲。

只剩下一道門——廚房通往地下室的門。愛蜜莉開了門，光線只能照到最下方的兩個階梯。愛蜜莉小心翼翼下樓，想著餐桌上裝飾的燭臺與餐具數量。

拉朵思從未被埋葬在馬德里公墓，比森特那通電話就是要告知愛蜜莉這件事——雀絲汀的妹妹還活著。比森特依照愛蜜莉的建議，交叉比對孤兒院院童的出生日期與案件相關女性的資料，循線找到了拉朵思，恩麗葵塔・拉芭玖斯・瑪希亞斯。她在一九五五年離開精神病院，但不是躺在棺材裡被抬出去，而是改名埃絲特・貢札列茲・席貝拉，出院後被

送到西班牙南方的另一所孤兒院。

這麼一來，一切都說得通了。

「妳說選哪一瓶好，露薏絲？」

愛蜜莉聽見聲音的同時也看見了人影。阿爾賓背對她，正仔細搜尋酒架上的酒，一手緊緊握住埃麗耶諾的手，另一手握著廚用刀。

「親愛的，我們得選一支佐餐酒。我們冷靜地好好說，好嗎？我們要告訴她，這次輪到我了，她會理解的，畢竟她是我母親……妳別鬆手，好嗎？緊緊握住我的手，露薏絲……再緊一點，比現在更緊！我想感受妳就在我身旁。我對她坦承時需要妳在場，我不想再牽她的手了，妳懂嗎？我不想再替她殺人了。最糟的是人死後……妳知道的……就是舌頭。我得替她割下那些人的舌頭，這樣他們才不會再對她說話。一直以來，她不斷聽見卡洛斯・布赫鉤斯在她耳邊低語，便要求我讓他閉嘴。她是我的母親……我得為了她動手……但每次只要我觸摸妳，露薏絲，我的腦中就會浮現手指掰開嘴那一幕；我母親也在影像裡，她在我身後，彎著腰靠在我肩上，像在指導我做功課那樣。」

阿爾賓抹去臉上的淚水，渾然不覺埃麗耶諾顫抖得多厲害。

「我知道妳不會背叛我，我深信不疑，妳不是這種人，妳和我一樣，我親愛的露薏絲，妳很忠誠。假使我們像她們倆那樣被分開了，妳一定會來找我，對嗎？我知道妳會，妳才不是雀絲汀！我要對母親這麼說，說『她才不是雀絲汀』。我要告訴她，我會一輩子愛她、照顧她，但我再也不能……替她補救這一切。若我在吃飯時說這件事，在妳和妳家人面前，在她和她姊姊面前，她就不敢發飆了。我知道她會對我很失望、很憤怒，我敢肯定……但沒關係，不要緊的。為了我們兩人，我是說……妳知道在西班牙，表親是可以結婚的嗎？妳想我母親會怎麼說？也許我們應該遠走高飛，只有妳和我。」

愛蜜莉停在最後一道階梯上。埃麗耶諾張大了眼瞪著她。埃麗耶諾下意識挪開身子，但阿爾賓將她抓得更緊。

「阿爾賓？」愛蜜莉突然開口。

阿爾賓倏地轉身，原本驚訝的眼神瞬間轉為憤怒。

愛蜜莉佯作天真地歪著頭，露出燦爛的微笑。「阿爾賓，所有人都在等你和露薏絲拿酒上樓，我們等不及要開動了，你們不餓嗎？我知道你們想享受一下兩人……呃，獨處的時間，畢竟你明天就要去俄羅斯了。但前菜都要冷了。」

阿爾賓大笑。

「真不好意思，好……露薏絲，妳覺得這支甜白酒怎麼樣？」阿爾賓指著一瓶白酒問埃麗耶諾。

「很好。」埃麗耶諾低喃著，眼神仍盯著愛蜜莉。

「那就好，我母親也在樓上嗎？」阿爾賓問。他鬆開埃麗耶諾的手，從架子上抽出酒瓶。

埃麗耶諾全身僵硬，下顎顫抖不止，雙手也是。她讓左手緊緊握住右手，不再放開。

「她在，她在等你，」愛蜜莉笑得很燦爛。

「她沒生氣嗎？」

「一點也沒有，她只是有點累。你們快上來吧。」

就在這時，上方傳來一聲巨響，接著是一連串乒乒乓乓的撞擊聲。

愛蜜莉聽見有人叫她，同時喊著埃麗耶諾的名字，是黎納。又傳來一聲撕心裂肺的怒吼，是克里斯蒂昂。

阿爾賓轉身望向樓梯。

愛蜜莉快速上前推開埃麗耶諾，她倒在地上。愛蜜莉一把抓住阿爾賓的右手臂向後翻轉，試圖讓他鬆開刀子。只見他痛得呻吟出聲，舉起手中的酒瓶就朝愛蜜莉的肋骨砸落。愛蜜莉大叫一聲，放開他的手臂。阿爾賓縮回手臂，持刀朝四面揮舞，刀尖在埃麗耶諾的小腿上割出一道口子。埃麗耶諾尖叫，愛蜜莉使勁全力撲向阿爾賓，他失去平衡，頭撞上酒架，身體倒地的同時架上的酒瓶也摔碎一地。

愛蜜莉快速轉身確認埃麗耶諾的位置，看見她後便迅速蹲下，雙手在地上摸索，盼望找到一片夠大的酒瓶碎片或刀子防衛。不料阿爾賓很快起身，一拳揮向愛蜜莉胸口，手臂勒住她的脖子。愛蜜莉整個身子後仰，阿爾賓收緊手臂，企圖讓她窒息。

愛蜜莉全身被抬起，雙腿在空中不住亂踢。這時阿爾賓忽然大叫一聲鬆手，愛蜜莉氣喘吁吁地用力推開阿爾賓，一轉身只見埃麗耶諾緊握著刀柄的雙手仍顫抖著，刀刃沒入阿爾賓的肩頭。

愛蜜莉緊盯著埃麗耶諾，同時將阿爾賓的雙臂固定在背後壓制。

一陣急促的腳步聲從樓梯傳來，埃麗耶諾與愛蜜莉聽見有人同時大聲下令，幾個人七手八腳將失去意識的阿爾賓抬上階梯。但愛蜜莉眼中只有埃麗耶諾——受傷並因極度驚嚇而顫抖不已的埃麗耶諾。她還活著。

## 二〇一六年十二月二日，星期五

我應該回頭去接阿爾賓。我應該逼他上車，和我一起回哥特堡。但我不會那麼做。正如他「處理」過的所有事，這次他也會處理好，我親愛的尼諾。讓一切歸零也許是最好的策略。

我太常活在過去與期待之中，我們兩人不能再緊緊抓著昔日不放。不能再這樣下去，尤其是在卡洛斯・布赫銁斯之後，在杜勒絲之後。我們在這令人窒息的深淵待了二十多年，真的不能再這樣下去。

晚餐才開始，阿爾賓就察覺不對勁。氣氛詭異，他和露薏絲從地下室拿了兩瓶酒回來，我們目光相交，在我得體的舉止背後，他看出我眼裡的痛苦。

我們以阿爾賓隔天要前往俄羅斯作為藉口，提早離開了。他坐在駕駛座上，閉著眼點點頭要我告訴他怎麼回事。我只用一句話就解釋了一切。

「尼諾，雀絲汀就是我姊姊。」

阿爾賓轉頭看我。我閃避他的眼神，又立刻回過神，將思緒拉回車內。他張大了嘴，彷彿要放聲喚醒死者。然而車內一片沉默。

完全出乎他的預料，我的尼諾。他還以為我認出了宥讓，他以為宥讓是曾經傷害過我的人。阿爾賓將頭埋進我的胸前。

我不記得他上一次如此需要我是什麼時候了，我的尼諾。

我已經不曉得該如何當個母親。我遲疑了一秒，然後將雙手放在他後頸上，不確定這是他想要的。阿爾賓的脖子上全是汗。「雀絲汀就是我姊姊」這句話迴盪在我腦海。

今晚她替我開了門，我們立刻就認出對方。

在那一刻……那一刻我又感覺到自己變得完整。自從我們在無助者之聖母孤兒院被迫分開後，多年來我頭一次感覺到自己是完整的。我激動地想投入她的懷抱，緊緊摟住她、感受她，嗅聞她身上的味道。但她只握了我的手，就像個陌生人。她暗示我目前不是相認的時機；我們得替兒女著想，我們的兒女相愛，儘管他們無權相愛。

我們在晚餐後終於有機會單獨交談。我幫忙收拾餐具，跟著她到廚房。但她只對我說了一句：「拉朵思，Mañana（明天再說）。」拉朵思已經不存在了，拉烏娜也早就死去；我再不是她的影子，而她也不是照亮我的光。我朝她臉上吐口水，她以手背擦去後沒說什麼，也沒再看我一眼便出了廚房，走回飯廳。

多少次我對尼諾述說著拉烏娜，每一次我都感到遺憾與痛苦不堪。然而，她活得很好，甚至沒想過尋找我。就算得翻山越嶺、飄洋過海，她也得想辦法找到我才對。她卻拋下我，讓我獨自面對傷害我們的野獸。我的拉烏娜，我的姊姊，我活著的意義，我靈魂的另一半，她就這樣將我從她的人生中抹去。

我閉上雙眼，感受胸口椎心刺骨的痛楚。

一切原本該在卡洛斯．布赫鉤斯死後便停止，我沒打算傷害杜勒絲，這不在計畫中，杜勒絲是自己人，她是我們五姊妹中的一人。

杜勒絲替我倒了咖啡，在我對面坐下。她將雙手交疊在圍裙上，表現出想與我保持距離的姿態。但我仍毫無保留地坦承自己墜入深淵，以及布赫鉤斯的事。

當我說到我和尼諾聯手殺了「喀喀嗽」替女孩們復仇時，她卻一臉驚恐地瞪著我。她覺得我瘋了，叫我殺人凶手，還喊著不該為了「這麼一點小事」就殺人。

「這麼一點小事？杜勒絲，妳怎麼有辦法遺忘？」我也提高聲音。

無法抑制的憤怒在杜勒絲凋零的體內蔓延開來，她的手臂隨話語不停揮舞，眼神因恐懼而激動不已，口中滔滔不絕吐出道德那套毒藥。最後，她居然舉起關節彎曲的手指要打電話報警。報警?!她要向警方舉報我和我的尼諾?!她膽敢背叛我，還說我喪心病狂？

阿爾賓別無選擇，必須阻止她，一如我們阻止了卡洛斯．布赫鉤斯。

為了提醒這個尿床鬼她所謂的「這麼一點小事」，我拿蠟燭燒她的下體。費南達修女當年就是這麼做的。

我知道，我都知道，是我帶阿爾賓來到這裡，是我給了他武器。在我倆相依為命的這些年，我用怨恨及痛苦武裝他，我像寄生蟲般緊附在他身上，直到露薏絲出現……或許因此他才能與我拉開點距離，畢竟露薏絲身上有一部分也屬於我。

我替尼諾開了車門。他得出面重建和平。我叫他拿走後車廂的行李，只留下手機，然後回到屋裡。他得等上一個半小時，那是我帶著他的手機回到哥特堡需要的時間，如此一來，我就能替他製造不在場證明，警察來問話時，也才有辦法回答。

他沒有反抗。溫順、忠誠的阿爾賓忽然再次出現在我面前，我以為露薏絲已經奪走了這兩樣特質。我的尼諾，他明白了，露薏絲終將和她母親一樣；露薏絲總有一天也會拋下他，就像拉烏娜拋下我一樣。

得結束這一切，這是唯一的出路，無論需要付出多少代價。

我們得除掉拉烏娜，還有那些替她保密的人。肯定是宥讓要求她遺忘過去，我敢肯定；是宥讓逼迫她忘記自己的親生妹妹，忘記她的血緣、出身，忘記她的根。宥讓逼她變成他心目中的樣子，而不是我記憶中的樣子。她離我好遠。

沒錯，我們得結束這一切，我們得甩掉這段人生，切斷累贅，一勞永逸。

無論代價是什麼，我們都得動手。

## 瑞典法爾肯貝里，濱海大飯店

### 施泰倫與艾蕾克希的婚禮，二〇一六年十二月十七日，晚上十一點

諾伯赫，卡斯泰勒注視著艾蕾克希與施泰倫，接著目光移到了妻子身上。今晚瑪杜眼裡也只有這對新婚夫妻，以及他們散發出的幸福感。這份快樂感染著現場每一個人。瑪杜露出前所未有的自在微笑，諾伯赫從未見過她如此放鬆的神情。他牽起瑪杜的手，但她很

快又鬆開，然後打開晚宴包，取出一張細心摺疊的紙，小心翼翼撫平紙上的皺摺後遞給丈夫。

諾伯赫疑惑地打開紙箋，眼神徘徊在妻子與信箋之間。瑪杜細長的字跡寫滿了整張紙。

看著我們的女兒艾蕾克希牽起她丈夫的手，我想起了你的手，我親愛的諾伯赫。你還記得我們第一次牽手是你帶我去看電影的時候嗎？你是那樣的堅定，我們不過要到轉角的電影院，你卻像是要拉著我去遠方。我在你的手心裡感覺到海洋，我以為要出海了，我的雙腿踏實地踩在地上，心卻划起了船槳。

是你撿起我，帶我去旅行，我親愛的諾伯赫。當我找到你，我也找到了我自己。

是你教我去愛這身皮囊。我曾覺得那不過是穿在身上的外套，又或說是塊硬殼、一道背負的十字架，我被逼著披上了這肉身；我的身體受到侵害，我卻仍得與這副身軀共存，對外人展露身體無疑像再見到所有傷害過我的人——我看見那虛情假意的溫柔微笑，還有那罪惡的歡愉，最後則是氣憤與狂怒；我感受到那些罪惡欲望所帶來的破壞與折磨。

我的身體是羞恥與痛苦建造的殿堂，然而和你在一起的時候不是如此。我親愛的諾伯赫，你時時刻刻振奮著我的心，和你在一起，歡樂總是無限延伸，而時間變得短暫無比。最終你住進了我體內，這個我一點也不想要的身體，你將殿堂改造成船艦。

當我找到你，我親愛的諾伯赫，我也找到了我自己。一開始，我需要在你的庇護下才能呼吸，接著我學會了獨自將黑白染上色彩。就算你不在，我也能感覺到你，我可以在寫給你的字句中擁抱你；我可以在反覆唸著你的名字時，感覺到心在悸動。和你在一起，我深刻體會了愛的內涵，這也成就了我們的女兒。從她們身上，我看見了你的耐心、忠誠與無比的愛意。

看看我們的艾蕾克希就知道，她是我們的縮影與成就。是你隔開了我的地獄與天堂。

**英國，倫敦，弗萊斯克步道，愛蜜莉．洛伊家**
**二〇一六年十二月二十四日，星期六，晚上八點**

愛蜜莉在兩只酒杯裡倒入加州紅酒，又替第三只酒杯斟了梨子酒，一邊想著艾蕾克希肯定不認同她選擇了新世界的酒。她將一塊斯蒂爾頓起司擺在黑色板岩盤中央，放上一把乳酪刀，取來盤子盛放生薑脆餅乾（pepparkakor）——瑞典人會在聖誕節吃的香料餅乾。愛蜜莉將準備好的酒與食物全放上托盤，端起托盤走進客廳。

埃麗耶諾坐在沙發的一端，雙腿收進臀下，一手放在扶手，另一手在椅背上，眼神空洞地盯著窜壁爐，爐裡的黑炭塊已被火焰燒成白色。傑克坐在單人沙發上，修長的雙腿舒服地靠在茶几上。

愛蜜莉將梨子酒遞給埃麗耶諾，紅酒給了傑克。她拿起自己的酒杯站到窗邊。

歌蒂、杜勒絲、蕾咪、拉烏娜、拉朵思，五個女孩逐一浮現在愛蜜莉眼前。先是瑪杜，眼底一片荒蕪；接著是蕾咪與杜勒絲，唯死亡能拆散她們；最後是拉烏娜和拉朵思，如鏡子般存在的姊妹，毫不知情地追隨彼此的步伐，從西班牙一路到瑞典，兩人在僅僅相距數百公里遠的地方生活——她們都和瑞典人結了婚，在同一片土地上落地生根，雖然斷了音訊，卻彷彿在潛意識中試圖再牽起那破碎的姊妹關係。

她們原有機會重逢，卻一再錯過。歌蒂也踏上了拉烏娜與拉朵思的足跡來到瑞典，卻在毫不知情下意外得知那些兒時相依為命的女孩們的去向。

愛蜜莉啜了一口加州紅葡萄酒。過去似乎總在原地打轉，她想，幾乎無一例外，儘管過去形塑了現在的基礎，但也只有基礎，該如何鋪路走向未來，仍由自己決定，人們只能從過去的經驗中學習。有些人——例如瑪杜——終能跨出舊日創傷迎向未來；但多數人每日與瘋狂搏鬥，將苦痛深深挖掘到骨頭，然後將這道傷留給孩子。

鄰人在街道上布置燈串，弗萊斯克步道因此變得閃閃發光，比鄰的小房子中傳來歌唱聲，還有孩童的尖叫與歡笑聲。愛蜜莉閉上雙眼，傾聽著每一道陌生的聲音交織出的樂章，想著雨果〈當孩子出現〉中的詩句。愛蜜莉想起了那孩子，在她能聽見且熟悉他的笑聲前就離世的孩子。愛蜜莉深深嘆了一口氣，試圖驅趕又浮上心頭的喪子之慟，一邊旋轉酒杯讓酒液在杯中舞動。

他們三人從法爾肯貝里出發，前一夜抵達了倫敦。沒有聖誕大餐與儀式，他們只想與所愛之人親密而安靜地度過節日。就算沒有交談，能與在乎的人共度這晚，寧靜享受無聲的陪伴就夠了。這番沉默如擁抱般令人安心，充滿著愛、信任與熟悉感。人們默默哀悼著悲傷，邀請已逝之人加入，重拾回憶並層層挖掘，直到椎心刺骨的痛楚降臨。這是為了讓那些缺席的人持續活在生命的邊緣，在那裡我們仍能憶起他們的氣味、笑聲，感受他們的嘴唇親吻臉頰時的觸感。

愛蜜莉感受到傑克的目光在她後頸上輕撫，像個吻一樣停留在她身上。她轉身，傑克明白，他明白她一度離他而去，也明白她對其他事物的短暫追尋只是繞道而行。傑克很高興她回到他身邊，此刻靜靜與他們相伴。在這棵新生的樹上，愛蜜莉既是根，也是枝葉；愛蜜莉所種下的這棵樹，是他們重新組成的家庭。依附著愛蜜莉，他們將一同成長茁壯。

西塞特爺爺這麼對我說
清晨時，在門廊下
我們等著太陽升起
看見了馬車經過
西塞特，你難道看不出這是場賭注？
而我們都被綑綁在一起
倘若不能擺脫
我們將永遠無法逃離！
如果我們一起拉扯，它就會倒下
撐不了太久的
肯定會被拆掉，跨臺，倒下
因為已經腐爛了
倘若你用力拉
我也狠狠地拉
肯定會被拆掉，跨臺，倒下
我們也將能解放自己

節錄自歌曲〈賭注〉（*L'Estaca*，一九六八年），由加泰隆尼亞歌手，同時也是抵抗佛朗哥主義的領導人物路易斯・利亞奇（Lluís Llach）演唱。

【Mystery World】MY0027

# 少女的安魂歌

Sång

作　　者❖喬安娜・古斯塔夫森 Johana Gustawsson
譯　　者❖林琬淳
封面設計❖許晉維
排　　版❖張彩梅
總 編 輯❖郭寶秀
特約編輯❖周奕君

發 行 人❖凃玉雲
出　　版❖馬可孛羅文化
104台北市民生東路二段141號5樓
電話：886-2-25007696
發　　行❖英屬蓋曼群島商家庭傳媒股份有限公司城邦分公司
104台北市中山區民生東路二段141號11樓
客戶服務專線：(886)2-25007718；25007719
24小時傳真專線：(886)2-25001990；25001991
讀者服務信箱：service@readingclub.com.tw
劃撥帳號：19863813　戶名：書虫股份有限公司
香港發行所❖城邦（香港）出版集團有限公司
香港九龍九龍城土瓜灣道86號順聯工業大廈6樓A室
電話：(852)25086231　傳真：(852)25789337
E-MAIL：hkcite@biznetvigator.com
馬新發行所❖城邦（馬新）出版集團 Cite (M) Sdn.Bhd.
41-3, Jalan Radin Anum, Bandar Baru Sri Petaling,
57000 Kuala Lumpur , Malaysia
電話：(603)90563833　傳真：(603)90576622
讀者服務信箱：service@cite.my
製版印刷❖前進彩藝有限公司
一版一刷❖2024年3月
定　　價❖420元（紙書）
定　　價❖294元（電子書）

ISBN：978-626-7356-46-3（平裝）
ISBN：9786267356470（EPUB）

城邦讀書花園
www.cite.com.tw


國家圖書館出版品預行編目（CIP）資料

少女的安魂歌／喬安娜・古斯塔夫森（Johana Gustawsson）作；林琬淳譯. -- 一版. -- 臺北市：馬可孛羅文化出版：英屬蓋曼群島商家庭傳媒股份有限公司城邦分公司發行, 2024.03
320面；14.8×21公分 --（Mystery world；MY0027）
譯自：Sång.
ISBN 978-626-7356-46-3（平裝）

876.57　　112022254